오를란느 공국
사과의 섬
렘므
헤베티카
엘티보
오를리
로젠버그
관문
켈티카
폰티나
트레비조
잔
아노마라드
네냐플
론
벨 골짜기
벨노어
티아
그와레
롱고르드
파노자레 산맥
트라바체스
페리윙클섬
노을섬
이카본 군도

달의 섬
북해
썰물섬
켈베섬
수정 제도
산스루
산스루리아
멸의 땅
팔슈
레코르다블
두르
넨사
칼라이소
루그란
소드라 샤펠
하이아칸
블루코럴섬
하이아칸
루그란
레코르다블
팔슈
두르넨사
루그두넨스 연방
산맥
수도
국경선

CHILDREN OF THE RUNE

BLOODED

2

전민희
장편
판타지
2

룬의아이들

블러디드

CHILDREN OF THE RUNE

BLOODED

엘릭시르

3

장

DISGUISE

4

장

REVEAL

언젠가 누구든 마침내
내 가슴을 찌를 때,
나는 오늘의 너를 기억하리라.
나의 어린 적이여,
새로 태어난 나의 첫 번째 적이여.

그리고 그날, 만일 내 안에 심장이 들어 있다면
그중 검은 불을 품은
가장 단단한 조각은
너의 것이리라.

네게 가장 좋은 것을 예비하였음을 의심치 말라.

3 장

DISGUISE

보라색 방의 회의

약 세 시간 전.

"막시민 리프크네, 넌 도대체 어쩌다가…… 아니다, 하여튼 이번엔…… 아니야. 이걸 감출 방법은 없어. 이대로는 안 돼."

킨 교수는 칠이 조금씩 벗겨져서 군데군데 흰 꽃이 핀 것처럼 보이는 보라색 벽 앞을 빠르게 왔다갔다하는 중이었다. 그는 기분이 나쁘다기보다 당황한 것처럼 보였다. 그리고 화가 나지 않은 건 아니었지만 대상이 막시민이 아니라 자기 자신이었다. 동시에 새로운 계획을 세웠지만 이대로 추진해도 될까 고민하는 중이었다.

막시민이 킨 교수를 잠깐 보기만 하고도 그런 사실을 추리

해낸 이유는 자신이 위기에 처했다고 판단했기 때문이었다. 이럴 때 그의 선택적 주의력은 '네가 뭘 어쩌든 나랑 무슨 상관인가'라고 생각할 때와는 완전히 다르게 기능했다.

그런데 그런 주의력으로도 방금 그가 떨어지게 된 장소에 대해서는 아무런 판단도 나오지 않았다. 순간 이동으로 왔기 때문만은 아니었다. 가느다란 창살이 자른 빛이 찬란한 금을 긋고 있어 그늘진 구석에 한층 낭만적인 색조가 감도는 이 보라색 방에는 벽보다 조금 더 진한 보라색, 연한 보라색, 검정에 가까운 보라색 등으로 칠해진 테이블, 의자, 커튼과 찻잔 세트 따위가 가득했다. 벽에 걸린 액자도 보라색, 액자 속의 사람들도 모조리 보라색 옷을 입고 보라색 하늘 아래 서 있었다. 이건 대체 누구의 취향인가? 누가 이런 방에 사는 거야?

"여긴 어딥니까? 교수님 방인가요?"

"그건 아니고, 하여튼 자세한 건 알 것 없어. 추적을 피하느라 잠깐 온 것뿐이니까. 여기서 본 건 그냥 잊어버려. 어차피 다시는 올 일도 없어."

말하는 동안 킨 교수의 옷도 조금씩 색깔이 변하더니 보라색에 가까워져갔다. 하지만 어찌된 일이냐고 묻기에는 다른 의문이 너무 많다 보니 우선순위에서 밀렸다. 막시민은 방금 들은 말에서 가장 중요한 단어를 집어내어 반문했다.

"추적?"

"그래. 추적이다. 넌 이제부터 도망자야. 누구로부터냐고? 그야 물론 네냐플이지."

막시민은 방금 들은 말을 한 바퀴 입속에서 굴려본 다음 킨 교수의 길쭉한 얼굴을 쳐다보며 미간에 힘을 주었다.

"지금, 네냐플이 저를 추적할 거라고 말씀하신 겁니까? 방금 전까지 재학중이던 학교로부터, 제가 도망쳐야 된다고요?"

"그래. 아니, 그런 셈이 된다는 거야. 네냐플이 진짜로 널 잡으려고 마음을 먹는다면 하루인들 걸리겠냐? 하지만 네냐플은 널 못 찾아낼 거야. 왜냐면 못 찾아내야 하니까."

이쯤 되니 막시민도 킨 교수가 무슨 소릴 하는 건지 헷갈렸다. 그러니까 왜인지는 모르지만 도망쳐야 한다니까 도망칠 건데, 잡아야 하는 쪽은 잡지 않을 거라는……. 그래서 슬슬 집에 가면 된다는 소린가?

"지금 그 얘기 말씀인데요. 그냥 퇴학이라는 얘기하고는 뭐가 다른 거죠?"

"아주 다르지. 넌 지금 네냐플에 심각한 문제를 일으켰다. 그까짓 퇴학으로는 수습이 안 될 만큼. 그리고 이 문제는 네냐플뿐 아니라 대륙적 문제로 비화될 조짐이 있어. 아니, 틀림없이 그렇게 돼. 즉, 그걸 막으려면 우리는 이걸 축소하고 숨겨야 해. 최선을 다해 별일 없는 척해야 한다는 뜻이지. 오늘부터 방학이라 학생들한테 알리지 않아도 되는 게 얼마나 다행인지 모르겠군. 방학 동안 기숙사나 연구실에 한 명도 남아 있지 못한다는 소리를 들으면 왜냐고 따지고 들 녀석도 있긴 하겠지. 하여튼 일차적으로 임시 청소를 해놓은 다음 오늘 내로 연구생들까지 싹 내보내고 본격적인 정화에 들어갈 거야. 잘되면 방학 중에 끝나겠지만, 만약 그렇게 안 된다면…….”

막시민은 내내 킨 교수의 입을 쳐다보며 그의 말을 이해하려 애썼다. 그로서는 자신이 저질렀다는 ‘심각하고 대륙적인 문제’가 무엇인지, 어떤 종류의 것인지조차 짐작할 수 없었기 때문이다. 그런 가운데 이어지는 말을 듣자 저도 모르게 입이 딱 벌어졌다.

“학교를 폐쇄해야 된다.”

폐쇄라면 학교 문 닫는다는 뜻 아닌가? 저 말에 다른 뜻은 없는 것 같은데…….

“지금 진심으로 하시는 말씀이신가요?”

킨 교수가 줄곧 보라색 벽을 노려보던 고개를 돌려 막시민을 봤다. 마치 화가 난 동급생 같은 표정이었다.

“내 평생 지금보다 진지했던 건 다섯 살 먹은 아들 녀석이 천연두에 걸렸다는 소리를 들었던 날뿐이야!”

킨 교수에게 그런 사연이 있는 줄은 처음 들었지만, 심지어 결혼을 했거나 아이가 있었다는 사실도 처음 알았지만, 그 애가 살아났는지 죽었는지도 모르는데 무슨 말을 하겠으며 그런 사건과 비교할 정도로 이번 상황이 엄중한지 아닌지 따지려 들 수는 더더욱 없었다. 그냥 입다물고 충격받은 표정을 짓고 있는 수밖에 없었다.

킨 교수는 눈을 꾹 감았다가 뜨더니 한숨을 푹 내쉬며 교수의 표정으로 되돌아갔다.

"됐어. 내가 무슨 소릴 하는 거야. 하여튼 방학 중에 해결이 안 된다면 외부의 도움이 필요할 테니 적어도 일 년은 폐쇄할 수밖에 없겠지. 그러면 전교생이 유급이나 다름없는 상황에 처하는 거다. 교내에서 진행중이던 연구며 실험도 모두 멈추거나 폐기해야 해. 얼마나 큰 혼란이 벌어질지 짐작이 가나? 네냐플의 명예는 어떻게 되고?"

킨 교수가 이마를 가까이 들이밀며 경고조인지 협박조인지 모를 말을 연달아 늘어놓는 동안 막시민은 계속 얼빠진 표정으로 생각에 잠겨 있었다. 믿을 수가 없었기 때문이다. 막시민 리프크네 대對 네냐플이라니, 심지어 그 대결에서 자신이 이겼다니, 그런데 그런 대결이 벌어졌다는 사실조차 모르고 있었다니.

"더구나 이번 일은 킵과 직접적으로 관계되어 있기 때문에 분명히 심볼리온에서 원인 및 사실관계를 조사해 밝히고자 할 거다. 그러면 우리가 할 수 있는 일은 둘 중 하나밖에 없어. 네냐플의 실수임을 인정하고 굴욕적으로 외부 기관의 조사를 받아들이거나, '자, 이 녀석 때문입니다'라고 하며 너란 놈을 넘겨주는 거지."

넘겨준다는 말에 화들짝 놀란 막시민이 반문했다.

"뭐라고요? 심볼…… 그게 뭔데요?"

"심볼리온. 각 나라의 마법을 대표하는 기관들의 연석회의체連席會議體다. 네냐플, 오를란느 왕립 마법 학교, 렘므의 별비別備군, 루그란의 '콜레기오 마곤' 같은 곳들 말이야. 본래는 학문 교류 목적으로 세워진 좀 느슨한 모임이었지만 킵에서 공동 작전을 하게 되면서부터 위상이 달라졌지. 무엇보다 킵과 관련된 문제가 발생했을 때는 진상 조사를 요구할 권한이 있으니 그냥은 못 넘어갈 거다."

거기까지 말한 킨 교수가 입을 일자로 꽉 다물더니 고개를 저었다.

"하지만 나는, 둘 다 안 될 일이라고 생각한다. 다른 교수들도 그렇게 생각할지는 모르겠지만 적어도 난 그래. 네냐플이 외부인에게 공개되는 것도 안 될 말이고, 그렇다고 마법도 모르는 네가 그런 데 끌려가서 할말이 뭐가 있겠어? 그러니까 내 말 잘 들어. 넌 이제부터 내가 시키는 대로 어디 가서 잘 숨어 있어. 그러면 네냐플에서는 너를 못 찾고 있다고, 찾으면 바로 보낼 테니까 조금만 기다려달라고 하면서 시간을 끌 거야. 그러다가 방학 안에 정화가 끝나면 문제가 해결됐으니까 조사도 징계도 내부에서 알아서 하겠다고 하면서 사건을 종결시켜야지. 물론 쉽게 수긍하지야 않겠지만 네냐플이 문을 안 열어주겠다는데 저들이 별수 있겠어? 그럴듯한 핑계만 있으면 된단 말이야."

교수의 입에서 저런 말이 나오고 있으니 사정이 급박하다는 것이 더욱 실감났다. 지금까지 학사 규칙에 예외라고는 없는 고리타분한 학교를 다니고 있는 줄 알았는데 갑자기 시간 끌기에 도망, 은닉, 버티기까지 편법이 한꺼번에 튀어나오니 어지간한 막시민도 받아들이기가 쉽지 않았다. 막시민은 가까스로 정신을 차리고 내뱉었다.

"무슨 말씀인지 다 알겠는데 한 가지만은 이해가 안 가거든요. 저 같은 놈이…… 그런 짓을 했다는 부분 말입니다. 대체 어떻게 그럴 수가 있죠?"

막시민이 자신을 유난히 비하하느라 그런 말을 한 건 아니었다. 네냐플은 대륙 최고의 마법 학교이며 교수들은 위대한 마법사들이다. 막시민은 학교 역사상 최악의 낙제생으로 마법은 어디 가서 어깨너머로라도 배웠다고 말하면 안 될 수준이다. 그런 녀석이 네냐플 담벼락에 낙서나 남기는 이상의 영향을 끼칠 수가 있다니, 어떻게 봐도 불가능한 소리가 아닌가?

"글쎄 말이다. 정말 놀랍지 뭐겠니."

그 말은 등뒤에서 들려왔다. 흠칫해서 뒤를 돌아보자 약초학 마스터 디아나 로렐딘 교수가 보라색 의자 중 하나를 거꾸로 놓고 앉아 턱을 괴고 막시민을 바라보고 있었다. 장식 없는 붓꽃색 드레스를 입고서. 교수들이 이렇게 평범한 인간 같은 자세를 취하기도 한다는 것을 전에는 상상한 적이 없었다. 그뿐이 아니었다. 그 뒤로 열려 있던 입구에서 라일락색 로브 차림의 호이오크 교수가 걸어 들어와 또 다른 의자에 앉더니 어깨를 늘어뜨려 보이며 말했다.

"리프크네 넌 과연 대단해. 네냐플 역사에 남을 낙제생이야."

호이오크 교수는 항상 유쾌해서 거의 모든 말이 농담처럼 들리곤 했지만 오늘만은 아니었다. 설마 장기 휴가를 얻게 되어서 기분이 좋은 건 아닐 테니까.

"전 지금 이게 어떻게 된 일인지 전혀 모르겠습니다만."

"난들 알겠는가? 그 누구인들 알겠는가? 이제부터 함께 알아보려고 이렇게 온 거잖아. 낙제왕 막시민 리프크네는 어떻게 해서 위대한 네냐플을 폐쇄해버렸는가?"

"……."

교수들의 태도에서 느껴지는 기색은 분명 즐거움은 아니었지만 그렇다고 분노한 것과도 달라서 상상도 못 하던 일격을 당한 사람 특유의 넋 나간 자조 같은 것이 느껴졌다. 막시민이 어처구니가 없다면 교수들이 받은 충격은 더할 것이다. 그들은 막시민과 달리 자신들의 마법이 어떤 일을 할 수 있는지 매우 잘 알 테니까. 그런 그들의 힘으로도 막시민이라는 놈이 일으킨 사고를 막지 못한 것이다.

킨 교수는 나타난 두 교수를 번갈아 바라보더니 이윽고 한숨을 푹 내쉬었다.

"금세 다 알고 오셨군요. 반시간 정도는 여유가 있을 줄 알았더니. 하긴 당연한 일이죠. 킵더스트를 조사하셨을 테니까. 그래도 제가 조각을 맞춰드려야 할 진실이 한 가지는 있을 겁니다."

호이오크 교수가 고개를 끄덕이더니 약간 어색하게 웃어 보였다.

"킨 교수님께서 끝까지 감출 생각이 아니었으리라는 것쯤은 저희도 압니다. 학생을 보호하려 하신 것뿐이었겠죠. 하지만 우리가 생각을 합치면 좀더 나은 대책이 있을 겁니다."

로렐딘 교수가 의자에서 일어나며 말했다.

"우리가 방어전을 한두 번 해본 건 아니잖아요, 조나프? 이번에도 잘 해낼 거예요. 네냐플은 최고니까!"

그러면서 킨 교수 앞으로 다가가 손을 내밀었다. 킨 교수는 맥없이 로렐딘 교수의 손바닥을 툭 쳤지만 표정이 나아지지는 않았다. 그런 채로 물었다.

"기숙사 상태는 어떻습니까?"

"일차 청소는 끝났습니다만, 얼마나 걸릴지는 내일부터 본격적인 싸움에 들어가봐야 알겠네요."

보라색 때문에 바로 알아채지 못했지만 그러고 보니 교수들의 옷 곳곳에는 탄 흔적과 검댕 같은 것이 붙어 있었다. 킨 교수가 다시 물었다.

"포도원은 폐쇄되었겠죠? 지하 수장고는요?"

"물론 모두 안전해요. 교수님께서 학생을 보호하시는 동안 저희도 할 일을 했죠. 걱정 마세요. 어쨌든 저 아이를 여기로 데려온 건 잘하셨어요. 심볼리온에서 벌써 어떻게 된 일이냐고 득달같이 연락이 왔더라고요. 교내에 정보원을 넣어놨던 모양이죠? 저번에는 그런 적 없다고 그렇게 잡아떼더니, 다 헛소리일 줄 알았지. 어디 순순히 열어줄 줄 알고?"

로렐딘 교수는 당장이라도 누군가와 싸울 기세로 양 주먹을 움켜쥐었다. 그때 방 안쪽에서 새로운 목소리가 들렸다.

"그럼 임시 회의를 시작합시다."

막시민은 고개를 돌렸다. 그리고 가장 안쪽에 놓여 있던 커다란 팔걸이 의자에 어느새 레오멘티스 교수가 앉아 있음을 알았다. 공단 같은 광택이 도는 자수정색 슈트를 입고서. 너무 화려해서 무대에나 올라가야 할 듯했지만 티치엘과 비슷한 백금발과 또 희한할 정도로 잘 어울렸다. 하지만 보라색을 잊어버리고 살펴보면 레오멘티스 교수가 중요한 회의가 있는

날 입곤 하던 그 재킷과 바지일 뿐이었다. 그제야 뭔가를 깨달은 막시민은 자신을 내려다봤다. 당연하게도 그 또한 온몸이 보라색이었다. 수국 색깔 셔츠와 가지 색깔 바지……. 점점 제정신이 아니게 되어간다.

의자에 앉거나 벽에 기대어 선 교수들은 일제히 막시민에게 시선을 보냈다. 이제부터 엄중한 논의가 오가야 하는데 보라색이 마법을 부리는 바람에 드레스 코드가 특이한 칵테일파티라도 온 듯한 착각이 들어 더더욱 정신을 다잡을 필요가 있었다. 막시민은 그들의 회의, 아니 법정에 소환된 피고인 역할이어야 했지만 의상이 보라색으로 변한 것만으로도 이미 완벽히 그들의 일원이었다. 단지 칵테일만 부족한 상황이랄까.

레오멘티스 교수는 네냐플의 학장은 아니었지만 네냐플의 마법을 대표하는 포도원지기였다. 또한 네냐플 학사 관리의 최종 결정권자이기도 했다. 즉, 인정사정없이 낙제생을 양산하고 어마어마한 욕을 먹으면서 매년 수십 명을 쫓아낸 장본인이라는 뜻이다. 그래서 별명이 '네냐플의 마녀'다. 그리고…… '네냐플의 천사'의 이모님이기도 하고 말이야.

막시민은 입학 전에 친구 조슈아의 문제로 이 교수의 도움을 받은 적이 있었다. 그래서 동급생들이 욕을 할 때 예의상 동참하지는 않았다. 하지만 그들과 크게 관점이 다르지도 않았다. 겪어보니 합리적이긴 해도 실제로 냉혹한 인간이 맞았던 것이다. 그리고 막시민의 운명은 이 냉혹한 교수가 주재하는 '임시 회의'에 달려 있을 예정이었다.

막시민은 생각을 가다듬었다. 레오멘티스 교수는 위대한 대마법사이긴 해도 쥬스피앙과는 갈래가 전혀 다르다. 이 교수 앞에서 논점을 흐리는 헛소리나 변설은 통하지 않았고 재치나 농담도 소용이 없었다. 명석한데다 감정적 동요도 없어서 사태의 진실을 놓칠 일이 없으니 솔직함 말고는 대안이 없달까.

그렇지만 막시민이 이 년 동안 무심코 관찰한 바로는 아주 드물게…… 혼자 힘으로 해결 불가능한 거대한 문제에 휘말린 피해자처럼 보일 때, 뜻밖의 자비심을 베풀어 동아줄을 내려주는 경우가 있다. 다시 말해 반전 시나리오를 좋아한다.

지금은 마지막 시나리오가 통할 듯했다. 심볼리온인가 뭔가 하는 놈들이 막시민을 낚아채 가고 싶어 한다니까, 좋다, 이제부터 막시민은 막다른 골목으로 쫓겨 들어가 물벼락을 맞은 생쥐가 되기로 한다.

레오멘티스 교수가 입을 열었다.

"자, 막시민 리프크네. 혹시나 싶어 말해두지만 네냐플은 설립 이래 지금까지 단 한 번도 학교 문을 닫은 적이 없다. 따라서 이번에 그렇게 된다면 최초인 셈이다. 네 이름은 네냐플 역사에 길이 남게 되겠지. 동판에 새겨 벽에 붙여야 할 종류의 업적은 아니겠지만.”

레오멘티스 교수는 학생들에게 좋은 말을 해주는 경우가 드물었지만 저런 식으로 비꼬는 일도 없던 사람이었다.

“그런 일을 막고 싶다면 정직한 진술이 필요하다. 먼저, 어제 네가 기숙사 방문 앞에서 어디론가 갔다가 돌아온 부분부터 해보자. 차근차근, 빠뜨리지 말고 이야기해보도록.”

막시민은 조금 놀랐지만 어떻게 알았느냐는 것만큼 쓸데없는 질문도 없을 듯했다. 네냐플 안에서 일어난 일이니까 교수가 알고자 한다면 시간문제일 뿐이겠지. 막시민은 고분고분하게 고개를 끄덕이며 말했다.

“아, 맞습니다. 그런 일이 있긴 했죠. 하지만 제 의지와는 아무 상관이 없었던 사건이었습니다. 전 그냥 잠이나 잘까 하고 빌라 문을 열었을 뿐인데 갑자기 빌라 대신 처음 보는 낯선 장소에 떨어졌던 겁니다. 마치 사막처럼 생긴 황무지였는데…….”

거기까지만 말했는데 모든 교수들의 표정이 심상치 않아졌다.

“사막?”

“황무지?”

막시민은 기억을 돌이키려는 것처럼 인상을 찡그렸다가 대답했다.

"네. 뭐 정확한 건 모르지만 그 비슷한 분위기였죠. 그런데 거기에 무리 지어 하늘을 날아다니는 기묘한 쇳조각들이 있지 뭡니까? 엄청난 숫자였는데, 그것들이 거의 저를 죽일 뻔해서……."

명백히 놀란 눈들이 막시민을 둘러쌌다.

"죽일 뻔했다고?"

"어떻게 그럴 수가 있지?"

반응이 다소 이상했다. 어쨌든 막시민은 말을 이었다.

"물론 이상하게 들리긴 할 겁니다. 쇳조각이 날아와 저를 죽이려 했다니 믿어지지 않으시겠지만……."

호이오크 교수가 가까이 다가와 고개를 들이밀며 막시민을 면밀히 살피더니 말했다.

"정말 멀쩡하네. 자네, 어떻게 살아났나?"

로렐딘 교수도 물었다.

"어떻게 그 상황에서 탈출할 수가 있었지? 혹시 학생인 척하고 힘을 숨기고 있었다든가…… 물론 그럴 리가 없겠지만."

보아하니 교수들은 막시민이 납치돼 갔던 황무지가 어디인지 잘 알거니와 쇳조각이 뭔지도 알고 있었다. 그리고 그것은 아주 위험천만한, 다루기 힘든 괴물들인 모양이다. 뭐, 실제로도 그렇긴 했지.

"물론 제 힘으로 살아남진 않았죠. 저를 그곳으로 소환한 사람한테는 최소한의 양심이란 게 있더라고요. 뒤늦게 나타나긴 했지만 쇳조각들을 책장…… 하여튼 알아서 잘 없애버리고는 저를 구해서 돌아왔습니다. 그래서 거기가 어딘지 자세히 알아볼 기회는 없었고…….”

어느새 옆으로 온 킨 교수가 한숨을 내쉬며 말했다.

“거기가 바로 킵이야. 킵더스트는 거기서 묻어 왔군그래.”

겨우 한 가지 알게 되었다. 킵에 다녀왔으니 킵더스트가 묻어 왔다는 얘기는 논리적 귀결 같긴 한데…….

“그래서 자네를 거기로 데려간 자는 누구인가?”

“예상하실 것 같지만…….”

막시민은 레오멘티스 교수를 흘끔 쳐다본 다음 대꾸했다.

“앨베리크 쥬스피앙이라는 분이죠.”

“…….”

교수들은 저마다의 방식으로 이마를 짚기도 하고 한숨을 내쉬기도 했다. 레오멘티스 교수만은 진짜로 예상했는지 아무 반응도 보이지 않았다. 막시민은 잠시 생각해본 다음 물었다.

“그러니까, 거기서 제 몸에 묻어온 킵더스트 때문에 학교가 그 지경이 된 건가요? 그럼 그건 제가 아니라 쥬스피앙 님한테 물어봐야 할 일이 아닐까요? 저는 거기가 어딘지도 몰랐고, 거기서 그런 걸 묻혀 오면 안 된다는 것도 몰랐지만 쥬스피앙 님은 아셨을 것 아닙니까? 그런데도 저를 거기로 데려가셨다가 도로 네냐플로 보내면서 아무런 조치도 안 하셨거든요?"

그러자 로렐딘 교수가 말했다.

"물론 그분은 킵더스트가 뭔지 잘 알고 계시지. 그간 네냐플에서 킵에 다녀온 자들의 몸에 킵더스트가 남지 않도록 꼼꼼히 관리해오긴 했지만, 약간 떨어지는 정도로는 청소가 좀 필요할 뿐 별일이 없을 거라는 사실도 말이야. 그리고 그분이 왜 너를 킵에 데려가셨는지도 알 것 같네. 쥬스피앙 그분, 너를 대안 과정에 넣으려고 마음먹었던 거구나. 와, 진짜 야무진 분이야. 너란 애를 어떻게든 졸업시켜보려고 물불을 안 가리시잖아."

로렐딘 교수는 말해놓고도 어처구니가 없는지 헛웃음을 터뜨렸다. 막시민은 '대안 과정'이 뭔지 몰랐지만 어쩐지 이름만으로도 느낌이 좋지 않았다. 하지만 지금은 얌전하게 되물었다.

"그 과정이란 건 뭡니까?"

"대안 과정이 뭔지 너한테 설명해줄 필요는 없을 것 같구나. 쥬스피앙 님이 무슨 궁리를 하시든 넌 갈 일이 없을 테니까. 가서도 안 되고. 그건 섣불리 연구생이 됐다가 능력의 한계에 부딪혀서 졸업도 못 하고 포기도 못 하고 있는 애들을 위해서 생긴 거야. 정확히는 위하는 것도 아니지. 그냥 서로 이해관계가 맞은 결과랄까. 킵에서는 인력이 필요하고, 걔들은 졸업 학점이 필요하고, 그런 건데 일반 과정에서도 낙제만 거듭한 너를 킵에 보내면 어떻게 되겠어? 너 킵에 가봤으니 알 것 아니야? 그런 데서 네가 하루인들 혼자 살아남겠니? 아니, 살아남기만 해서는 안 되는데? 제 몫을 해내야 하는데?"

킨 교수가 끼어들었다.

"그 부분은 확실하지 않은 얘기니까 접어둡시다, 디아나. 하여튼 큰 해가 되지는 않았을 소량의 킵더스트에 왜 치명적인 '메타모르포시'가 벌어져 광범위한 '스테이로스'를 일으키게 됐는지 그 부분을 따져야죠. 그럼 너, 지옥 불에서 튀어나온 이글이글 불타는 괴물 얘기 좀 해볼까?"

"네?"

지옥 불과 괴물이라니, 막시민은 순간 당황해서 이게 무슨 소리인가 했다. 그러나 킨 교수는 농담하는 얼굴이 아니었다.

"어제 오렌지나무 술집에서 나왔다던 놈 말이야. 내가 갔을 땐 사라지고 재만 날리고 있었는데. 너한테 해결할 능력이 있었을 것 같진 않고."

"……."

그제야 무슨 소리를 하는 건지 알았다. 지옥 불에서 튀어나온 이글이글 불타는…… 어쩌다가 저렇게 거창한 칭호를 갖게 됐나 생각해보니 그때 누굴 불러오겠다고 하며 내뺀 오렌지 벅이 정신적 충격을 망상으로 바꿨던 모양이다.

"아, 그건 그런 엄청난 놈이 아니었고요. 고작 요만했다고요."

막시민은 두 손을 오므려 대충 크기를 전달한 다음 말을 이었다.

"캬캬 비명도 질러대고 이리저리 날뛰는 것이 제가 보기엔 그냥 불타는 곡마단 원숭이?"

"원숭이?"

"불타는?"

그들이 위대한 마법사들임을 감안할 때 자못 애들 장난처럼 들릴 이야기였건만 네 교수의 얼굴은 심각하기 이를 데 없었다. 반면 막시민은 대체 어떻게 하면 그게 별것이 아니었음을 전달할 수 있을까 생각하느라 심각한 얼굴이 됐다.

"네, 대체로 무해……하다고야 할 수 없지만……."

호이오크 교수가 물었다.

"혹시 말은 안 했고?"

"물론이죠! 하여간 오렌지 벅은 겁쟁이라 달아나버렸고, 그놈을 대충 때려잡았더니 재가 풀풀 날렸는데……."

로렐딘 교수가 놀란 얼굴을 했다.

"때려잡아? 어떻게? 너 아는 주문 없을 거 아니야. 전 과목 낙제잖아."

그야 물론 사실이지만 이런 데서까지 확인당하니 기분이 별로네.

"프라이팬으로 때려서 화덕에 처넣었거든요?"

교수들은 서로의 얼굴을 흘낏거렸다. '이런 애가 재학생이라니 네냐플의 미래는 괜찮은 걸까…….'

킨 교수가 한숨을 내쉬며 말했다.

"막시민, 그놈은 프시키가 틀림없다. 프시키는 음…… 너야 처음 들어볼 테지만 하여간 프라이팬으로 때린다고 해결되는 존재는 아니라는 걸 알아둬라."

프시키? 갑자기 뭔가가 떠오른 막시민은 반색을 했다.

"아, 프시키라면 에너지가 모인 곳에서 불규칙하게 관찰되는 에너지 생명체 아닌가요? 조그맣고, 말은 안 통하고, 마법으로 제거하면 먼지라는 게 나오고, 그걸로 다양한 마력 에너지원을 만들 수 있다는 그거죠?"

"……."

막시민은 어제저녁에 룸메이트 녀석에게 받은 속성 과외로 네냐플의 수준을 걱정하는 교수들을 약간이라도 안심시켜주고 싶었을 뿐이었지만, 교수들은 오히려 혼란에 빠져 불편한 표정이 되었다. 특히 호이오크 교수가 그랬다. 이 자식이 초급 마법학 시험지에는 '지난밤 음주의 필연성에 대한 변辯' 같은 거나 써놓고 나간 주제에…….

킨 교수가 말을 이었다.

"크흠, 그래, 웬일인지 정확하게 알고 있구나. 그런데 그날 프시키는 어떻게 해서 나오게 된 거지?"

"그야 물론 에너지가 모인 곳에서……."

"아니 그거 말고, 직접적 계기가 있었을 거 아냐? 혹시 네가 불러냈어?"

"그럴 리가 없죠! 그날 술집에서 처음 만난 어떤 녀석이 있었는데…… 자기가 내년에 반드시 입학할 거라고 우겨대다가…… 걔가 발끈해서 램프를 땅바닥에 내던졌더니 갑자기 그게 튀어나왔습니다."

막시민은 내용을 약간 생략했다. 권총 얘기를 여기서 꺼냈다가는 왠지 아무 맥락 없이 참고 자료로 압수당할 것 같은 예감이 확실하게 들었던 것이다.

"그 녀석이 누구야? 이름이 뭔데?"

"이름은 이스핀 샤를이라고 했는데……."

거기까지 말하다 말고 막시민은 오늘 3시에 이스핀과 만나기로 했던 약속을 떠올렸다. 참 일찍도 떠올린다 싶을지 몰라도 어제저녁부터 지금까지 막시민이 감당한 이례적 사건들을 감안한다면 제법 빨리 생각해낸 셈이었다. 슬슬 시간이 다 된 것 같은데.

"이스핀 샤를? 이런 이름을 들어보셨습니까?"

킨 교수가 다른 교수들을 둘러봤지만 아무도 대답하지 않았다. 킨 교수가 다시 막시민을 봤다.

"정말로 네 또래였단 말이야?"

"저랑 동갑이라고 주장했으니 열아홉 살 언저리 아닐까요?"

교수들은 아리송한 표정이 됐다.

"그런 나이에 마법사로 인정을 받은 사람이라면…… 두세 명밖에 없지 않나요?"

"게다가 프시키를 불러낼 정도라니 시시한 수준이 아니잖아요?"

교수들은 프시키가 우연히 튀어나오게 됐다는 생각은 전혀 하지 않는 듯했다. 역시 학교에서 가르치는 정의가 전부는 아니었다. '불규칙하게 관찰되는'이라는 말에는 많은 정황이 생략되어 있는 것이다. 그리고 실은 막시민의 생각도 같았다. 그의 기억상 그날 이스핀은 램프를 던지면 뭐가 나올지 미리 알았던 것이 틀림없어 보였다. 그러니까 그 애가 마법사다 그거야? 그것도 매우 뛰어난?

그때 레오멘티스 교수의 입가가 미심쩍게 비틀렸다.

"자네가 한 이야기에서 뭔가 세부 사항이 빠져 있다는 느낌이 든다."

막시민은 흠칫했다. 설마 권총을 생략한 걸 알아챘나?

“자네가, 처음 만난 또래와 티격태격하다가 그 학생을 화나게 했고, 그래서 그 학생이 프시키를 불러냈다는 말까지는 믿는다 치자. 자네는 그러고도 남을 인재니까.”

칭찬 한번 꺼림칙하게 하시네.

“하지만 프라이팬으로 때려 화덕에 처넣는다고 해서 프시키가 소멸되지는 않아.”

아하? 막시민은 재빨리 소리쳤다.

“그 부분은 제가 빠뜨렸네요! 사실 프시키는 화덕 문을 부수고 탈출했죠! 그래서 그 이스핀이라는 녀석이 도로 없앴습니다. 어떻게 그렇게 했는지 저야 모르겠고, 그냥 눈으로 보기에는 동그란 빛을 만들었다가 그게 번쩍, 하고 터지더니 사방에 불꽃놀이 같은 게 일어나고, 그러다가 허공 속의 한 점으로 모조리 빨려들면서 없어지더라고요.”

교수들은 진정 놀란 표정이 되었다. 로렐딘 교수가 커다랗게 뜬 눈을 깜빡거리다가 다른 교수들을 돌아봤다.

“저건 프시키를 없애는 과정과는 전혀 다른데요? 저런 얘기를 들어보셨습니까? 저는 처음 들어봅니다.”

킨 교수가 고개를 갸웃거리다가 말했다.

“제가 소환술 마스터라서 이렇게 생각하는지 모르겠지만 저 설명은 어딘가 소환술 취소와 비슷한 느낌이 듭니다. 역방향 소환 말입니다. 하지만 프시키는 소환수가 아닙니다. 이 세상에 평범하게 존재하고 있단 말이죠. 혹시 막시민이 봤다는 존재가 프시키가 아닌 건 아닐까요?"

호이오크 교수가 고개를 저었다.

"프시키가 아니라면, 메타모르포시가 일어난 부분을 설명할 수가 없습니다. 프시키가 소멸될 때 나온 먼지와 킵더스트가 합쳐졌을 때만 발생하는 일이니까요. 하여튼 저도 막시민이 만났다는 소년이 뭘 했는지는 모르겠는데, 아시다시피 가나폴리의 멸망 이후로 전승자가 사라져서 민간으로 숨어버린 마법이 워낙 많지요. 저희가 모르는 마법이 언제든지 발견될 수 있다고 학장님께서 말씀하시던 생각이 나는군요. 그나저나 그 술집도 폐쇄가 필요해 보이네요."

호이오크 교수는 기초 마법학을 가르치는 교수답게 다양한 분야의 마법에 광범위한 지식을 갖고 있었다. 그런 그가 모르겠다고 하면 정말로 이 세상에 알려지지 않은 마법이라는 뜻이 되었다. 호이오크 교수의 마지막 말을 들은 킨 교수가 한숨을 내쉬더니 말했다.

"그건 걱정 마십시오. 이미 폐쇄하도록 지시해놓았습니다. 뒤늦었지만요. 어제 오후에 저는 그 술집에서 무슨 일이 벌어졌다는 신고를 듣고 그곳에 가보았지만 남은 흔적이 거의 없다 보니 별것 아니라고 생각해 간과하고 말았습니다. 그때 제가 막시민을 찾아내어 무슨 일이 벌어진 건지 확인을 해두었더라면 오늘의 이 사태는 없었다고 봐야겠지요. 모두 제 잘못입니다."

레오멘티스 교수가 입을 열었다.

"그래서 개인적으로 막시민을 숨겨주려 하셨군요. 하지만 제 의견은 다릅니다. 그런 식으로 해결될 문제가 아닙니다."

킨 교수는 대답하지 못한 채 바닥을 내려다봤다. 도망치려 한 적도 없었던 막시민도 도망 모의를 하다가 들킨 사람처럼 시선을 방구석으로 보내는 수밖에 없었다.

레오멘티스 교수가 말을 이었다.

"막시민의 진술을 정리하자면 킵에 다녀와서 묻은 킵더스트와, 프시키를 소멸시킬 때 나오는 먼지가 한 사람의 몸에 묻은 채 학내 곳곳에 떨어진 결과 메타모르포시가 발생했습니다. 여기까지라면 막시민은 쥬스피앙의 변덕과 이스핀 샤를이라는 소년이 한 일에 휘말려 피해를 본 희생자라고 해야 할 것입니다."

그거야말로 막시민이 하고 싶던 이야기였다. 막시민이 진지하게 고개를 끄덕거리고 있자 레오멘티스 교수가 그쪽을 흘끗 보더니 다시 말했다.

"이렇듯 희생자는 분명합니다. 하지만 가해자는 분명하지가 않습니다. 쥬스피앙과 그 소년이 이번 문제를 일으키려고 작당을 했을 것으로는 보이지 않습니다. 또한 그들이 한 일은 각각 떼어놓고 본다면 그저 조금 위험한 장난에 불과합니다. 그 소년은 공공장소에서 프시키를 불러냈지만 스스로 해결할 능력이 있었고, 쥬스피앙은 네냐플의 보안 마법을 무시했지만 그게 뭐, 하루이틀 된 일은 아니지요."

그렇게 말하는 레오멘티스 교수의 눈썹이 해묵은 원한 때문인지 약간 꿈틀거렸다.

"예상컨대 그들 둘은 서로가 한 일은커녕 서로의 존재조차 모를 것이고, 그 결과 네냐플에 이런 일이 벌어졌다는 사실도 모를 것입니다. 다시 말해 책임 소재가 아주 곤란한 사건이라 할 수 있습니다. 또한 그들은 둘 다 이곳에 없고 남은 건 막시민뿐입니다. 심볼리온에서 이 사건을 인지한다면 소환할 사람은 막시민뿐이라는 뜻이지요."

"……."

막시민은 최대한 당혹스럽고 절망적인 표정을 지었다. 그건 조금도 어려운 일이 아니었다. 실제 심정이 그랬기 때문이다. 그래서 희생자인 내가 모조리 덮어써야 된다는 말은…… 설마…….

"하지만 희생자가 문제의 책임을 지는 경우란 없습니다. 그런 불합리한 일은 반드시 막아야 합니다."

그 말을 들은 교수들이 눈짓을 나누더니 일어나 레오멘티스 교수에게 다가갔다. 제일 먼저 킨 교수가 계면쩍은 미소를 띠며 말했다.

"조금 전까지 저는……."

"킨 교수님 혼자서 해결할 문제가 아니라는 뜻이었습니다."

막시민은 레오멘티스 교수의 입가가 아주 조금 움직이는 것을 보았다. 미소처럼. 금세 사라져버렸지만. 이어지는 이야기는 막시민에게 잘 들리지 않았지만 대략 알아들은 몇 마디는 이러했다. 다짜고짜 혼자서…… 다른 아이들 같으면…… 위험하지만…… 그래도 막시민이니까…….

이윽고 모두 고개를 끄덕이고 나자 레오멘티스 교수가 갑자기 일어나더니 막시민을 향해 손을 뻗었다. 그러자 동그란 빛이 덮쳐와 막시민을 감쌌다가 등뒤로 빠져나가며 맞은편 벽에 하얗게 맺혔다. 막시민은 뒤를 돌아보았다. 불길로 그린 듯한 원이 보라색 벽 위에서 숨을 쉬듯 움직였다.

"저건…… 뭐죠?"

호이오크 교수가 대신 대답했다.

"'그림자 분리'라고 하는 건데, 그냥 추적을 피하기 위한 거라고 알아두면 돼. 한 사흘 정도 갈 거야."

로렐딘 교수가 말을 이었다.

"그사이에 네냐플에서 가능한 한 멀어져야 해. 강을 이용하는 게 제일 좋겠다. 노아질베르 수운을 타야 하는데 야플리아 강을 통하면 추적당하기 쉬우니까, 산을 넘어가서 아모치아에서 출발하는 수송단에 끼어서 노아질베르 강으로 들어가면 될 거야. 거기까지 가는 데 사흘이면 충분하겠지. 너 많이 다녀봤으니까 잘 알지? 그 수운도 이용해봤잖아."

막시민은 대꾸 없이 눈만 몇 번 깜빡거렸다. 그간 별 교류가 없었기에 로렐딘 교수가 막시민이 입학 전에 한 일들까지 알고 있는 줄은 몰랐다. 하지만 그런 부분보다 먼저 물어야 할 것이 있었다.

"그렇게 해서 어디로 가라는 건데요?"

"켈티카."

킨 교수가 대꾸하더니 주머니에서 뭔가 작고 얇은 것을 꺼내 들고 만지작거리며 말을 이었다.

"켈티카는 마법으로 사람을 찾아내기가 가장 힘든 곳이야. 단지 사람이 많아서는 아니고, 수백 년 동안 온갖 사건이 있었던 곳이다 보니 오래된 마법장이 여럿 중첩되어 있어서 교란이 심하거든. 거기서 사람을 찾으려면 평범한 탐문 조사가 제일 낫다는 걸 누구나 알지."

그러더니 손에 쥐었던 것을 막시민에게 건넸다. 무심코 받아들고 보니 그건 귀족들이나 쓸 법한 고급스러운 동판 명함이었다. 명함 위에는 검은 음각으로 다음과 같은 이름이 적혀 있었다.

“잠깐, 이건…….”

막시민이 뜨악한 표정으로 뭐라 말하려 하자 로렐딘 교수가 손을 내젓더니 말했다.

“이제부터 그게 네 이름이야. 근사하지? 본명보다 나은 것 같은데? 자, 이것도 받아.”

로렐딘 교수는 바로 옆에 있던 보라색 콘솔에 달린 얇은 서랍을 열었다. 그리고 그 안에서 가죽에 징을 여럿 박아 만든 질 좋은 여행 가방을 꺼내서 막시민의 발밑에 내려놓고 새틴으로 지은 매끈한 검정 외투와 모자, 그리고 지팡이까지 꺼내 건네주었다. 가방에는 ‘M. 드 플레상스’라는 글자와 물고기 세 마리를 형상화한 가문의 문장이 찍혀 있었다. 그런데 그런 물건들이 술술 나온 서랍의 높이는 고작 한 뼘에 불과했다. 본래 저 안에 들어 있었을 리가 없겠지만, 동시에 방금 준비했다고 보기에는 너무 세심한 물건들이기도 했다.

“가방 속에는 네가 가서 머물 곳의 주소가 있을 거고, 여비가 있을 거고, 네 개인 소지품들도 들어 있어. 쓸데없는 것도 있겠지만 아무데나 흘리지 말고 켈티카까지 간 다음에 버려. 프로필 추적당할까 봐 모조리 챙겨 온 거니까. 자, 우리가 해줄 일은 여기까진데 그다음은 네가 잘하는 분야니까 걱정하지 않아도 되겠지?"

다시 말하지만 로렐딘 교수는 아직까지 막시민을 한 번도 가르친 적이 없었다. 그런데도 막시민이 어떤 녀석이며 어떻게 살아왔는지 알 만큼 아는 듯한 태도였다. 교수들 중에서 막시민의 지난 일을 제법 알 사람이라면 레오멘티스 교수밖에 없는데……. 설마 교수들도 자기들끼리 모이면 학생들을 놓고 이러쿵저러쿵 논평이라도 하고 있는 거야?

무엇보다 막시민은 이 년이나 네냐플을 다니면서도 교수가 학생들에게 이런 일을 해주기도 하는 사람이라고 상상한 적이 없었다. 그가 지금껏 교수들에게 받아본 거라고는 실망스러운 눈빛과 낙제점밖에 없었기에 네냐플 교수라는 사람들이 마음만 먹으면 어떤 일을 해줄 수 있는지도 몰랐고 말이다. 그러다가 이런 순간이 닥치자 이상할 정도로 말문이 막힌 막시민은 눈동자를 굴리다가 물었다.

"그건, 그러니까, 그렇다 치고…… 그래도 왜 하필이면 귀족인데요?"

"그야 너와 정반대되는 인물이니까 그렇지. 그래야 너를 찾아내기가 힘들 것 아니겠어?"

듣고 보니 맞는 말 같기도 했다. 막시민은 가방을 내려다봤다. 지팡이도 봤다. 이어 손을 폈다가, 멈췄다가, 마침내 고개를 한쪽으로 꺾으며 괴상한 표정을 짓고는 말했다.

"그냥 주시는 대로 받아서 조용히 사라져도 되겠지만 아무래도 믿어지지가 않긴 하네요. 이렇게까지 해주시는 건…… 역시 제가 심볼리온인가 거기 끌려가서 네냐플의 명예를 땅에 처박을까 봐 그러시는 건가요?"

호이오크 교수가 양 입가를 내리며 동시에 눈썹을 올려 보였다.

"그야 리프크네 너라면 지하실까지 쑤셔박고도 남겠지만, 그보다 안타까운 건 우리가 비위가 좀 약하다는 거야. 다시 말해 하필 너 같은 녀석일지라도 남이 와서 네냐플 학생의 뒤통수를 때리려 하면 갑자기 그 인간의 엉덩이를 걷어차고 싶어지는 병이 있어. 일종의 직업병인데……."

로렐딘 교수가 호이오크 교수를 향해 턱을 까딱거렸다.

"듣고 보니 나도 같은 병이 있나 본데. 하여튼 내 생각은 그래. 한번 네냐플 소속이 되고 나면 벌을 줘도 네냐플이, 상을 줘도 네냐플이 하는 거야. 그러니까 괜히 걸려서 잡혀가지 말고 똑바로 잘해. 딴 나라 딴 학교에서 온 인간들한테 달달 볶이는 꼴을 우리가 참고 보게 만들지 말란 말이야. 더구나 너잖아. 그 사람들이 널 보고 네냐플 학생들이 다 너 같은 줄 알면 어떡하니? 이 녀 연속 유급중이라 그렇다고 일일이 설명해줄 수도 없고."

"하지만 전 이번 시험에서……."

막시민은 레오멘티스 교수를 흘끗 보았다. 레오멘티스 교수는 의자에 천천히 도로 앉으며 '아직도 안 가고 뭘 하니?' 하는 눈빛을 보내더니 말했다.

"네 5등급 답안지는 잘 봤다. 이번 사태로 너는 학생 자격이 정지되니 유급과 퇴학은 돌아온 뒤에 논해야겠군."

킨 교수가 덧붙였다.

"게다가 네가 원하는 대로 학교 문을 걸어나가기란 간단치 않을 전망이야. 야무진 쥬스피앙 님께서 네 수업비를 전액 선불해놓았더라고. 4학년까지. 아니지, 연구 과정까지인가?"

그날 하루는 상상 초월하는 사건이 수없이 벌어진 날이었지만 이 말만큼 막시민을 얼어붙게 만든 것은 없었다. 1학년도 수료 못 하고 헤매는 와중에 4학년이 웬 말이며…… 연구 과정이라고? 누구 마음대로?

"자, 그럼 문을 열어볼까."

호이오크 교수가 처음에 그가 들어왔던 입구 쪽으로 가더니 열려 있던 문을 닫고, 문고리를 몇 번 매만졌다. 그리고 몸을 돌려 막시민을 바라보며 말했다.

"자, 그럼 플레상스 경? 벨 골짜기에 사는 친구를 만나 연회에 참석하고 여러 가지 선물을 받았으니 이제 안전하게 켈티카로 돌아가기만 하면 되겠군요. 그럼 인연이 되면 다시 만납시다."

그 말과 함께 문이 덜컥 열렸다. 막시민은 저도 모르게 안쪽을 들여다봤다. 하지만 환한 빛이 쏟아져 들어오고 있어서 그 너머가 어디인지 알아볼 길이 없었다. 그리고 그렇게 들여다보는 동안 막시민은 그 자리에서 사라졌다. 아마 자신조차 모르고 있었을 것이다.

남은 교수들은 서로의 얼굴을 바라봤다. 처음에는 각기 다른 표정이었지만 결국 넷 다 쓴웃음으로 바뀌었다. 호이오크 교수가 말했다.

"너무 걱정은 마시지요. 리프크네는 우리 학교에 잘 맞는 학생이었다고 하긴 어려웠지만 다른 면에서는 뛰어났죠. 아, 물론 낙제하는 재능 말고요."

킨 교수도 말했다.

"우리 학교 아니라 어느 학교에 간들 맞았겠습니까? 쥬스피앙 님의 눈이야 놀랄 만큼 정확했지만 학교 같은 곳에서는 개화하기 어려운 재능이었는지도 모릅니다. 오히려 이번 같은 위기가 능력을 발휘하게 해줄지도 모르죠. 살기 좋을 때는 꼼짝도 안 하지만 나쁜 상황을 뚫고 살아남는 쪽은 특화된 모양이니까."

로렐딘 교수가 고개를 끄덕이다가 조금 갸웃거렸다.

"무슨 말씀 하시는지 알겠는데 제가 듣기로는 조금 다르던데요. 나쁜 상황에서 잘 살아남는다기보다는, 그런 상황에서…….”

로렐딘 교수는 레오멘티스 교수의 얼굴을 흘끗 보며 말을 맺었다.

“남을 잘 살려내던데.”

보라색 봉인

4시.

네냐플로 이어지는 비탈길을 내려와 헤이마치에 접어든 이스핀은 이상한 점을 눈치챘다. 그즈음 상당수의 학생들이 네냐플을 떠났으므로 헤이마치는 텅 비다시피 조용해야 했다. 그런데 헤이마치의 십자로 한쪽, 린디즈 가게 앞에 꽤 큰 무리를 이룬 학생들이 모여서 수군거리고 있었다. 처음에는 신제품 절임이라도 나왔나 했지만 다시 생각해보니 방학하는 날 그런 걸 내놓는 한심한 가게 주인이 있을 리 없었다.

이스핀은 멀찍이서 그들을 바라보다가, 한 발짝 다가가려다가, 다시 걸음을 멈췄다. 기묘한 직감이 뒤꿈치를 붙들었다. 어쩐지 저들의 눈에 띄어서는 안 될 것 같았다.

이스핀은 주위를 한 바퀴 둘러보고 나서 십자로의 다른 곳을 흘끔거리다가 사람이 없는 쪽을 택해 느릿하게 걸음을 옮겼다. 십자로 끝까지 가자 오렌지나무 술집이 나타났다. 그런데 한 시간 전까지만 해도 없었던 것이 술집 문에 붙어 있었다. 문을 열지 못하도록 못질해 붙인 커다란 나무판자, 그리고 그 위에 붙은 짙은 보라색 봉인이었다.

희미한 은빛의 반짝거림이 감도는 고급스러운 봉랍에는 포도 열매와 잎을 형상화한 모양의 인장이 찍혀 있었다. 또한 봉투를 봉할 때 붙이는 것과는 달리 거의 주먹만 하게 컸다. 그 외에는 아무런 설명도, 표시도 없었지만 어떻게 보아도 너무 눈에 띄었기에 중대한 위험을 경고하는 듯한 느낌을 떨칠 수가 없었다.

이스핀은 눈을 몇 번 깜빡이며 그것을 보고 있다가 불현듯 뒤뜰로 돌아가 주위를 살폈다. 예상대로 뒷문에도, 부엌 쪽의 작은 쪽문에도 같은 봉인이 붙어 있었다. 이스핀은 그중 하나를 뚫어져라 보다가 바닥을 내려다봤다. 문턱에 봉랍 한 방울이 떨어진 흔적이 남아 있었다.

살아오며 봉랍을 수없이 써본 이스핀이 보기에 저것은 붙인 지 얼마 되지 않았다. 아까 이스핀이 이곳을 떠난 직후의 일일 것이다. 손으로 건드려보면 더 정확하겠지만, 동시에 좋은 생각이 아니리라는 직감이 들었다.

왜냐하면, 저건 네냐플의 인장일 것이므로.

네냐플에 한 번도 들어가 본 적이 없는 이스핀도 네냐플에 있다는 지식의 보고 '포도원'에 대해서는 들어보았다. 이스핀은 몇 발짝 뒤로 물러섰다. 몇 가지 사실이 머릿속을 질주해 지나갔다. 못질한 판자만이라면 술집 주인이 무슨 일이 있어서 술집을 닫았나 보다 생각할 수도 있겠지만 저 봉인은 네냐플에서 직접 이곳을 폐쇄했다는 의미가 틀림없었다. 그리고 이 마을에 사는 사람들은 '접근하지 마시오' 같은 안내문이 붙어 있지 않더라도 보라색 봉인만 보면 얼씬할 생각을 하지 않을 것이다. 네냐플의 비위를 거스르기도 싫겠지만, 무엇보다 어떤 위험한 마력이 깃들어 있을지도 모르는 마법 학교의 봉인을 왜 건드리겠는가?

사람들이 그런 불안을 품으리라는 점을 네냐플에서도 잘 알 테고, 따라서 웬만한 일로 저렇게 위협적인 봉인을 붙여둘 리가 없다. 즉, 저 봉인은 진짜로 사람들이 접근해서는 안 되는 중대한 이유가 있다는 의미가 된다. 그런데 저 술집은 어제까지만 해도 멀쩡히 영업했고, 어젯밤부터 오늘 낮까지는 열지도 않았다. 즉, 저 술집이 마지막으로 문을 열었던 때 그 안에 있었던 사람은 이스핀 자신, 그리고 막시민 리프크네였다.

그리고 막시민은 사라져버렸다. 네냐플 교수의 손에 이끌려, 순간 이동으로. 왜겠는가?

"……."

어렴풋하던 직감이 강한 위험 신호로 변하는 순간이었다. 등뒤에서 누군가가 부르는 소리가 났다.

"거기 잠깐만요."

흠칫해서 몸을 돌리자 처음 보는 여자 하나와 남자 둘이 서 있었다. 자연스럽게 서 있는 듯해도 이스핀은 대번에 알아차렸다. 상대는 주문을 쓸 준비가 되어 있었다. 손 모양을 보면 알 수 있다.

학생이라기에는 조금 나이가 많아 보였지만 교수라기에는 젊었다. 하지만 마법사들의 나이를 외관으로 짐작해선 안 된다는 말을 마리 루이에게 여러 번 들었다. 이스핀은 바짝 긴장했지만 동시에 그걸 내색해선 안 된다고 판단했다. 주문 사정거리 안에 들어간 채로 마법사 세 명을 동시에 상대할 방법 같은 건 없다.

이스핀은 어리둥절한 표정을 지어 보였다.

"네? 절 부르셨나요?"

"그래요. 혹시 당신, 이스핀 샤를……."

그렇게 묻는 목소리에 처음과는 달리 의혹이 묻어났다. 왜냐하면 대답하는 이스핀의 목소리가 누가 들어도 여자, 그것도 꽤 앳된 열다섯 살짜리 같았기 때문이다. 이스핀은 눈을 동그랗게 뜨며 말했다.

"아뇨? 전 마르셀리에트 콜롱비에-르-비유라고 하는데요."

이름을 말하며 오를란느 특유의 목구멍에서 내는 소리를 슬쩍 섞었다. 다행히 입은 옷이 어제와 달랐다. 이쪽도 여자 옷은 아니긴 했지만, 오렌지 벅이나 막시민이 인상착의를 전했다고 상상한다면 어쨌든 똑같지는 않았다. 아까 학교 앞에서 너무 비상식적으로 울화가 치밀어서 열이 오르는 바람에 반망토도 벗어서 가방에 넣어버린 참이었다.

"그래요……."

세 사람이 서로 눈짓을 주고받는 사이 이스핀은 얼른 말을 이었다.

"그런데 저거 뭐예요? 저 보라색 동그란 거, 저거 마법이에요? 완전 신기하고 예쁘다. 아주 조금만 떼어 가도 돼요?"

그렇게 말하자마자 바로 다가가 손을 대려 했다. 갈색 머리를 묶은 여자가 깜짝 놀라며 소리쳤다.

"손대면 안 됩니다!"

이스핀은 화들짝 놀라 손을 움츠리는 시늉을 하다가 그만 발을 헛디뎌 넘어질 뻔하기까지 했다. 그런 다음 허둥지둥하며 말했다.

"아, 안 되는 거구나. 그럼 여기 서 있어도 안 되는 거 아니에요? 혹시 저거 터지나요? 아니면…… 그렇다, 무서운 괴물

같은 거 나오는 거 아니에요?"

이스핀의 겁먹은 표정을 본 여자가 난처한 표정을 지으며 말했다.

"그런 건 아니지만 그래도 건드리면……."

"위험한 거구나……. 무섭다. 저, 죄송한데 그만 가도 되죠?"

대답을 기다리지도 않고 뒷걸음질치다가 얼른 돌아서서 뛰기 시작했다. 머릿속으로는 마을에서 내려가는 길의 위치, 그리로 가는 도중에 있을 지형지물, 그중에서 쓸 만한 것을 재빠르게 훑었다. 예상대로 곧 등뒤에서 부르는 소리가 들려왔다.

"잠깐 기다려요!"

이스핀도 저들이 이대로 자신을 보내주리라고 생각하지는 않았다. 저들이 소년 이스핀 샤를을 찾다가 여자인 자신을 보고 헷갈렸을지라도 멍청이가 아닌 이상 인상착의가 비슷한 사람을 그냥 가게 둘 리는 없었다. 다만 저쪽에서 그런 판단을 해내는 사이에 자신은 주문 사정거리에서 벗어나기만 하면 되었다.

"마르……엣!"

상대는 이스핀이 한껏 오를란느식 발음을 섞어 말한 이름을 제대로 발음하지 못했다. 물론 그럴 줄 알고 택한 이름이었다. 성도 기억하지 못할 게 틀림없었다. 어려서 오빠와 놀러가곤 하던 버려진 성터에 솟은 탑의 이름일 뿐이지만. 아노마라드 사람들은 이런 이름을 대면 유난히 기억하지 못한다는 것을 이스핀은 알고 있었다. 아노마라드 사람은 저들의 공용어가 표준이라고 생각하기 때문에 다른 나라의 발음을 이해하려는 의지가 없기 때문이다.

금세 마을을 벗어나 숲 어귀에 다다랐다. 잡목이 우거진 너머로 프시키의 존재를 느낀 이스핀은 반색했다. 오를란느에서는 어딜 가나 프시키가 쉽사리 느껴지곤 했지만 아노마라드에서는 그렇지 않았다. 어제부터 오늘까지 발견한 프시키가 고작 둘뿐이었다. 오를란느가 프시키가 살기에 더 좋기라도 한 걸까? 그런데 저 숲에 제법 많은, 적어도 열은 넘는 프시키가 있었다.

숲으로 뛰어든 이스핀은 프시키들의 존재를 또렷하게 포착하는 것과 동시에 돌아섰다. 이어 나직이 말했다.

"우리, 예쁜 거 하나 만들어볼까?"

프시키들은 먼저 말하는 일도 대답하는 일도 없었지만 이스핀은 곧잘 그들에게 말을 건네곤 했다. 형태조차 없는 그들이기에 처음에는 어떻게 대해야 할지 혼란스러웠는데 네이가 한 말 때문에 새들로 연상해볼까 했다가 어느새 이렇게 되고 말았다. 작고 찬란한 새들, 내 손에 죽고 싶어 하는…….

이스핀은 한 손을 뻗어 손가락으로 허공을 가볍게 저었다. 그러자 희미한 파동 같은 것이 공기 중으로 퍼져나갔다. 프시키들이 긴장하며 파르르 떠는 것이 느껴졌다. 걱정 마, 죽이려는 게 아니니까. 어쨌든 이번엔.

준비가 되자 손끝을 가볍게 튕겼다. 그러자 투명한 뭔가가 자라나다가, 뻗어가다가, 갈색, 녹색, 검은색으로 변하며 폭죽처럼 무성하게 늘어졌다. 수십 그루의 나무가 갑자기 자라난 듯 보였지만 실제로는 특정 지점의 가지와 잎만 빼곡해졌다. 그런데도 이상한 점을 느낄 수가 없는 이유는 열 걸음, 스무 걸음 너머의 풍경이 한눈에 들어오듯 자연스러운 원근감을 띠었기 때문이다.

이스핀은 소리 없이 몇 걸음 물러서서 달려오는 사람들을 지켜보았다. 그들은 이스핀이 선 곳에서 고작 네댓 걸음 너머에 멈춰 섰지만 이스핀을 발견한 기색이 아니었다. 단지 두리번거렸다. 그때 저만치에서 누군가가 걸어가는 소리가 들려왔다.

"저쪽."

"너도 들었지?"

한 명이 가리키자 다른 둘이 고개를 끄덕이며 그쪽으로 서둘러 걸음을 옮겼다. 이스핀이 빤히 바라보는 가운데 고작 몇 걸음 곁을 스쳐가며 그들이 말하는 소리까지 고스란히 들렸다.

"그런데 이름이 뭐랬더라?"

"마리엣? 멜리사?"

"어쨌든 여자였잖아. 우리가 찾는 건 남자 아니었어?"

"일단 확인은 해두자는 거지, 뭐."

이스핀은 그들이 멀어지기를 기다려 반대쪽으로 사뿐사뿐 움직였다. 에투알 시절에 받았던 '깃털 걸음'이라고 부르는 훈련이 도움이 되었다. 아니, 실은 훈련을 받기도 전부터 이스핀은 이 걸음을 잘했는데 어려서부터 발레를 배웠기 때문일 것이다. 그래서인지 에투알에서 가르치는 것과 발동작이 약간 다르기도 했지만 소리를 내지 않는다는 점에서는 충분히 뛰어났으므로 상관없었다.

제법 멀어지고 나자 그때부터는 몸을 돌려 속도를 높였다. 이스핀의 주변을 감싸며 시야를 교란해준 프시키들은 계속해서 따라왔지만 이런 눈속임만으로 저들이 언제까지 속아줄지는 모를 일이었다. 하지만 이보다 강력한 방법은 곤란했다. 프시키가 이 정도 숫자로 모이면 상대를 골탕 먹이거나 추적을 떨쳐낼 방법은 꽤 많았지만 이스핀은 일부러 조용하고 시시한 방법을 택했다. 왜냐하면 상대는 네냐플이었기 때문이다. 이스핀이 직접 네냐플로 가겠다고 했을 때 마리 루이는 몇 번이나 다짐해가며 주의를 주었다.

"공녀님, 네냐플에서 교수 노릇을 하고 있는 마법사란, 마음만 먹으면 못 할 일이 없는 사람이라는 뜻입니다. 공공연히 정체가 드러난 인물들 중에는 전 대륙에서 가장 무서운 사람들일 거예요. 실은 그 드러난 정체도 전부가 아닐 가능성이 있죠."

그러니 절대로 그들에게 쫓겨서는 안 된다.

물론 지금 쫓아오는 자들은 교수도 아니고, 적이 가까이 있을 때는 프시키를 다루기보다 검을 쓰는 편이 오히려 빠르고 손쉬웠다. 하지만 저들을 죽이고 갈 것이 아닌 이상 위협적인 능력을 보이면 관심을 끌게 된다. 마리 루이의 충고대로 어디까지나 대수롭지 않은, 조금 미심쩍긴 해도 교수가 표적으로 삼아 쫓을 가치까지는 없는 존재에 그쳐야 했다.

숲 가장자리에 이르자 이스핀은 오므렸던 손을 풀며 프시키들을 날려보냈다. 작은 새처럼 흩어지는 그들을 향해 입술만 움직여 "다음에 또 봐"라고 말했다. 물론 이스핀은 프시키들을 하나하나 구별하지 못했으므로 이번에 봤던 프시키를 다른 곳에서 본다 해도 알아볼 가능성은 없었다. 하지만 어쨌든 도움을 받았으니까. 그리고 이러는 편이 재미있으니까.

그런 다음 빠른 걸음으로 나아가 처음 머릿속에 떠올렸던 벼랑 앞에 이르렀다. 그대로 떨어진다면 두 번 정도는 죽을 수 있을 높이의 벼랑 아래로 강이 흘러갔다. 야플리아 강이다. 강을 내려다보는 이스핀의 눈이 가늘어졌다. 이제부터 어떻게 할까?

무엇보다 네냐플에서 멀어져야 했다. 마법사들이 추적 마법으로 사람을 찾아내는 범위는 넓어봤자 말을 타고 십여 분 거리 정도고, 그 사람의 신체 일부나 오래 쓰던 물건 같은 것도 필요하다고 들었다. 자신은 아무것도 남긴 것이 없으니 저쪽에서 그런 주문으로 자신을 찾아내지는 못할 것 같았지만 혹시 모르니 최대한 멀리 가는 편이 안전했다.

막시민은 어찌된 것일까도 생각해보았다. 처음 만나본 막시민이 무책임하고 다루기 힘든 사람이라는 인상을 주었기 때문에 처음에는 다짜고짜 권총을 주기 싫어서 도망쳤다고 생각했지만, 보라색 봉인을 보고 난 이스핀은 냉정한 판단력을 되찾았다. 신뢰감 가는 인간으로 보이지 않긴 했지만 그렇더라도 뭔지도 잘 모르는 권총이 탐나서 하룻밤 만에 학생 신분마저 버리고 도망쳤을까? 그보다는 뭔가가 잘못되어 네냐플 교수에게 불려갔다는 쪽이 더 그럴듯하지 않을까? 그렇다면 왜? 혹시 네냐플도 권총을 노리고 있었단 말인가? 왜? 이스핀이 알고 있는 것을 그들도 알아서?

아니다…….

이스핀은 다시 생각을 고쳤다. 자신은 너무 권총에 집착하고 있다. 그야 자신에게는 중요한 물건이니까. 하지만 어제 본 막시민의 태도는 그렇지 않았다. 그저 대수롭지 않은 옛날 사건인 것처럼 반응했다. 그런데 하필이면 이스핀이 막시민을 만나 권총을 요청한 날 줄곧 가만히 있던 네냐플에서도 그걸 손에 넣으려 시도하다니, 우연의 일치가 지나치다.

그보다는 술집이 봉인된 것으로 보아 네냐플의 관심사는 프시키가 나왔던 일이 아닐까? 그런데 네냐플의 마법사들이 고작 프시키 하나 때문에 왜 이런 소란을 피우지?

여기부터는 추론으로 결론을 내리기 힘든 부분이었다. 마법적 지식이 있어야 했다. 그러니 잠시 접어두고 지금 할 일은 여기서 벗어나는 것이다. 어디로 갈까? 네냐플이 본격적으로 뒷조사를 시작하면 이스핀이 네냐플 근처에서 접촉했던 사람들이며 장소는 금세 밝혀질 가능성이 크다. 그러니 경로를 완전히 바꿔야 한다. 일단 자취를 감췄다가 사흘쯤 사이를 두고 1차 거점인 모니즈까지 바로 가도록 하자. 거기까지 간 다음에 네냐플과 막시민 리프크네에게 무슨 일이 벌어졌는지 알아보는 편이 나을 것이다. 그전에는 혼자서 새로운 이름으로, 새로운 길로, 누구도 만나지 않고 움직여야지.

그런 생각을 했지만 겁이 더럭 나지는 않았다. 오히려 온몸이 팽팽하게 긴장되면서 예전, 열다섯 살 에투알 수련병으로 돌아간 기분이었다. 에투알 최종심이라도 본다고 생각하면 괜찮을 것이다. 이까짓 게 설마 최종심보다 어렵겠어?

네냐플로 가려는 사람들이 내리는 선착장보다는 이쪽이 상류였다. 저녁이 되면 배도 운행하지 않으니 잠시 강 근처에 숨어 있다가 밤을 틈타 움직이면 눈에 띄지 않을 것이다. 강

줄기를 거슬러 한나절 올라가면 마을이 나오고, 거기서 파노자레 산맥 쪽으로 이어지는 길목에 작은 도시가 있다고 들은 기억이 났다. 올 때는 거치지 않았던 경로다.

"좋아."

암벽을 살펴보니 그럭저럭 거머잡을 곳이 있어 보였다. 이스핀은 아래를 내려다본 다음 양손을 폈다 접었다 하면서 심호흡을 했다. 겁이 나지 않는다면 거짓말이었다. 에투알 시절에 이런 암벽을 몇 번 타본 적은 있었지만 거의 사 년 전의 일이고, 이번에는 안전장치도 전혀 없었기 때문이다.

하지만 정말로 최종심을 보는 상황이라면 이렇게 머뭇대고 있었을까? 이스핀은 문득 미간을 찡그렸다. 작년, 누군가가 샤를로트 공녀가 진짜 에투알은 아니지 않느냐고 했을 때 곁에 있던 로랑이 발끈하며 공녀 연하께서 최종심을 보지 못한 건 대공국을 위해 공녀 역할로 돌아가야 했기 때문일 뿐이라고 반박한 적이 있었다. 그때 자신은 너무 당연한 말이라 끼어들 필요도 없다고 생각하며 듣고 있지 않았던가?

입술을 한차례 말아서 깨문 이스핀은 돌아서서 가볍게 암벽에 달라붙었다. 그리고 아래로 내려가기 시작했다.

프시키가 근처에 있으니만큼 그들을 이용해 암벽에 계단이라도 만들어내는 방법이 없지는 않았다. 하지만 네냐플에서 프시키에 관심을 갖고 있을지도 모르니 되도록 추적할 만한 흔적을 남기고 싶지 않았다. 아노마라드 양봉업자의 아들 이스핀 샤를과 오를란느 발음의 소녀 마르셀리에트가 동시에 쫓겨서야 운신의 폭이 무척 좁아지니까 말이다.

이스핀이 암벽을 다 내려가 생각보다 별것 아니었네 하고 생각하면서 뿌듯한 기분으로 강둑에 숨어 있을 무렵, 네냐플과 헤이마치 마을을 잇는 길에서는 수십 명의 연구생 및 학생들이 짐을 옮기는 중이었다. 방학 동안 진행될 대청소 및 건물 수리 때문에 모든 연구실에서 짐을 빼는 것이다. 누군가는 십 년 만에 처음 있는 일이라고도 했고, 다른 사람은 십오 년 이내로 이런 일은 없었다고도 했다. 결론이 나지 않는 이유는 그보다 오래 네냐플에 있었던 사람들이 아무런 의견도 말해주지 않았기 때문이다.

개인적인 소지품이나 중요한 연구 물품 같은 것들이 전부가 아니었다. 사용 기한이 어설프게 지난 시약, 실패했지만 원인 분석이 덜 끝난 결과물들, 딱딱하게 굳어졌지만 녹이면 쓸 수 있을 것 같은 마법 잉크, 시세 좋을 때 사재기해두었다가 깜빡 잊어버려 상태가 미심쩍어진 재료들, 순서가 뒤섞여버려 정리에만 사흘 밤낮이 걸릴 듯한 연구 일지, 버릴지 말지 결단을 못 내린 채로 쌓인 역대 필기 뭉치 같은 것들이 끝도 없이 나와서 한 사람당 손수레 두 대씩은 필요한 상황이었다.

물론 이 모두가 번거롭고 귀찮았지만 다 끄집어내어 청소를 하다 보니 애매하던 연구에 대한 미련을 속시원하게 접게 됐다는 사람도 있었고, 갑자기 깨달음을 얻은 것처럼 고향으로 돌아가겠다고 결심한 사람도 있어서 반드시 악영향만 있었다고 말하기는 어려웠다. 무엇보다 예정에도 없이 교수의 연구실에서 해방된 조교들과 난데없이 논문 마감일이 미뤄진 연구생들은 십 년 동안 금주하다가 독주 한 모금에 취한 사람처럼 희희낙락하다가 값비싼 약병을 몇 개 깨고도 알게 뭐냐며 십자로에서 왈츠를 추었을 정도였다.

"어쨌든 오랜만에 수리를 한다니 방학 끝나고 나면 살 만해지지 않을까? 특히 연구생 기숙사 지하 좀 어떻게 했으면 좋겠는데. 장마철 되면 곰팡이 냄새에, 벌레에, 완전 미친 것 같잖아."

"그러고 보면 보일러가 폭발할 시기도 지나긴 했지."

"혹시 이번에 우리가 모르는 사이에 뭔가가 폭발해서 이렇게 된 건 아니겠지?"

"그랬다면 북탑 보일러일걸. 아까 북탑 애들 급히 내보내고 뭔가 했잖아."

일찌감치 짐을 옮긴 학생들을 위한 마차가 왔다. 동반한 잡동사니 때문에 고작 네 명을 태우고 떠나가자 남은 학생은 스물두 명이 되었다. 이미 해가 기울었으니 앞으로 마차는 한

번쯤 더 올 테고, 나머지는 헤이마치에서 하룻밤 잔 다음에 이튿날 내려가야 했다. 하지만 불만은 없었고, 다들 여관에서 한바탕 술이나 마시며 놀기에 좋은 기회라고 생각했다. 여관을 알아보러 갔던 두 명이 저만치에서 돌아오고 있었다.

그런데 그들 뒤를 따라오는 낯선 그림자가 보였다. 처음에는 마을 사람 중 한 명이려니 생각했다. 그자가 눈앞에 다다를 때까지는.

학생들이 한 번도 본 적이 없는 남자였다. 우선 키와 체격이 인간의 범위를 조금 벗어나는가 싶을 정도로 컸다. 머리는 어두운 잿빛이었다. 돌의 색 또는 쇠의 색이었다. 푸른 기가 도는 고급스러운 새틴 코트를 입었고, 깃 안쪽으로 검은 드레스셔츠와 조끼, 회중시계 줄이 보였다. 그의 차림새는 귀족들이 입는 연회복과도 또 달랐다. 켈티카에서 젊은이들에게 인기 높은 살롱에나 가면 볼 수 있을 분위기랄까. 남부 시골에서는 한 번도 본 적이 없는 세련됨이었다.

학생들 앞에 선 남자는 조용한 눈빛으로 학생들을 바라보았다. 학생들은 저도 모르게 그자를 바라보게 되었다. 눈에 띄는 차림새와 키 때문만은 아니었다. 음울한 조각상 같은 외모이기도 했지만 그 때문도 아니었다. 남자의 얼굴은 마치 역광을 받은 그림 같았다. 그림 같은 낯빛이었다. 비 그친 저녁에 드리워진 땅거미 같았다.

남자가 입을 열었다. 낮고 부드러운, 그러나 무감정한 목소리로.

"혹시 이곳에……."

직감이 빠른 몇 명이 뒷걸음질로 멀어졌다. 남은 사람들은 뭔가에 홀린 것처럼 남자의 입을 쳐다보고 있었다.

"막시민 리프크네가 있는가?"

지명수배자들

이스핀 샤를과 막시민 리프크네의 이름은 마을 입구에 나붙은 흉악범 수배 전단 같은 것에 적혀 있지는 않았다. 용병들이 모이는 어두컴컴한 술집 구석에서 '생사 무관' 같은 도장이 찍혀서 퍼지고 있지도 않았다. 그들을 찾는 집단은 작았으나 그자들에게 수배된다는 것은 대륙에서 가장 까다로운 집단에게 쫓기는 셈일 것이다. 그들이 공개 수배를 하지 않는 이유는 세상 사람들의 눈보다 자신들의 능력을 믿기 때문이었다.

심볼리온은 오십여 년 전, 학술 교류 목적으로 열렸던 회의에서 시작되었다. 이름 자체가 단순히 '회의'라는 뜻일 정도로 목표가 분명했던 창립이었다. 그후로 수십 년 동안 줄곧 그런 채로, 그러니까 학술 및 사교의 장 정도로만 기능해왔다. 가끔은 벼룩시장이나 공동 구매, 단체 관광 알선 같은 걸 꾸리기도 하면서. 그러나 몇 년 전, 각국의 마법사들이 공동 대응해야 하는 문제가 생기면서 그때까지 유일하게 대륙 전체를 아우르는 마법사 단체였던 심볼리온의 대표성은 갑작스레 치솟았다. 지금은 각국 마법 단체의 원로들이 심볼리온의 중요 직책을 겸임하게 되었고 중요한 논안을 공유하는 연락망도 구축되어 사실상 최상위 기관의 역할을 맡게 되었다.

하지만 시작이 그러했기 때문인지 마법사들은 체제가 다소 복잡하기도 한 심볼리온에 소속감이 거의 없었다. 그보다는 자기 학교에 대한 소속감이 훨씬 높았다. 그러므로 이스핀 샤를과 막시민 리프크네에게는 천만다행하게도, 모든 마법사들이 심볼리온의 이른바 '지명수배'에 신경을 곤두세우지는 않았다. 하지만 심드렁한 사람이 있으면 열정적인 사람도 있는 것이 큰 단체의 숙명이었으므로 이 사실을 꼭 알아야 했던 사람들에게 소식이 닿는 데는 채 닷새가 걸리지 않았다.

"뭐? 너 지금 뭐랬어? 지명수배?"

오를리에 있는 에투알 2본부, 제3분견대의 당직을 맡고 있던 구스타브 퐁트넬은 의자에서 벌떡 일어나다가 그만 테이블 위에 있던 꺼진 램프를 쳐서 떨어뜨리고 말았다. 동작을 주의깊게 조절하는 훈련을 오래하는 에투알로서는 드문 실수였다. 그는 박살난 램프를 당혹스럽게 내려다보다가 맞은편에 선 마리 루이를 다시 봤다.

"그거 어딜 통해서 들어온 얘기야?"

마리 루이의 얼굴도 긴장으로 굳어져 있었다.

"왕립 학교의 '저녁의 원탁'에 소속된 저희 형입니다."

"마리 다니엘 틸랑드? 왕립 학교 부교수던가?"

"네. 어젯밤부터 저녁의 원탁 사람들한테는 다 공유된 소식이라는데, 그들이 모르는 건 문제의 '이스핀 샤를'이 우리 공녀님이라는 것뿐이죠."

구스타브는 다시 한번 깨진 램프를 내려다본 다음 이마를 짚은 채로 뇌까렸다.

"하, 이것참……."

샤를로트 공녀가 이스핀 샤를이라는 가짜 신분을 갖고 있음을 아는 사람은 공녀의 심복 몇 명 외에는 에투알 3분견대에 소속된 열 명뿐이었다. 공녀 연하를 옹위하는 것을 최우선 목표로 하는 3분견대는 이름만 분견대일 뿐 이미 사 년째 독립적으로 운영되어왔다. 공녀 연하께서 어디서 무엇을 하시는지 그들보다 잘 아는 사람은 없었다. 아니, 없어야 했다. 그런데 이게 어찌된 꼴이란 말인가?

지난번, 샤를로트 공녀가 가짜 신분으로 네냐플을 방문할 계획을 세웠을 무렵 에투알은 대공국 군대를 재편하기 위한 특별 훈련 및 교육 임무를 명령받은 상태였다. 대공이 직접 내린 명인데다 반년은 걸릴 중대한 임무였으므로 모든 에투알이 총력을 기울여야 마땅했다. 그런 임무를 에투알 중 실력이 세 손가락에 꼽히는, 그래서 장차 브릴랑테가 될 것이 확실시된다는 로랑 카스티유, 노련한 상황 판단력을 따를 자가 드물다는 얀 크루파드 등이 소속된 3분견대를 빼고 진행하기에는 에투알의 수가 이제 너무 적었다. 고작 일흔여덟 명밖에 안 된다.

당시까지만 해도 샤를로트 공녀는 오를리에서 안전하게 지내고 있었으므로 3분견대도 특별히 할 일은 없었다. 오히려 샤를로트가 먼저 나서서 3분견대의 절반을 이른바 '킵'으로 불리는 유일한 국외 주둔지로 보내서 그곳의 교육을 진행하게 했다. 아직 대공녀는 아니지만 유일한 후계자로서 아버지의 계획을 적극 지지함을 보이기 위한 행동이기도 했다.

그러나 임무가 시작되고 한 달이 흐르자 이것이 반년짜리가 아니라 한 해는 족히 걸릴 일임이 분명해졌다. 대공국 군대의 상태는 심각했다. 그간 군대의 중책은 온갖 귀족들의 방계 자손들이 멋대로 갈라 가진 상태였는데 그자들이 나태하게 살아온 결과가 군대에 그대로 반영되어 있었던 것이다.

심지어 귀족 출신 장교들은 에투알이 끼어들어 군대를 혁신하려 하는 것에 격렬히 저항했다. 대공의 명이라는 것을 뻔히 알면서도 번번이 훼방을 놓아서 재고를 조사한 장부가 수

시로 없어지고, 집결지를 속이고, 술에 취해 훈련을 방해하고, 모욕적인 언사로 화를 돋우어 결투를 유발하는 일이 끝도 없이 벌어졌다. 그러다가 어느 부대에서 군수물자를 빼돌린 자들을 처벌하려 한 에투알 두 명을 사흘이나 감금해 반쯤 죽일 뻔한 사건이 발생했다. 냉정하기로 이름난 알레망 단장이 그 일로 그만 침착함을 잃고 지휘관인 게스티에 후작을 찾아가, 결투라도 벌어지나 보다 하고 기대한 자들이 수십 명이나 몰려왔을 정도로 험악하게 대치한 끝에 결국 후작이 허리를 굽혀가며 사과하게 만들고서야 겨우 조금 질서가 잡혔다. 그러나 여전히 장교는 물론 병사들 대부분의 생각은 저 인간 같지 않은 미친놈들이 대충 하면 될 일을 갖고 저들의 신세를 볶으려 든다는 쪽에 가까웠다.

그러는 사이 샤를로트는 네냐플에 있다는 누군가를 찾으러 가벼운 외유를 떠났고, 단 한 명의 에투알도 따라가지 않았다는 사실을 3분견대가 알게 됐을 때는 공녀가 떠나고도 닷새가 넘게 지난 후였다. 혼자 가셔도 된다고 공녀님을 부추겼다는 슈니발트 백작은 켈티카로 돌아간 후였기 때문에 마리 루이는 당황한 분견대원들의 비난을 혼자 덮어썼다. 그런 다음 누군가가 뒤늦게라도 따라가야 하는가 토론이 벌어졌지만 현재 일정상 사람 하나 빼기도 힘든 상황이라는 것은 샤를로트가 파악한 그대로였다. 당시 오를리에 남은 3분견대 에투알은 고작 네 명이었던 것이다.

그리고 그들도 알고 있었다. 샤를로트 공녀가 웬만한 에투알보다 더 강하기 때문에 사실상 호위가 필요 없다는 것을. 또한 슈니발트 백작이 직접 공녀님의 동선 및 머물 곳을 촘촘하게 짜놓은 이번 여행은 사실상 아노마라드 유람에 가깝다는 것을.

결국 슈니발트 백작이 공녀님의 뒤를 밟도록 보냈다는 시종들이 보내는 보고를 기다려보기로 했는데, 마지막 보고가 전해진 지 열흘도 되기 전에 기막힌 소식이 날아온 것이다.

"심볼리온이라면 마법사들 단체지? 거기서 사람 하나 찾아내려고 마음먹으면 금방 아니야?"

"마법사라고 지도 들여다보고 사람 여기 있다고 탁탁 짚어내는 건 아니고요. 찾는 사람이 오래 간직한 소지품이나, 오래 머문 장소나, 머리카락 같은 신체 일부가 있어야 돼요. 공녀님께서 그런 걸 하나도 남기지 않았다면 평범한 사람들이 행방 수소문하러 다니는 거랑 똑같이 하는 수밖에 없어요. 다만 그 사람들은 순간 이동이랑, 특정 장소를 들여다보는 심안이랑, 단거리 음성 전달 같은 것들을 갖추고 있으니까 좀더 효율적이긴 하겠죠."

구스타브의 미간에 더욱 깊은 주름이 잡혔다.

"씁, 네 말 들으니까 되게 긴장되는데. 그런 자들을 물리치고 우리가 연하를 모셔와야 한다는 거잖아. 그것도 타국에서. 이 사실, 대공 전하께서는 모르시겠지?"

마리 루이가 썩은 과일을 씹은 사람처럼 입꼬리를 내리며 고개를 뒤로 뺐다.

"아시면 어찌되겠어요."

"그래, 어찌되겠냐. 자 그럼, 오늘 출발하려면 몇 명이나 차출 가능할까? 나랑 조안느는 당장 가면 되지만 알리사하고 루카는 얼간이들한테 걸렸으니 나흘 내로는 못 뺄 텐데. 우리 대원들만으로 안 되면 부단장님께 말씀드려서 자리 비울 수 있는 사람 몇 명 빼달라고 해야 되겠고. 그런데 그 얘기를 하러 내가 가야 하나? 대장님도 없으니 나밖에 없네."

분견대장인 크루파드는 몽타뉴 쪽에 주둔한 군대의 훈련을 맡았으므로 소식을 알리고 명령만 전달받으려 해도 열흘은 걸렸다. 비록 직위가 없는 당직자였지만 구스타브는 이 문제의 최종 책임자가 당장은 자신이라는 것을 신속하게 받아들였다. 에투알은 혼자서도 한 단위의 부대인 것처럼 모든 역할을 감당하도록 훈련받는다. 그때그때 결정과 실행을 겸해야 할 때 누군가의 지시를 목 빼고 기다리는 것은 에투알의 방식이 아니었다. 그만큼 에투알 한 명 한 명의 판단력을 신뢰하기 때문이기도 할 것이다.

마리 루이가 고개를 끄덕였다.

"저도 같이 가겠습니다. 연하를 못 말린 책임을 져야죠. 올해 말까지 논문을 내야 하지만 뭐 내년에 시간 많을 것 같네요."

"너 그거 안 내면 학위 못 받는 거 아니야?"

"아, 한 해 늦게 받아도 사는 데 아무 지장 없어요."

"야, 그러지 말고 너네 형한테 마무리해달라고 그래. 너도 수련병 출신이면서 그 정도 융통성이 없냐? 자고로 에투알이라면 수단 방법 가리지 않고 일을 되게 만들어야지. 잘못했다고 엎드려 목 늘이고 있는 건 우리 방식이 아니야."

그렇게 말하며 돌아서던 구스타브가 문득 뭔가 떠오른 듯 걸음을 멈추더니 캐비닛 쪽으로 몸을 돌렸다.

"그런데 말이야, 이번 일을 예상한 사람이 하나 있는 것 같네."

그는 캐비닛을 열고 편지 상자를 당겨 위쪽에 얹힌 두어 묶음을 테이블에 꺼내놓더니 상자 바닥에서 편지 한 통을 찾아내어 마리 루이에게 건네주었다.

"카스티유 경이 킵으로 떠나기 전에 주고 갔어."

봉투에는 "공녀 연하께서 위험에 처했을 때 뜯어볼 것"이라고 적혀 있었다. 마리 루이가 봉투를 들여다보며 말했다.

"지금이 그때 같네요."

"그렇지?"

봉랍을 뜯고 편지를 꺼내자 가지런하고 동글동글한, 동시에 왼쪽으로 기울어진 글씨가 나타났다.

에투알 3분견대 여러분이 이 글을 읽고 있다면, 연하께서 여러분의 충정에서 우러난 호위를 뚫고 단독 행동을 하셨다는 뜻일 것이다. 그리고 열 중 여덟의 확률로 연하께서 가신 곳은 아노마라드 남부일 거라고 생각한다.

구스타브가 읽다 말고 눈동자를 굴리더니 중얼거렸다.
"우와, 이거 완전 점쟁이 아니냐?"

첫째로, 3분견대는 독자적으로 조사하고 싶겠지만 그러지 말고, 인원이 충분하든 부족하든 반드시 알레망 단장님께 보고드린 다음 단장님이 지정해주시는 에투알과 협력해야 한다.

둘째로, 연하께서 위험에 처했을 때 아노마라드 내 거점으로 삼도록 정해진 곳은 네 군데다. 1차 거점이 모니즈 후작령, 2차가 카벨레즈, 3차가 엘자크, 그리고 4차가 켈티카. 이곳들을 우선적으로 살펴보며 연하께서 남긴 표지를 찾고, 만약 찾지 못할 경우 노아질베르 수운을 따라가며 가까운 마을들을 훑는다. 조사 과정에는 마법사의 도움이 필요하며 연하의 소지품을 가져가도록 한다.

하지만 솔직히 말하자면, 연하께서 단순 실종되었을 경우

그건 진짜 실종이 아닐 수 있다. 연하께서 자유롭게 행동하고 싶어 자취를 감추고 연락을 끊어버렸을 가능성이 상당하기 때문이다.

마리 루이는 로랑이 이 부분을 쓰다 말고 천장을 올려다보며 제 앞머리에 한숨 한번 날렸으리라고 확신했다. 사 년 동안 한두 번 본 모습이 아니었으니까. 그다음에 나올 말도 거의 들리는 듯했다. '연하, 그건 좀 곤란합니다.'

그럴 경우 연하께서 가셨을 곳은 네냐플, 그리고 켈티카가 가장 유력하다. 네냐플은 우리가 조사할 수 있는 곳이 아니고, 켈티카에서는 수색 마법이 무의미하므로 슈니발트 백작의 도움을 받도록 한다. 하지만 나는 연하께서 틀림없이 켈티카에서 가장 유명한 곳들을 하나하나 둘러보실 거라고 생각한다. 중앙 광장, 왕성, 그랑도프 호텔…… 장미골이라든가.

하지만 보름이 넘도록 아무 흔적도 찾지 못한다면, 어렵겠지만 이 시점에서 대공 전하께 보고드려야만 하며 전체 에투알을 투입한 공개 수색으로 전환해야 한다.

그 시점에는 나도 그곳에 있을 테니 이 글은 여기서 마친다. 여러분에게 행운이 있기를.

다 읽고 난 구스타브는 기가 막힌 듯 조금 웃다가 말했다.

"카스티유 경은 어째서 이렇게 연하를 잘 아는 거야?"

"괜히 대공 전하께 연하의 기사로 서임받은 사람이 아니라고요."

"그야 그땐 그럴 법했지. 무려 암살을 막았는데. 하여튼 그런 분이 너무 뛰어나서 하필이면 킵으로 가셨네."

"이렇듯 빛나는 예지를 가진 카스티유 경도 연하께서 심볼리온에서 지명수배가 되실 줄은 몰랐네요."

"그것까지 알면 사람이냐?"

그날 저녁, 마리 루이와 두 에투알, 3분견대의 구스타브와 조안느는 단장이 보내준 뜻밖의 한 사람과 함께 아노마라드를 향해 떠났다. 그자는 나제리온 아르노라는 인물로, 오래전에 부상으로 은퇴한 에투알이었다.

티치엘과 보리스, 그리고 루시안은 '타스타니아'가 찾아가기 어려운 장소라고는 생각하지 않았다. 일단 아라종 지방에 타스탄이라는 마을이 남아 있었던 것이다. 또한 넓게 보자면 네냐플 자체도 아라종 지방에 속했으므로, 일행이 목표한 마을에 도착하기까지는 닷새 정도밖에 걸리지 않았다. 거기까지는 간단했지만 그들은 곧 뭔가를 잘못 생각했음을 깨달았다.

"타스타니아? 그런 이름은 없어졌는데? 아라종의 옛날 이름이 타스타니아 아니던가?"

"정확히 똑같진 않은데 대강 그게 그거지."

타스탄은 여관 하나 없는 완전한 시골 마을이라 세 사람은 마을을 두 바퀴나 하릴없이 돌다가 겨우 가축 울타리를 고치고 있는 사람들을 발견해 물어본 참이었다. 그런데 그 지역 사람들이 타스타니아라고 생각하고 있는 지역은 무척 넓었다. 다 돌아보는 데 말을 타고도 열흘은 걸릴 지역이 모두 타스타니아라는 것이다. 사실상 아라종보다도 넓은 지역으로 그들의 말을 다 믿자면 네냐플도 타스타니아에 속할 지경이었다.

조슈아의 이름을 대며 수소문하는 것도 큰 의미는 없었다. 조슈아는 연극을 할 때 본명을 사용하지도 않았고, 이름을 자주 바꾸었다. 이번에는 무슨 이름을 대며 여관에 묵거나 사람을 고용했을지는 그들 셋의 짐작 범위 밖이었다. 막시민이라면 혹시 모를까.

"이래서 어떻게 찾지? 마차는 보내버렸으니까 일단 말부터 빌려서 돌아다녀볼까? 그런데 이런 마을에 빌려줄 말이 있을까?"

루시안이 고개를 갸웃대고 있는 동안 사람들은 울타리 수리를 끝내고 돌아갈 준비를 했다. 초조해진 티치엘이 다시 물어보았다.

"혹시 이 근처에 연극용 무대나 캠프 같은 것을 세운다는 말씀은 못 들어보셨나요?"

"연극용 캠프? 그게 뭐요?"

시골 마을을 돌아다니는 유랑 극단 말고 정식 극장에서 연극을 본 적이 한 번도 없는 사람들에게 조슈아가 세웠을 것 같은 오디션용 가설무대나 캠프의 풍경을 설명하기란 쉽지 않았다. 사실 티치엘도 본 적이 없었던 것이다. 그리고 그건 보리스도, 루시안도 마찬가지였다.

보리스는 그런 것을 보러 다닐 만한 환경에서 자라지 않았다고 했고, 루시안은 그렇게 재밌는 것을 좋아하는 주제에 연극에는 관심을 가져본 적이 없었던 모양이었다. 일생 처음 봤던 연극이 작년에 조슈아가 네냐플 학생들을 모아서 무대에 올렸던 〈임페라토르〉였을 정도였다. 그리고 루시안의 평은 "뭐 재밌는 부분도 있었지만, 사실 무슨 얘긴지 모르겠어!"여서 조슈아의 자존심에 약간의 생채기를 냈고…….

이런 상황이었으므로 셋이서 손짓 발짓과 흙바닥 그림을 동원해가며 어떻게인가 설명하긴 했지만 그들의 설명이 맞는지도, 상대가 제대로 이해했는지 불분명했고, 그 결과 나온 답의 진위도 마찬가지였다.

"그런 얘긴 살면서 한 번도 들어본 적이 없소만!"

"……."

사람들이 흩어지고 도로 셋만 남자 루시안이 솔직한 감상을 말했다.

"우리 어쩐지 무능한 것 같아!"

다른 둘도 입 밖에 내지는 않았을 뿐 실은 같은 심정이었다. 어째서 지명만으로 금방 찾을 거라고 생각했을까? 티치엘이 잠시 멍한 표정으로 눈을 깜빡이고 있다가 중얼거렸다.

"조슈아의 소지품이라도 하나 갖고 올걸……."

보리스가 물었다.

"소지품으로 뭘 하려고?"

"그런 게 있으면 근방 몇백 걸음 정도 범위에서는 사람을 찾을 수가 있거든. 물론 특별한 시약도 있어야 되지만 기본 시약을 챙겨 왔으니까 거기에 재료 몇 가지만 구해서 넣으면 어떻게 됐을 텐데. 소지품 갖고 올 생각을 못 하다니, 내가 너무 멍청한 것 같아."

보리스가 고개를 저었다.

"그런 생각은 하지 마. 남의 방에 침입해서 뭔가 훔칠 생각을 떠올리지 못했다고 자책하다니. 물건을 찾을 게 아니라 사람을 찾아야지."

티치엘은 마법사였으므로 보리스와 똑같은 방식으로 생각

하지는 않았지만 상대가 위로하려 한다는 건 알았으므로 그냥 쓴웃음을 지었다. 하지만 보리스는 단순히 그런 뜻에서 한 말이 아니었다.

"이번에 누가 오디션에 응모했는지는 모르겠지만 적어도 네냐플 학생이 몇 명은 있지 않을까."

"아!"

뭔가를 깨달은 티치엘은 미처 친구들에게 설명할 틈도 없이 멀어지고 있는 마을 사람들을 향해 달려갔다.

"그럼요, 혹시 네냐플에서 온 사람들을 본 적은 없으세요? 교복을 입었거나, 마법 얘기를 하거나 그런 사람 못 보셨나요?"

조슈아는 그럴 리 없겠지만 배우들 중 일부를 이루는 학생들은 어딜 가든 자신이 네냐플 학생임을 뻐기고 싶어 하는 경우가 많았다. 그러니 누군가가 슬그머니 교복 재킷 같은 것을 어깨에 걸치고 다녔을 개연성은 충분했다. 그들의 탐문은 비록 그 작은 마을에서는 성공하지 못했지만 산비탈을 걸어 내려와 두 시간쯤 떨어진 제법 큰 마을에 도착했을 무렵에는 성과가 있었다.

"거기, 네냐플 얘기 하던 친구들!"

두 번째로 발견한 술집 겸 식당에 들어가 루시안의 제안대로 은화를 한 닢씩 돌리면서 물어보고 나온 참이었다. 누군가가 뒤따라 나오며 그들을 불렀다. 루시안이 정보를 주면 한 닢씩 더 준다고 말한 것이 주효해서 누군가의 기억력이 갑자기 상승한 모양이었다.

"저 사람들 보이지? 아까 보니까 당신들하고 똑같은 사람을 찾는 것 같더라고."

루시안이 은화를 꺼내 건네는 동안 티치엘은 그 사람이 가리키는 쪽을 보았다. 마침 그들도 이쪽으로 다가오는 중이었으므로 사실상 은화를 줄 필요는 없었지만 루시안은 그런 건 신경쓰지 않았다. 그리고 다가오는 세 사람을 보자마자 티치엘은 알아차렸다. 저들은 마법사다. 사람들이 언뜻 상상하는 것처럼 치렁치렁한 로브를 입거나 괴상한 모자를 쓰지는 않지만 틀림없다.

마법사들 중 하나가 큰 소리로 입을 열었다.

"거기! 너희도 네냐플 그 녀석 찾는다면서? 어디서 왔어?"

티치엘을 향해 다가오는 사람들의 면면을 보더니 한 걸음 뒤에 있던 보리스가 티치엘 앞으로 나섰다. 저들 일행 중 누구보다도 키가 크고 인상도 만만치 않으며 검까지 가진 보리스가 나타나자 그들은 다소 움찔하며 걸음을 늦추었다. 말투에서도 없던 예의가 생겨났다.

"초면에 미안한데, 그게, 듣자니까 우리랑 같은 사람을 찾는 것 같더라고. 그래서 뭐 좀 물어볼까 해서 불렀지."

보리스는 대꾸 없이 그들을 내려다봤다. 보리스는 담백한 성격이었지만 이럴 때 자신의 침묵이 어떤 효과가 있는지도 제법 아는 편이었다. 곁에서 루시안이 대신 말했다.

"응! 좋은 정보를 주면 우리가 은화 하나 줄게. 네냐플 학생 봤어?"

그들은 반말을 하는 루시안을 황당한 눈으로 봤지만, 루시안은 귀족도 아닌 것 같은 상대가 초면에 반말을 하는데 자신이 반말을 하면 안 될 이유를 한 가지도 생각해내지 못했으므로 그저 미소를 띤 채 대답을 기다렸다. 마법사들은 이것들이 미쳤나, 하는 표정으로 서로의 얼굴을 봤지만 그런 다음 다시 보리스를 보니 다투고 싶은 생각이 사르르 녹아 사라졌으므로 예의 바르게 질문을 했다.

"어디서 오셨소?"

"우리? 우리야 네냐플에서 왔지."

루시안이 은근 자랑스럽게 대답하자 상대방은 어처구니없는 표정이 됐다.

"네냐플에서 왜? 거기서 감췄잖아?"

루시안이 고개를 갸웃거렸다.

"우리가 뭘 감췄다는 거야? 감춘 거 없는데?"

"여전히 버티기로 한 건가? 이미 심볼리온에서는 다 알고 찾고 있어. 아하, 그러고 보니 네냐플에서 아닌 척하느라고, 그러니까 그 녀석을 찾는 척하라고 보낸 사람들이군."

그 말의 뜻을 차근히 생각해보기도 전에 티치엘이 깜짝 놀라며 물었다.

"심볼리온이라니요? 심볼리온에서 누굴 찾아요? 조슈아를요?"

"조슈아는 또 누구야? 막시민 리프크네 말이야. 심볼리온에서 지명수배한 학생."

그 말을 들은 티치엘의 눈은 더 커질 수가 없을 정도였다.

"막시민을, 지명수배요?"

후작 가문의 기묘한 사정

"그러니까 네냐플 같은 델 왜 가. 내가 거기 재미없다고 했잖아."

모니즈 후작 저택의 커다란 식당에는 두 사람뿐이었다. 오십 대에 접어든 모니즈 후작부인, 그리고 네냐플에 입학하려고 오를란느에서 온 소녀 마르셀리에트. 둘은 식사를 하는 중이었다. 후작부인은 저택의 주인답게 식탁 머리에, 소녀는 후작부인의 왼편에 앉아 있었다. 그 옆으로 서른 명 정도가 둘러앉아도 될 위압적으로 긴 테이블과 똑같이 생긴 의자들이 줄지어 멀어졌다. 길쭉한 창을 통과한 오후 햇빛이 테이블을 절반으로 갈랐다.

마르셀리에트, 즉 이스핀은 한숨을 내쉬었다.

"저인들 이럴 줄 알았나요. 그냥 오를란느 왕립 마법 학교나 갈걸. 아, 아냐, 안 돼. 그래도 전 네냐플 포기 못 해요. 열 살 때부터 꼭 가기로 결심했단 말이에요."

후작부인은 키가 당당하고 어깨도 넓은, 강단 있는 체격이면서 살집도 꽤 있어서 특별히 제작한 푹신한 대형 의자에 앉아 있었다. 좌우 폭이나 등받이의 높이가 일반 의자의 두 배쯤은 되다 보니 그 곁에 앉은 이스핀은 열두 살짜리처럼 작아 보였다. 후작부인은 실제로도 그런 정도로 이스핀을 대했다. 야무지고 귀여운, 그러나 세상 물정 모르는 꼬맹이.

이스핀은 후작부인의 그런 관점을 그대로 놔두는 편이 낫다는 것을 일찌감치 알아차렸다. 그래서 전설적인 마법 학교 네냐플을 동경하는 오를란느 시골 소녀 역할을 훌륭히 수행했다. 열일곱 살이라고 말할 때는 슬쩍 눈치를 봤지만 의심하는 기색은 없었다. 후작부인의 나이가 되면 열일곱이나 열아홉이나 거기서 거기인 것이다.

이스핀은 계획대로 강을 따라 올라와 오늘 점심 무렵에 모니즈로 들어온 참이었다. 모니즈가 1차 거점이 된 이유는 모니즈 후작부인이 이스핀의 심복인 콜레트의 친척이기 때문이었다. 정확히는 콜레트의 죽은 남편의 큰누님이다. 후작부인의 결혼 전 이름은 카타리네 폰 슈니발트였다.

어머니와 딸 정도로 차이가 나는 시누이와 올케 간이었지만 후작부인과 콜레트는 처음 만났을 때부터 말이 잘 통했다고 했다. 후작부인은 죽은 막냇동생에 대해 "나비처럼 팔랑팔랑 날아다닐 줄만 알았다"고 평했는데 날씬하고 예쁘장하고 귀가 얇았던, 그래서 손대는 것마다 망쳤던 동생에 대한 적절한 평이 아닐 수 없었다. 그런 동생을 사람 구실 하게 만들었던 콜레트는 꽤 마음에 드는 말상대였다. 그래서 "친척동생 마르셀리에트가 네냐플 입학시험을 치러 가는 길에 인사 좀 드리라 하겠다", 즉 초대 좀 해주십사 부탁을 받았을 때도 선뜻 환영했다. 비록 마르셀리에트라는 이름만은 도저히 못 외우겠다며 '마리'로 바꿔버렸지만.

오는 도중 이스핀은 네냐플 시약 제조소와 가까운 아모치아에 들렀는데, 여전히 자신이 지명수배가 된 줄은 꿈에도 모르고 있었다. 주지하다시피 이스핀과 막시민의 이름은 술집 기둥 같은 곳에 붙어 있지는 않았다. 그리고 재빨리 소녀로 변신한 것이 주효해서 별다른 의심을 받지도 않았다.

무엇보다 아모치아 사람들은 두 지명수배자에게 별 관심이 없었다. 그들에게는 다른 화제가 훨씬 더 중요했다. 네냐플이 폐쇄됐다! 연구생들까지 한 명도 남김없이 내보냈으며, 입학시험 일정까지 취소됐다. 방학 내내 실험도 연구도 모조리 중단한다는데 그러면 약초 공급은? 수요 예측에 차질이 생기지는 않을까? 다음달 공급용으로 맞춰놓은 물량은 어찌되는 것일까? 인수를 거절하는 건 아니겠지? 약초 채취량도 줄여야 할까? 장작이나 특수 재료의 구매량도 조절하는 게 좋을까?

후작부인이 고개를 저으며 말했다.

"마리 너, 가서 네냐플 다니는 애들 못 봤어? 다들 반쯤 상해 있지 않더냐?"

이스핀은 눈을 조금 가늘게 뜨며 대답했다.

"다 그렇지는 않았지만…… 그런 사람이 있긴 했죠."

"흥, 인간인지 곰팡이일지 모를 자들이다."

"어머, 꼭 그랬는데 어쩌면 그렇게 잘 아세요?"

후작부인이 킬킬 웃고 있는데 부인의 의자 옆으로 다가온 집사가 입을 열었다. 벌써 두 번째였다.

"주인마님, 아까도 말씀드렸습니다만 손님께서 더는 기다릴 수가 없다고……."

후작부인은 끝까지도 듣기도 전에 불쾌한 기색으로 손을 내저었다. 집사는 더 말하지 못하고 물러갔다. 이스핀이 집사의 뒷모습을 돌아보다가 말했다.

"손님한테 바쁜 볼일이 있는 것 같은데 먼저 만나주고 오셔도 저는 괜찮아요. 시간은 얼마든지 있는걸요."

"너 때문은 아니야."

후작부인은 눈썹을 올렸다 내리고는 고기 한 점을 입에 넣고 천천히 씹었다. 후작부인은 대식가여서 이런 속도로는 앞으로 한 시간 정도 식사가 계속되어도 이상할 것이 없었다. 이스핀은 눈치를 슥 살피고는 얼굴을 바꿔 생긋 웃었다.

"뭔가 재미난 이유가 있나 봐요?"

"있고말고. 공물선 선장이라는 자가 제 혼자 찾아온 체하겠지만 실은 케르느메 남작이 보냈을 게 뻔하지. 한번 실컷 기다려보라 해라. 난 바쁠 것 없다."

케르느메 남작은 모니즈 후작령과 이웃한 영지의 주인이었다. 그뿐 아니라 모니즈 후작령의 주인이기도 했다. 다시 말해 모니즈 후작 가문에는 후작령이 없고 가진 건 오직 저택뿐이었다.

놀라운 일이지만 모니즈 후작의 저택이 서 있는 땅도 케르느메 남작의 소유였다. 영지와 저택은 물론 마구간이나 헛간 같은 부속 건물들이 선 땅, 저택으로 진입하는 진입로조차 모조리 남의 땅이니 어찌 보면 이름뿐인 후작인 셈이었다. 후작은 자기 저택은 반 발짝 허공에 떠 있다며 농담하기를 좋아했고, 후작부인은 케르느메 가문이 여전히 남작인 것을 두고 "목을 쳤는데 머리가 살아 있으니 놀라자빠져서 명판을 주워 가는 걸 잊은 모양"이라고 비아냥거리곤 했다.

이스핀도 여기까지는 알았지만 후작에게 저택만 덩그러니 남게 된 이유까지는 몰랐다. 대체 무슨 일이 벌어졌던 것일까?

"저도 궁금해요. 틀림없이 케르느메 남작이라는 분이 부인의 심기를 크게 거스른 얘기겠죠?"

"그 말도 틀리진 않다만, 그렇다면 내 심기를 십 년 정도는 거스른 얘기가 되겠구나."

후작부인이 냉소적으로 웃더니 포도주 잔을 쭉 비웠다. 이스핀도 뒤따라 잔을 들었지만 취할 때가 아니라고 생각했으므로 입술만 축이는 데 그쳤다.

"옛날, 모니즈 후작이라는 멍청이가 살았단다. 그 인간은 구왕국 시절에 국왕 폐하의 환심을 사겠답시고 켈티카에서 살다시피 하며 영지에는 한 해에 한 번이나 돌아올까 싶은 인간이었어. 심지어 이런저런 가문의 유물이며 사병, 땅때기까지 야금야금 잘라서 바쳤다지. 그런데 갑자기 켈티카에서 공화파 반란이 터졌지 뭐겠냐? 그 멍청이는 그날 엘반트 3세의 생일잔치 자리에 있다가 그대로 공화파한테 잡혀버렸단다. 아들까지 함께."

이스핀도 옛날 켈티카에서 벌어졌다던 공화파 반란에 대해 들어 알고 있었다. 그후로 공화정부는 켈티카에서 십 년이나 존속했지만, 결국 왕당파의 반격으로 무너졌다고 들었다. 이스핀이 열 살 때인가의 일일 것이다.

"멍청이는 재빠르게 배신해서 자신은 예로부터 공화파의 정신에 공감해왔다면서, 심지어 모니즈 후작령을 공화파에게 바치겠다고 선언했던 게야. 하여간 뭘 바치면 일이 다 해결되는 줄 알고 말이지. 모니즈에 남아 있던 사람들이 그 소리를 들었을 때 반응이 어땠을까? 아이쿠 그렇군요, 하면서 이웃 영지로 이사라도 갔을까?"

"당연히 웃기지 말라고 했겠지요."

후작부인은 이스핀의 명쾌한 말투를 마음에 들어 했다. 고개를 끄덕거리며 부인이 말을 이었다.

"그래. 후작의 누이동생, 사촌, 육촌 등등이 모조리 나서서 한 목소리로 후작을 비난한 다음 가문에서 제명해버렸어. 그랬으니 이제 작위와 영지가 덩그러니 남지 않았겠느냐? 그다음은 쟁탈전이지. 제법 똑똑했던 누이가 재빨리 저택을 차지하고 버티니까 사촌과 육촌 들은 합심하여 영지를 점령했는데, 그자들은 아미센 대공이 장차 왕이 될 줄 알고 거기 붙어서 후작령이 저들 것이라고 약속을 받았던 모양이야. 하지만 그 뒤로 어떻게 됐더냐?"

"'전격의 나흘'이던가, 그 일이 벌어졌던 거죠? 그게 아미센 대공과는 관계가 없었나 보죠?"

오를란느인이 그 사건을 자세히 몰라도 이상할 것은 없었다. 후작부인이 포도주를 홀짝이며 말을 이었다.

"그래. '전격의 나흘'. 그건 폰티나 공작의 공이지. 아미센 대공? 아무것도 모르고 있었던 주제에 뒤늦게 켈티카로 쫓아가서 제 몫도 줘야 된다고 떠들다가 내분이 일어나서 등에 칼이나 맞았잖아. 이렇게 어디에 줄을 서야 하는지도 모르던 인간들이 딱 하나 눈치가 빨랐던 점이 있었어. 그들은 '전격의 나흘' 소식을 듣자마자 후작령 전체를 케르느메 남작한테 헐값에 팔아버리고 잠적했단다."

그게 후작령이 사라지게 된 경위였다. 저택을 차지하고 버티던 누이가 그 사실을 안 것은 한 해나 흐른 뒤였다고 했다. 아무리 혼란스러운 시절에 벌어진 일이라고 하지만 한번 정식으로 거래된 영지를 되찾기란 쉽지 않았다. 그렇다고 재판을 해서 근본적으로 상속권이 누구의 것인가 따져보려면 모니즈 후작의 작위 박탈이 정당한가까지 거슬러 올라가야 했다. 그러다가 자칫하면 영지도 저택도 그들의 것이 아니게 될지 모를 일이었다.

일은 거기서 끝난 것이 아니었다. 그렇다면 작위는 누구의 것인가? 저택을 가진 자인가, 영지를 사들인 자인가?

"그것 때문에 결국 재판이 벌어지게 됐다만, 영지를 사들인 자가 작위까지 샀다고 인정할 근거가 없다고 판결이 나서 모니즈 후작 작위는 누이동생이 갖게 되었지. 그렇지 않아도 공화 반란 기간 동안 귀족 가문들마다 내분이 심했는데 새 왕가가 일어나 옛 질서를 옹호하고 있으니 혈통상 아무런 관계가 없는 자에게 작위까지 주라고 판결하기가 껄끄럽기도 했겠고."

"그럼 지금의 모니즈 후작께선……."

"그 누이동생께서 아들에게 허공에 뜬 저택을 물려주셨지. 그래서 우리가 이렇게 허공에 떠서 잘살고 있는 게 아니냐."

이스핀은 얼떨떨하게 고개를 끄덕이다가 물었다.

"참, 그런데 공화파한테 잡혔다던 후작은 어찌됐어요?"

후작부인은 남은 포도주를 쭉 마셔버리더니 말했다.

"잘살아보려고 그렇게 재주를 넘었는데도 공화국 3년을 버티지 못하고 참수대로 갔다고 하더라. 그런 자의 머리를 자르면 피 대신 멍청이 즙이 흘러나온다던데."

후작부인은 고압적인 어조에 말투도 거침없어서 이스핀조차 가끔은 흠칫했다. 어쩌면 이런 성격이라 콜레트하고 잘 맞는지도 모를 일이었다.

"그나저나 네냐플이 백 년 만인가 천 년 만에 문을 닫았다니 그 앞에 가서 구경이나 할걸 그랬다. 틀림없이 그럴싸한 춤판이 벌어졌을 텐데."

이스핀은 조금 어리둥절해져서 되물었다.

"춤판이라고요?"

"방학이 진짜 방학이 됐잖느냐? 특히 연구생 애들, 걔들한테는 본래 방학이란 게 없다. 그런데 이게 웬 하늘에서 떨어진 휴양지 초대장이냐."

이스핀은 학생이 아니었으므로 후작부인의 말을 정확히 이해하지는 못했다. 그래서 고개를 흔들며 말했다.

"이미 입학해서 다니고 있는 사람들이야 방학이 반가울지 모르지만, 전 시험이 날아갔으니 내년에 입학하려던 계획만 끝장난걸요. 기껏 큰마음 먹고 오를란느에서 여기까지 왔는데."

"심사숙고할 기회가 생긴 셈이다. 왜 그런 큰돈을 내가며 거길 들어가 절인 올리브 꼴이 돼야 하는지. 너, 인간을 네냐플에 절이면 어떻게 되는 줄 알아?"

올리브 얘기를 하자 옛날 생각이 났는지 후작부인의 눈이 가늘어졌다. 이스핀도 부인이 무슨 얘기를 하는지 깨닫고 비슷한 표정이 되었다.

"아, 린디즈 절임 얘기죠? 저 먹어봤어요. 시고 짜고 매운 맛."

"어떻더냐?"

이스핀은 순간적으로 감정이입이 되어 눈썹을 팍 찌푸렸다. 저도 모르게 에투알 시절의 말투가 튀어나왔다.

"완전 개똥맛이었죠!"

후작부인은 커다랗게 웃음을 터뜨렸다. 웃음소리가 식당 전체를 쩌렁쩌렁 울렸다.

"그래! 완전 똥맛이야 똥맛! 네냐플 맛! 하하하하!"

두 사람이 한바탕 웃는 동안 후작부인의 시종들이 덮개를 씌운 새 접시를 가져와 테이블의 빈 접시와 바꾸어놓았다. 무화과와 꿀을 넣고 찐 자고새 요리와 크림을 듬뿍 얹은 절인 살구 타르트가 나왔다. 식사가 끝나려면 아직도 멀었다. 지금껏 계피와 공작초 시럽을 넣은 포도주를 쉬지 않고 곁들여 마셨건만 후작부인은 취한 기색도 없었다.

후작부인 카타리네는 오래전, 약 스무 살 무렵에 네냐플에서 공부한 적이 있다고 했다. 시험도 쉽사리 통과했고, 자기가 꽤 똑똑하다고 자만하던 시절이라 네냐플도 별것 아닐 거라고 생각했는데 현실은 달랐다고 했다. 네냐플은 별것 아니지 않았고, 젊은 카타리네가 자랑하던 똑똑함과는 전혀 다른 재능을 요구하는 곳이었다.

"내가 거기서 배운 건 네냐플에 절여지면 그 똥맛을 좋아하게 된다는 것뿐이다. 난 그러기가 싫어서 삼 년 차에 탈출했지."

즉, 낙제를 거듭하다가 퇴학당했다는 뜻이었지만 후작부인은 부끄러워하는 기색이 없었다. 그후로 자신의 똑똑함이 통하는 곳을 얼마든지 발견했기 때문일 것이다. 그런데 또 후작부인은 네냐플을 아예 미워하지는 않았다. 젊은 날의 애증이 깃든 곳이랄까.

"네냐플형 인간은 따로 있어. 잠깐만 봐도 알 수 있지. 마리 너는 그쪽이 아니다. 절대로 아니야. 내가 그 애들을 싫어하진 않아. 왜냐하면 그 애들이 날 좋아하거든. 한심하지만 귀여운 애들이지. 내가 과제 마감일은 아는지 시험공부는 했는지 돌아가며 챙겨주고, 수업에 안 나타난다고 교정 구석구석 찾으러 다니다가 길을 잃어 제 수업도 못 들어가고, 밤중에 정원에서 파티 열자고 불렀더니 춥다고 마법으로 불을 피우는 바람에 주무시던 교수님까지 초대하게 되고, 그 일 때문에 생활 점수가 모자라서 유급당하게 되니까 눈물 짜면서 탄원서도 받으러 다니고……."

추억에 잠기자 학창 시절의 말투가 슬슬 튀어나왔다. 후작부인이 아련한 눈빛으로 허공을 보고 있자 이스핀이 아무렇지도 않게 비슷한 표정을 짓더니 말했다.

"저도 어쩐지 네냐플에 가면 그렇게 살게 될 것 같아요. 아, 벌써부터 추억담이 밀려오는 느낌이네요."

후작부인은 다시 폭소를 터뜨리고 말았다. 이 시건방진 아이는 콜레트처럼 말이 잘 통할 것 같았다. 이스핀은 후작부인이 거짓말을 하는 건 아닐지라도 추억담의 내용으로 보건대 사실상 네냐플 깡패가 아니었을까 생각했지만 모르는 체하면서 말했다.

"하지만 이렇게 문을 닫아버렸으니 저한테는 그런 기회가 없겠네요."

"설마 아예 닫겠어. 학생 하나 때문에! 그렇게는 안 될 게다."

"학생 하나 때문이라고요?"

이스핀이 슬쩍 되묻자 후작부인이 고개를 끄덕이며 말했다.

"어차피 지명수배된 모양이니 그 녀석 얘기쯤은 해도 되겠지. 네냐플의 역사에 남을 인물이 탄생한 것 같더구나. 내가 하고 싶었던 위업을 이루다니 보통 녀석이 아니지 뭐냐."

"전 믿어지지 않는데요. 학생 한 명이 어떻게 위대한 네냐플이 문을 닫을 정도로 피해를 줄 수가 있어요?"

"마법이란 게 그렇지. 아무것도 모르더라도 사고는 칠 수가 있다는 거야. 그러니까 기초를 가르칠 때 그렇게 까다롭게 구는 것 아니겠느냐. 그 리프크네라는 애가 학교를 이 년이나 다녔지만 별명이 낙제왕이라고 하더라. 한마디로 나처럼 학교를 다녔다는 건데, 마무리만은 나보다 근사하지 뭐냐. 저 혼자 쫓겨나는 대신 학교를 닫아버렸어!"

후작부인이 다시 너털웃음을 터뜨렸다. 그사이 이스핀은 눈을 깜빡이며 생각했다. 막시민 리프크네가 정말로 네냐플을 닫아버린 장본인이란 말인가?

"그런데 그 학생이 수배가 됐다는 건 무슨 말씀이세요? 그런 엄청난 일을 벌여놓고 설마 도망이라도 쳤단 말이에요? 낙제생 주제에 네냐플의 마법사들을 다 따돌리고요?"

"그 일이 그렇지가 않아."

후작부인은 말을 해줄까 말까 하는 것처럼 혼자 싱긋 웃다가 말기를 반복했다. 이스핀은 어쩔 수 없이 자기 잔의 포도주를 쭉 비웠다. 후작부인도 같이 마셨고, 시종이 다가와 두 잔을 다시 채워주었다. 한 모금 더 마신 후작부인은 입을 열고 싶은 충동에 지고 말았다.

"네가 네냐플에 이듬해 입학할 예정이었으면 오히려 이런 얘기를 안 해줬을 테지만, 지금은 실망하고 화도 났을 테니까 그냥 남의 재밌는 얘긴가 보다 하고 들어라. 그 녀석의 이름은 막시민 리프크네인데, 겉보기에는 나태한 낙제왕이었지만 실상은 다르다고 하더라. 평소 한심한 옷차림으로 다니는 이유도 사람들의 관심을 끌지 않으려고 일부러 하는 짓이라는 거야."

막시민 리프크네의 한심한 꼴이라면 이스핀도 충분히 봤다. 그런데 그게 진짜 모습이 아니라고?

"실상은 뭔데요?"

"대단한 천재라지! 네냐플에 들어갈 필요도 없을 정도로. 어려서부터 마법적 재능을 타고나서 마법 유물을 척척 다뤘다는 거야. 카프리치오라고 부르는 물건인데, 고대 가나폴리의 찬트를 재현한 유일무이한 악기라고 하거든. 그런 정도의 천재니까 일찌감치 누군가의 눈에 띄지 않았겠니? 네가 들어봤는지 모르겠다만 마법사들이라면 누구나 이름을 아는 대마법사 쥬스피앙이 우연히 그 애와 마주치자마자 바로 재능을 알아차리고는 흥분한 나머지……."

이스핀은 얼떨떨한 표정으로 자기가 만났던 막시민 리프크네를 생각했다. 설마 그 꼬락서니에 그 성깔머리로……. 도저히 머릿속에서 그림이 겹쳐지지 않았지만 입으로는 저도 모르게 되묻고 있었다.

"흥분한 나머지?"

"그 애를 제자로 삼았다는 거야! 이백 년 넘게 살아오면서 한 번도 제자를 거둔 적이 없는 분이! 대단한 사건이라 할 만하지! 그런 분의 제자가 되면 다른 사람들보다 열 배는 빨리 마법을 배운단다. 한마디로 대마법사로 가는 탄탄대로가 열린 거야. 하지만 세상에는 남의 재능과 그런 행운을 질투하는 사람이 반드시 있지 않겠니?"

"그야…… 그렇겠죠."

더러운 코트와 곰팡내 나는 모자를 떠올린 이스핀은 초점 잃은 눈빛으로 식당 맞은편 벽을 보며 생각했다. 천재성을 감추려고 그런 꼴을 했다면 아주 효과적이긴 했네…….

후작부인은 남은 포도주를 홀짝 마시고는 말을 이었다.

"그런 질투 때문에 누군가가 암살자를 고용했다지 뭐겠느냐! 참 세상에는 상상 못 할 짓을 하는 치졸한 자들이 이렇게나 많다. 그렇게 아끼는 제자가 죽을 뻔한 사건을 겪고 나자 대마법사께선 생각을 바꾸어 그 애를 네냐플에 넣기로 했단다. 표면적으로 평범한 과정을 밟게 해서 사람들의 질투를 차단하려 한 거지. 쓸데없이 학비가 든다는 것만 빼면 참으로 좋은 생각이었지만 문제는 막시민 리프크네라는 시건방진 녀석이 스승의 그런 속뜻을 헤아릴 마음이 없었다는 거야. 학교 공부가 아주 시시하고 지겨웠던 모양이지. 그야 가나폴리의 고대 유물을 다루는 아이가 네냐플 1학년 공부를 하자니 성에 찼겠어?"

"그래서 낙제를 한 건가요?"

"그렇게 된 일이 아니겠느냐? 스승의 깊은 뜻을 저버리고 반항을 한 게지. '나 이런 거 배우기 싫어요'라는 말을 이 년간의 낙제로 표현해야 했다니 어지간히 의사소통이 안 되는 스승 제자 사이였던 모양이야. 어쨌든 드디어 퇴학이 될 참이었는데 이번 사건이 터진 거지. 네냐플이 그 꼴이 됐으니……."

후작부인은 문득 말을 멈추더니 어깨를 으쓱했다. 거기까지는 하려던 얘기가 아니었던 모양이다.

"하여간 그런 짓을 했으니 책임을 져야 했는데, 소식을 들은 대마법사께서 징계 위기에 처한 제자를 쏙 빼내 데려가신 모양이야. 그분이 위대한 대마법사이긴 하지만 남의 사정에 신경을 안 쓰는 성격으로도 유명하거든. 그래서 네냐플도 심볼리온도 그 애를 못 찾고 닭 쫓던 개가 되어서 학교 문만 닫게 된 거라지. 지명수배가 됐다지만 대마법사 쥬스피앙 님이 감춰버린 애를 무슨 수로 찾아낸단 말이냐? 그냥 찾는 척이나 하다가 끝나는 게야. 퇴학이야 어차피 당하려던 거니까 알 거 없겠고."

뜻밖의 이야기를 듣게 된 이스핀은 조금 생각을 정리할 필요가 생겼다. 막시민이 보기와는 달리 뛰어난 인재였다는 건가? 운 좋게 권총을 찾아낸 술집 구석 탐정 정도가 아니라?

하긴 들려왔던 소문도 심상치는 않았다. 그래서 제법 쓸모 있을 줄 알고 찾아왔지만 실제로 만나보니 헛소문이었구나 싶었는데 그런 꼬락서니로 다니는 데 피치 못할 이유가 있었다는 거잖아. 그러니까 사실은 똑똑하고 유능하고 깔끔한…….

마지막 부분이 이스핀의 신경을 건드렸다. 그 부분은 유보하자. 아무리 이유가 있은들 그 꼴을 하고 다니는데 본래 깔끔한 사람이라는 건 무리야.

같은 이유로 후작부인이 해준 이야기가 모두 사실은 아닐 것 같은 느낌이 들었다. 무엇보다 직접 막시민을 만나본 이스핀의 직감이 그렇게 말하고 있었다. 그렇다면 어디까지가 진실일까?

본래 이스핀은 막시민 리프크네가 소문대로의 인간이라면 앞으로 오빠가 남긴 오토마톤의 탐색을 위해 고용하는 것도 괜찮겠다고 생각하며 네냐플까지 갔었다. 오늘 들은 이야기 중 절반쯤만 진실이라 치더라도 이 천재인지 거렁뱅이인지 모를 인간을 다소간의 노력을 들여 구원해볼 가치는 있지 않을까?

"후작부인께서는 예전에 네냐플을 떠나셨는데 요즘 사정을 어떻게 그렇게 손바닥 보듯 하세요?"

후작부인이 나직이 키득거렸다.

"그런 게 있어. 학교를 떠난 사람들끼리도 하고 싶은 얘기는 있는 거지. 그중에서도 모교 얘기란 언제 해도 재미나지 않겠니."

그때 다시 한번 집사가 쭈뼛거리며 식당 입구에 나타났다. 하지만 차마 다가오지는 못하고 식사 시중을 드는 시종을 흘끔거렸다. 시종이 포도주병을 들고 다가오더니 빈 잔을 채우며 말했다.

"마님, 그 선장이 오늘 배를 못 띄우면 목이 날아간다 합니다."

후작부인은 대꾸 없이 어깨를 으쓱했다. 나가라는 손짓이 없었으므로 시종은 재빠르게 다시 말했다.

"켈티카로 보낼 최상급 홍차가 두 상자 모자라는데 다음 계절에 갚아주시느냐고 합니다."

"남작이 내야 할 사용료를 덜 내놓았을 뿐이다. 내가 아니라 남작한테 가서 따지라 해라."

"남작이 보낸 명세서를 갖고 왔다 합니다. 명세서만이라도 들여보낼까요?"

후작부인은 한 손으로 테이블을 탕탕 내리치며 화를 냈다.

"필요 없다! 틀림없이 지난가을 시세로 계산했을 테니까. 겨울 시세로 정확히 계산하면 모자랄 리가 없다. 그런 술수를 그만 부리라고 내가 남작에게 작년에 경고했다. 내가 더이상 참아줘야 할 필요가 있느냐?"

"그리 전하겠습니다."

시종은 다시 물러갔다. 후작부인은 언제 화를 냈느냐는 것처럼 다시 우아하게 포도주 잔을 들더니 중얼거렸다.

"그런데 목은 왜 날아간다는 거야?"

그때 아직 가지 못하고 있던 집사가 슬금슬금 다가와 속삭였다.

"그게…… 좀 사정이 있다 합니다. 아침에 손님이 두 명 탔다는데, 켈티카로 당장 가야 한다고, 예정대로 오늘 내 출발하지 않으면 크게 화를 낼 기세랍니다."

"뭐? 손님 주제에 감히 공물선의 출발 일정을 놓고 이래라 저래라 떠든단 말이냐?"

"그 말씀이 맞습니다만 손님이란 분들이 좀……."

집사는 이스핀의 눈치를 슬쩍 봤지만 후작부인이 개의치 않는 기색이자 말을 이었다.

"마법사들인가 봅니다. 그러니 선장도 잔뜩 겁먹은 게지요."

후작부인은 어처구니없어하는 표정을 짓더니 중얼거렸다.

"요것 봐라. 아하, 문 닫은 일 때문에 그러는 게로구나. 네냐플? 아니면 심볼리온? 그 녀석이 켈티카에 숨었다고 생각하는 모양이지?"

이스핀은 후작부인이 흘리는 말을 놓치지 않았다. 그런데 켈티카라니, 왜 그렇게 먼 곳까지 간 거야?

"그런 사정은 내가 알 바 아니고, 차 두 상자를 케르느메 남작이 줄 때까지 출항을 미루든가, 장부를 고쳐 일단 출항하고 다음 계절에 남작한테 청구하든가 알아서 해라. 나는 줄 것도, 고쳐줄 것도 없다."

선장이라는 사람이 어지간히 읍소하며 매달렸는지 집사는 난감한 표정이 되어 물러갔다. 하긴 공물선 선장은 남작과 후작부인의 힘겨루기 사이에 낀 희생자일 뿐이었다. 그나마 선택지가 있다면 두 귀족들이 다툴 만큼 다툰 끝에 어느 쪽이든 차 두 상자를 내놓을 때까지 며칠 버틴다는 정도였을 텐데 당장 출발하자는 마법사들 때문에 그러지도 못하게 됐으니 환장할 노릇일 것이다.

후작부인은 마침내 식사를 끝냈다. 이스핀은 훌륭한 음식을 칭찬하고 즐거운 대화를 베풀어주신 것에 대해 우아하게 감사를 표했다. 부인은 오를란느 시골 예절도 제법 괜찮네 하고 생각하는 표정이었지만 사실 오를리는 켈티카보다도, 실은 대륙 어느 곳보다도 예법이 까다롭기로 정평이 난 곳이었다. 오를리 사교계에서 해마다 좋은 평판을 유지한다는 것은 매년 마상 대회에서 우승하는 정도로 어려운 일이었다.

이윽고 후작부인은 산책이나 하자며 느릿느릿 정원으로 걸어나갔다. 해가 질 무렵이라 공기가 제법 차가웠지만 포도주를 많이 마신 부인은 끄떡없었다. 이스핀은 망토를 여미고 뒤따라 걸으면서 남작과 후작부인, 선장의 관계를 상상해보았다. 보아하니 남작은 후작부인에게 무슨 이유로인가 '사용료'라는 것을 내야 하는데, 후작 가문에서 켈티카로 공출해야 할 물건을 대신 보내는 것으로 갈음하기로 한 모양이다. 남작은 그걸 야금야금 덜 주려고 요령을 부렸고 화가 난 후작부인이 실력 행사에 들어간 상황이려니 싶었다.

거기까지 생각하다가 문득 뭔가를 떠올린 이스핀이 걸음을 재촉해 따라가며 물었다.

"저대로 놔두면 선장은 오늘 출항을 할 수 있을까요?"

"마법사들이 탔다니 밤중에라도 해야 하겠지. 선장 주제에 감히 네냐플이나 심볼리온의 비위를 거스르겠느냐."

"그런데 남작은 무엇의 사용료를 내는 거예요? 그가 후작령의 주인이잖아요."

"너 우스운 이야기 하나 들어보련?"

후작부인이 눈썹을 올리며 흰자위를 보이더니 정원에 놓인 의자에 앉으라며 손짓했다.

"모니즈 후작령 곳곳에는 대대로 후작의 소유물인 것들이 제법 된단다. 우물 세 개, 정자와 별장, 강에 놓인 다리, 이곳저곳에 흩어진 나무 수십 그루, 어느 건물의 지붕 귀퉁이 등등 별것이 다 있지. 이것들은 소유물 장전에 '후작의 소유물'이라고 명시되어 있어서 후작이 아닌 케르느메 남작은 이것들을 가질 수가 없는 거야. 그래서 우리는 그것들의 사용료를 톡톡히 받고 있지. 무엇보다 강물 사용료가 제일 달콤하고말고."

이스핀이 눈을 동그랗게 떴다.

"강물요?"

"그놈의 영지 위로 질베르 강이 흘러간단다. 그런데 강도 후작의 것이라고 하니 이 어찌 아니 놀라운 고대의 요술이냐?"

남의 나라의 괴상한 법리 해석에 당황한 이스핀은 입을 약간 벌리고 있다가 다시 물었다.

"그럼…… 그런 식이라면 그 땅 위에 서 있는 이 저택은 사용료를 낼 필요가 없고요?"

"상식이 있다면 그런 생각이 들어야 마땅하겠지. 하지만 저택이야말로 후작의 소유물 중 첫째이고, 체첼 국왕 폐하께서도 전통적으로 후작 작위에 속한 것들은 후작의 것이라고 인정을 해주셨단 말이야."

"그런 식이라면 땅은 후작 작위에 속해 있지 않았단 말인가요?"

"놀랍게도 후작령은 후작 본인도 아니고, 작위도 아니고, 요한나 1세한테서 이 땅을 처음으로 하사받았다는 모니즈 후작의 돌무덤에 속해 있다고 한다. 이제 와서 내가 그런 헛소리의 진위를 판별하려 애써도 소용이 없으니 그냥 그런 걸로 놔두는 게다. 자손이 아니라 무덤이 소유주라니! 이게 남부가 굴러가는 꼴이야! 북부 출신의 정상적인 머리에 포도주 두 병 정도를 부어두면 남부 인간처럼 생각할 수 있게 된다지. 그래서 내가 계속 포도주를 마시는 게 아니더냐?"

기묘한 사연을 다 듣고 나니 말이 되는 듯 안 되는 듯했지만 무엇보다 이스핀은 작위와 영지가 분리 가능하며 그것도 가문 밖에서 벌어진 사건 때문에 흩어지고 조각났다는 사실이 인상 깊었다. 그런 식이라면 어느 가문에 필연적으로 귀속된 권리란 사실상 없는 것 아닌가? 마치 카드놀이를 위해 카드를 나눠 가진 것과 다를 바가 없다.

하지만 그런 식이라면 새 카드놀이를 하기 위해 카드를 다시 섞지 못할 건 뭐란 말인가?

"저한테 조금 그럴듯한 생각이 떠올랐는데요."

이스핀은 추워서 빨개진 뺨을 문지르며 말을 이었다.

"케르느메 남작은 후작령을 샀지만, 후작령 안에 후작의 것으로 명시된 몇 가지는 여전히 후작 가문의 것이라고 하셨죠. 그럼 후작령과 후작령 안의 여러가지 구조물은 반드시 한

덩어리는 아니란 뜻이죠. 맞나요?"

후작부인은 시큰둥하게 대꾸했다.

"그런 모양이지."

"그런데 문제의 돌무덤도 후작령 안에 있겠죠?"

"물론이다."

"후작부인께서도 아시겠지만, 주인과 소유물이 있을 때 그 관계가 거꾸로 될 수는 없잖아요? 이를테면 제가 모자를 갖고 있는데 모자가 저를 가진 게 될 순 없잖아요? 그럼 무덤의 주인은 누구죠?"

후작부인은 무슨 소릴 하는 건가 하는 표정으로 이스핀을 쳐다보고만 있다가 그저 어깨를 으쓱하며 말했다.

"남작이잖아. 남작이 후작령을 샀을 때 무덤도 그 안에 있었어."

이스핀이 고개를 흔들었다.

"그렇지가 않아요. 생각해보세요. 남작은 후작령을 샀을 뿐이죠. 그 안에는 후작령에 속하지 않는 것이 여럿 있다는 걸 모두 알고 있고요. 무엇보다 무덤은 후작령의 주인인데 어떻게 후작령에 속할 수가 있겠어요? 모자가 저를 가질 수 없는 것과 같죠. 제가 보기에 그 무덤에는 지금 주인이 없는데요?"

물론 이스핀의 논리는 절반쯤 궤변이었지만 현재 남작과 후작, 후작령과 후작 저택의 관계도 궤변이나 다름없는 괴이

한 논리로 이어 붙여져 있었으므로 새로운 궤변을 하나쯤 더한들 안 될 것은 없었다. 이스핀이 말을 이었다.

"밤중에 주인이 없는 무덤으로 가셔서 그 안에 있는 관을 이 저택 안의 납골당으로 이장해버리세요. 어차피 조상의 무덤인데 안 될 것 없잖아요? 그리고 무덤의 본질은 고인의 관이지 돌무더기는 아니니까, 이제 무덤의 주인이 누구인지 잘 따져보자고 해보세요. 재판정에서 말을 잘해보시면 차 두 상자보다 훨씬 큰 것을 돌려받으실지도 모르겠는데요."

후작부인은 얼떨떨한 표정을 지었다. 이런 생각은 해본 적이 없었다. 그런 식으로 십 년 전에 잃어버린 영지를 되찾는 것이 가능하다면……. 후작부인의 얼굴에 갖가지 감정이 지나간 후 이스핀은 문득 생각난 것처럼 물었다.

"참, 궁금한 게 있는데요. 공물선이라는 배 말이에요. 그건 아무나 탈 수 있는 건가요?"

"아무나는 아니지."

후작부인의 얼굴에서 '내가 보낸 사람을 아무나라고 하겠느냐'라는 뜻을 읽은 이스핀이 빙그레 웃었다.

"역시 그렇겠지요? 그럼 제가 혹시 작은 부탁을 몇 가지 드려도 괜찮으실까요?"

수상쩍은 호의

쾌청하게 맑은 12월의 어느 날이었다. 멀리서 보면 새파랗게 맑지만 가까이에서 보면 다소 혼탁한 강 위를 세 척의 배가 나아가고 있었다. 엇비슷한 크기의 공물선들이었다.

세 척 모두 돛배였지만 돛은 접힌 채 축 늘어져 있었다. 바람이 거꾸로 부는 것도 아닌데 그랬다. 노를 꺼내 젓지도 않았다. 이 근방은 물에 빠진 것을 모조리 뜯어먹는다는 조그마한 물 요정의 영역이어서 아무것도 물에 집어넣으면 안 된다고 알려져 있었다. 당연히 헤엄치는 사람도 없었다. 강물의 흐름에만 몸을 맡긴 배는 하늘을 떠가는 구름처럼 느릿했다.

하지만 그건 역시 먼발치에서 바라보는 사람이나 떠올릴 이유였다. 실제로는 그런 해묵은 미신을 진지하게 믿는 뱃사람도 거의 없어진 세상이었다. 그들이 노를 젓지 않는 진짜 이유는 조금만 나아가면 큰 강, 노아질베르와 합쳐지며 급류가 시작되기 때문이었다. 배의 속도를 높인 채로 급류를 만나면 선체가 심하게 기우뚱거리고, 그러다가 쓸데없는 피해를 입기 쉽다. 어차피 느린 구간은 그리 길지도 않았다.

셋 중 두 번째 배의 갑판 위에 귀족의 살롱에나 놓으면 적당할 법하게 생긴 라운지 의자가 놓여 있었다. 우아한 곡선을 그리는 호두나무 틀 위에 붉은 벨벳을 씌웠는데 발받침이 특이할 정도로 길었다. 따라서 비스듬히 기대어 앉으면 두 발이 허공을 자연스럽게 걷어차는 자세가 되었다.

바로 그 자세로 의자에 앉은 남자가 있었다. 이 남자 역시 멀리서 보면 편안한 자세로 수면을 응시하며 여행을 즐기는 듯했지만 가까이에서 보면 달랐다. 남자는 외투 자락이 구겨지든 말든 발치까지 둘둘 만 채 누운데다 머플러까지 친친 감고도 추위를 참지 못해 콧물을 훌쩍거리며 잠들어 있었다. 아니, 자려고 애쓰고 있었다.

"에엣취!"

그의 노력은 여러 가지로 방해를 받는 중이었다. 첫째로 배 밑에서 뭔가가 긁히는 기묘한 소리가 줄곧 불규칙하게 들려왔다. 둘째로 계절에 어울리는 칼바람이 쉬지 않고 불었다. 셋째로 옆에서 말을 거는 인간이 있었다.

"플레상스 경, 경의 굳센 의지에 찬탄을 금하지 못하겠습니다. 과연 강인한 귀족의 귀감이라 할 만한 분이십니다. 그렇지만 이 존경받을 만한 행동이 경의 건강에 미칠 영향에 대해서는 다소간의 우려를 표하지 않을 수 없군요."

막시밀리앵 드 플레상스 경, 다시 말해 막시민은 닷새 전에 이 배에 탔다. 배는 공물선이었으므로 승객이 많지는 않았고, 또 귀한 물건을 탐낼지도 모를 신분 낮은 자들의 탑승은 처음부터 금지되어 있었다. 반면 남부로 내려왔다가 켈티카로 돌아가는 귀족들은 공물선 탑승을 좋은 선택지 중 하나로 생각했다. 말이나 마차로 흔들리며 가는 것보다는 훨씬 쾌적하고 빠르거니와 공물선들은 탑승료를 많이 요구하지도 않기 때문이었다. 심지어 가끔 이렇듯 나이와 취향이 비슷하며 대화를 나누기에도 즐거운 사람을 만나 친분을 쌓는 재미도 있었다.

아니, 나이와 취향은 조금도 비슷하지 않았다. 막시밀리앵 드 플레상스는 스물다섯 살이고, 노인네들처럼 오래된 물건을 좋아한다고 하는데 이건 다 설정일 뿐이란 말이다! 설정이라고! 대화를 나누기에도 전혀 즐겁지 않아! 너나 재밌지!

이 모두는 내면의 외침일 뿐, 막시민은 우아한 플레상스 경의 역할을 제법 잘 해내고 있었다. 로렐딘 교수가 가방에 넣어준 금테 안경과 송아지 가죽 구두와 청록색 비단 크라바트cravat도 당혹스러울 정도로 잘 어울렸다. 머리 모양이 귀족치고 자유스럽다는 점만이 상대를 의아하게 했지만 오를란느의 유행인 것으로 해서 대강 넘어갔다.

그랬다. 그게 가장 어려운 부분이었다. 막시민은 교수들이 나름대로 공들여 가짜 신분을 준비해준 만큼 설정대로 행동하기 위해 제법 노력했다. 그런데 그 설정이 하필 일생 만나본 적도 없는 오를란느인이어서 없는 상상력까지 부단히 발휘해야 한다는 것이 문제였다. 아니 교수님들, 꼭 이래야만 하는 이유가 있었느냐고요. 그나마 다행한 것은 상대도 오를란느인을 만나본 적이 없어서 설정은 아무렇게나 새로 지어내면 되었다.

"무슨 그런 말씀을. 오를란느에서는 이 정도면 날씨가 따뜻하다고 다들 강둑에 나와 바람을 쐬며 아이스크림도 먹고 개도 산책시키고 페탕크도 하고……."

"오, 페탕크! 이름만 들어본 놀이인데 경은 해보셨나 보군요. 아니지, 아주 잘하시겠지요. 저도 언젠가 배워보고 싶군요. 오를란느 귀족들은 페탕크를 즐깁니까?"

"그럼요. 사람이 모였는데 페탕크에 쓸 공이 없으면 지나가는 사람의 대…… 머리에 올려놓은 모자에 붙어 있던 털방울을 대신 사용하기도 하죠."

지안니 다 팔미는 눈을 조금 크게 떴지만 상대가 세련된 농담을 했는데 자신이 못 알아들었나 보다 생각하며 그냥 고개를 끄덕거렸다. 그는 눈치 없는 인간이 되는 것을 세상에서 가장 혐오하는 부류였다.

스물네 살이라는 지안니는 남작 가문의 아들로 이번에 켈티카에 처음 가보는 길이라고 했다. 막시민이 크나큰 위화감과 약간의 미안함을 느끼며 스물다섯 살이라고 소개하는데 전혀 의심하지 않고 믿을 때부터 이 인간이 약간 짜증났다. 지안니는 태어나서 처음으로 왕국의 수도로 여행하는 젊은이답게 세상만사가 흥미진진한 상태였다. 그래서 공물선에 실린 공물은 물론 누군가의 부탁을 받고 실어가는 운송품에까지 일일이 참견하다가, 선장이 개인적으로 사들였다는 의자를 포도주가 무한히 제공되는 브리지 게임에 걸게 만들고, 그걸 뜬금없이 막시민이 따 가게 만드는 업적을 이룩했다. 그건 단지 포도주가 너무 오랜만이었기 때문일 뿐이었지만…….

이튿날, 막시민은 당연히 의자를 돌려주려 했지만 한번 앉아보자마자 그 계획을 철회했다. 너무나 편했던 것이다. 이런 의자가 세상에 존재한다는 것도 모르고 두 군데나 꺼진 소파 따위에 누워 살아왔다니, 처음으로 인생을 낭비했다는 생각에 약간의 슬픔을 느꼈을 정도였다.

그런데 선장도 막시민과 똑같은 생각으로 이 의자를 샀다는 점이 문제였다. 선장은 다음날 다시 브리지 시합을 열어 그 의자를 걸라고 졸라댔지만 막시민은 단칼에 거절했다. 그러자 선장은 막시민이 이 배를 타기 위한 승선료는 냈으나 화물 운송료는 내지 않았다는 주장을 폈다. 막시민은 그 점을 인정하고 운송료를 내려 했지만(교수들은 그에게 제법 넉넉한 여비를 주었다) 선장은 미소를 지으며 화물칸이 꽉 찼기 때문에 더이상의 화물은 받지 않는다고 대답했다.

아하.

막시민은 이런 종류의 주장을 논파하는 데 특별한 재주가 있었지만 고상한 플레상스 경이라는 설정을 유지해야 했으므로 처음에는 점잖게 접근했다.

"아, 그렇군요. 이 배의 화물칸을 어디부터 어디까지라고 정의하느냐 하는 문제는 잠시 놓아둔다 치더라도 당신의 주장은 약간의 철학적 문제를 발생시키게 되는데, 그렇다면 어젯밤까지 이 의자는 대체 어디에 놓여 있었던 것일까요?"

"그야 어제까지는 이 배의 집기였지요. 배의 일부분이었다고 할까요. 하지만 이제부터는 손님의 화물이 아니겠습니까?"

"배의 일부분일 때는 있었던 자리가 화물이 되면 없어집니까?"

"배의 집기를 놓아야 하는 자리에 화물을 놓을 수는 없는 일이지요. 화물이란 부탁을 받고 운송하는 물건일 뿐이고, 집기란 순조로운 운항을 위해 싣는 물건이니까요."

"순조로운 운항을 위해 이 의자가 반드시 필요했다는 말씀입니까?"

"그런 문제야 선장이 정하기 나름 아니겠습니까?"

아무래도 고상한 플레상스 경이 상대하기에는 어려운 상대였다. 막시민은 귀족답게, 다소 섬세하게 인내심을 잃어버린 표정을 짓고는 이런 대화를 킥킥대며 구경하고 있는 지안니라는 놈한테도 약간의 정의로움을 보여줄 필요를 느끼며 말했다.

"그렇군요. 선장께서 말씀해주신 집기와 화물의 정의를 충분히 이해했으며 견문을 넓히는 기회가 되었습니다. 그런데 말씀을 듣자니 궁금한 점이 생겼는데, 배를 타는 손님들에게는 가방 같은 개인 소지품이 있지 않습니까? 이런 것은 화물이 아니겠지요?"

"그야 당연한 말씀 아닙니까."

"하지만 개인 소지품 중에서 직접 소지하기 어려운 물건일 때는 화물로 처리하게 되는 거고요. 제 생각이 맞습니까?"

"맞는 말씀입니다. 바로 그렇지요."

"그런데 비록 개인 소지품이라 할지라도 손님이 소지품을 배 안에서 줄곧 들고 다녀야만 하는 것은 아니지 않겠습니까? 가방이라는 것이 제법 무거울 수도 있겠고, 이를테면 식사중에도 가방을 들고 있어야만 한다든가, 그런 무리한 요구를 하실 분은 아니겠지요. 그렇지 않습니까?"

"그야 그렇지만……."

막시민은 오늘 아침에 반짝반짝하게 닦아놓은 금테 안경을 벗어 탁자 위에 내려놓았다. 그런 다음 눈에 뵈는 게 없는 인간이 되어 말했다.

"하나 묻지요. 이 안경은 화물입니까, 아닙니까?"

"물론 아니죠. 방금 잠깐 내려놓으셨을 뿐이니까요."

"제가 이 안경을 깜빡하고 이곳에 둔 채로 떠났다가 내일쯤 찾으러 온다면 화물로 변하게 될까요?"

"그것도 아니지만……."

선장은 슬슬 궤변의 기운을 느끼고 눈살을 찌푸렸지만 상대가 '경'으로 불리니만큼 귀족 계급의 말단쯤은 되는 듯했으므로 무시하고 자리를 뜨기는 어려웠다. 막시민은 자연스럽게 안경을 도로 집어 들어 쓰면서 한쪽에 놓인 의자를 가리켰다.

"그럼 제 의자도 잠시 이곳에 뒀다가, 얼마 뒤에 찾으러 올까 합니다만."

그 '얼마 뒤'가 언제쯤일지, 이를테면 내일쯤일지 배에서 내릴 때쯤일지는 아무도 모를 일이다. 결국 참지 못한 선장이 소리쳤다.

"이보십쇼, 플레상스 경. 의자가 안경하고 같아요? 화물이란 건, 들고 다니기 힘들 정도로 무겁거나, 뭐 그런 물건이 아닙니까!"

막시민은 벌떡 일어나 한차례 심호흡을 크게 한 다음 손마디를 풀며 선장을 노려보았다. 살아오며 막시민은 늘 대화로 문제를 해결하려 했다. 힘은 진정한 해결책이 아니라고 믿었다. 그러나 지금만은, 그러니까 이 상대는…… 아니, 의자는 그럴 가치가 있었다.

막시민은 의자를 번쩍 들어올린 다음 귀족적인 냉소를 띠며 말했다.

"잠시 제 소지품을 가지고 갑판 산책이나 할까 합니다."

그렇게 들고 나온 의자를 갑판에 내려놓고 앉아 있다가 슬슬 바람이 차가워져 도로 들어갈까 했지만 선장이 그사이 선실 문짝을 보강한답시고 문틀 양쪽에 각목을 박아놓도록 시켜서 간신히 들고 나온 의자가 들어가지 못하게 된 게 아닌가?

각목을 발견한 막시민은 그것을 잠시 바라보고 있었다. 찬바람이 불어오자 오랜만에 냉정한 분노가 치밀어 올랐다. 좋다, 선장. 이제부터 너와 나의 대결이다. 처음에는 이렇게까지 진지해질 생각은 없었지만, 이 의자를 위해서라면…….

그 결과 막시민은 하루 두세 번씩 칼바람이 불어오는 갑판 위의 의자에 앉아 낮잠을 청하게 되었다. 나흘째가 되자 선장도 슬슬 포기한 듯했지만 막시민은 굳은 의지를 보이듯 의자 위에서 시간을 보냈다. 지안니란 놈은 옆에서 건강을 걱정하는 대신 선장한테 내려가서 포도주나 한 잔 뜬어다가 가져다 주면 좀 덜 추우련만 도대체 눈치가 루시안만큼도 없는 녀석이었다.

어느새 해가 수평선을 넘어갔다. 지안니도 들어갔고, 막시민도 슬슬 저녁을 먹으러 갈 시각이었다. 막시민은 코를 훌쩍대며 몸을 반쯤 일으켰다. 약간의 아쉬움을 느끼면서. 이렇게 추운데도 이 의자의 편안함은 가끔 추위조차 잊게 할 때가 있었다. 하지만 여기서 잠들었다가는 동사할 위험이 있겠지. 그렇게 의자에서 엉덩이를 떼려는 찰나, 수상쩍은 것이 눈에 들어왔다.

약간 간격을 두고 따라오던 세 번째 공물선의 갑판에서 누군가가 손을 흔들고 있었다. 막시민에게 보라는 것처럼. 착각인가?

대낮이었다면 상대의 모습이 보였겠지만 주위는 어둑했다. 그저 긴 망토를 둘렀고, 모자를 쓰고 있다는 정도? 막시민은 주위를 둘러봤다. 날씨가 매섭다 보니 이 시각까지 갑판에 나와 있는 손님은 달리 없었다. 선원 한 사람이 있긴 했는데 저쪽 배의 사람을 주목하는 기색이 아니었다. 즉, 저쪽에서 손을 흔들어 인사할 만한 사람은 이 갑판 위에서 단 한 명, 막시민뿐이었다.

막시민이 일어나 상대를 자세히 보려 하는데 선실 문을 열고 고개만 빼끔 내민 지안니가 외쳤다.

"플레상스 경, 저녁 드시러 가시지요! 어휴, 추워."

막시민이 돌아보며 알았다고 대답한 뒤 다시 앞을 보자 갑판 위에 있던 사람은 어느새 사라지고 없었다.

이상한 일은 그때부터였다. 저녁 식사를 마쳤는데 선장실 사환이 민트색 리본을 묶은 납작한 상자 하나를 가져다주었다. 막시민은 의아한 얼굴로 사환을 올려다봤다.

"이건 뭐지?"

"디저트입니다."

어제까지만 해도 디저트로 치즈 두어 조각 정도가 나오던 터라 갑자기 무슨 일인가 싶었지만 일단 열어보았다. 그런 다음 두 번째로 놀랐다. 안에는 세 가지 색깔의 마카롱과 반짝거리는 금가루로 장식한 초콜릿 에클레르가 들어 있었다. 곁에 있던 지안니가 안을 들여다보더니 탄성을 올렸다.

"아, 이건 틀림없이 이 근방에서 가장 유명한 랜즈베리 과자점의 것입니다. 누구인지 경에게 상당한 호감을 품고 있는 모양인데요? 이런 고급스러운 취향을 보니 귀부인이신 것 같은데……."

그러면서 은근한 눈빛으로 대답을 재촉했다. 하지만 막시민은 해줄 말이 없었다. 막시민 리프크네에게 이런 귀여운 선물을 보낼 사람은 한 명도 떠오르지 않았던 것이다. 무엇보다 지금은 다른 이름과 신분으로 여행하고 있는데 누군가가 '막시민 리프크네'에게 이런 것을 보냈다 해도 큰일이었다. 그러니 막시밀리앵 드 플레상스 경을 아는 누군가가 보냈나 보다 생각하는 것이 맞겠지만, 그 역시 이상한 일이었다. 플레상스 경이라는 사람이 생각보다 유명한가? 항구에 몇 번 내렸던 일로 주변에 소문이 퍼질 정도로?

사환에게 캐물어봤지만 그는 오늘 오후에 물을 싣기 위해 잠깐 들렀던 항구에서 하인처럼 생긴 누군가가 건네준 상자를 가져왔을 뿐이라고 했다. 그 하인이 '플레상스 경의 디저트'라고 말해주었다나?

막시민은 플레상스 경에 대해서 교수들이 가방에 넣어준 설정 쪽지 이상으로는 몰랐기 때문에 그냥 받아들이는 수밖에 없었다. 그래서 궁금해서 눈을 반짝이는 지안니에게 아무 말이나 몇 마디 하고 마카롱을 몇 개 쑤셔넣어 입을 막은 다음 선실로 돌아왔다. 그런데 이번에는 침대 밑에 제법 큰 상자가 하나 놓여 있는 게 아닌가?

막시민은 상자를 바로 열어보는 대신 밖으로 나가 선실을 청소하는 사환을 불렀다.

"네가 저걸 가져왔나? 누구한테 받았지?"

사환은 자기가 가져온 건 맞지만 플레상스 경의 이름이 적힌 상자가 갑판 위에 놓여 있어서 옮겨두었을 뿐이라고 대답했다. 이 배에 탄 지 닷새째인데 그의 이름이 적힌 상자가 지금껏 갑판에 덩그러니 놓여 있었다는 것이 말이 될 리 없었다. 그런데 왜 가져온 사람을 아무도 보지 못했단 말인가?

선실로 돌아간 막시민은 침대에 앉아서 한참 동안 상자를 노려보았다. 노려본다 한들 상자가 정체를 실토하는 일은 없었고, 발로 툭툭 차보니 보기보다 가벼웠다. 마침내 결단을 내려 열어보니 안에서는 두툼한 양모 담요와 덧신이 나왔다. 마치 갑판에 놓인 의자에서 덜덜 떨고 있지 말고 따뜻하게 감고 있으라는 것처럼.

실제로 그렇게 쓰니 아주 유용했다. 기막힌 담요였다. 이튿날부터 막시민은 날씨에 관계없이 담요를 망토처럼 두르고 의자에 편안히 기대앉아 강변 경치를 즐기게 되었다. 사실 귀족 체면에는 조금 어색한 풍경이었지만 그 정도는 무시할 정도의 얼굴 두께를 가진 막시민이었다. 그리고 배 안에서의 평판 또한 조금도 손상되지 않았다. 그날 저녁에 또 새로운 선물이 도착했던 것이다. 일곱 가지 종류의 치즈와 '호수에 뜬 별'이라는 별명으로 불리는 최고급 포도주가 든 상자였다.

"이야, 이 귀부인께서는 포도주에도 깊은 조예가 있으신데요? 저희 고향 근처여서 하는 말씀이 아니라 '호수에 뜬 별'을 생산하는 로젠스티어는 중부 최고의 토질을 자랑해서 매

년 생산량의 절반은 예약으로 다 나간다는 곳입니다. 공작 각하라 할지라도 예약 없이는 손에 넣기가 쉽지 않다고 하죠. 게다가 이건 로젠스티어 역사상 손꼽히는 작황으로 알려진 974년산이 아닙니까! 근처에 사는 저도 한 번도 마셔보지 못한, 자줏빛 황금이라고 불러도 과언이 아닌……."

어느새 선물을 보내는 상대는 귀부인이 돼버렸다. 지안니는 계속해서 찬사를 퍼부으며 혹시 한 잔쯤 맛보게 해주지 않으려나 하는 눈빛을 열렬히 보냈지만 막시민은 머릿속이 복잡해서 깨닫지 못했다. 974년이 그 동네에 별나게 날씨가 좋았던 해라서, 그래서 질 좋은 포도주가 생산됐기 때문에 이 포도주를 골랐을 수도 있겠지만 그 해에는 또다른 의미가 있었다. 바로 막시민이 태어난 해였으니까. 이게 우연일까? 아니라면 상대는 플레상스 경이 아니라 막시민의 나이를 정확히 알고 있다는 뜻이 아닌가?

사흘째로 접어들자 배 안에서 막시밀리앵 드 플레상스 경은 인기 절정의 사교계 신사, 또는 우아한 귀부인의 연모를 받는 신비로운 미남자라는 평판을 얻게 되었다. 귀부인인가 뭔가는 정체를 모르니 아무렇게나 부른다 쳐도 왜 거기에 뜬금없이 미남이라는 주장이 더해진 건지 막시민의 상식으로는 이해할 수가 없었지만, 귀부인의 연모를 받으려면 일단 미남이어야 할 것 같다는 사람들의 상식이 현실 왜곡을 발생시킨 모양이었다.

그런 상황일지라도 미남인지 아닌지 판단하기 위해서는 네 놈들의 눈을 사용하면 안 되겠냐, 하고 일갈하는 대신 막시민은 짐짓 아무렇지도 않은 체하고 있었다. 그러나 내심으로는 불안감에 사로잡혔다. 이게 정말로 호의일까? 저쪽에서 정말로 막시민이 누구인지 알고 있고 그들의 정체가 네냐플 교수들이 말한 심볼리온의 마법사들이라면, 왜 바로 나타나 마법으로 뒤통수를 갈기지 않고 이런저런 선물을 퍼부으며 관찰만 하고 있는 걸까?

만약 그게 아니라 상대가 진짜로 플레상스 경에게 호감을 품은 누군가이고 귀족이란 작자들은 할 일이 없다 보니 친구로 사귀거나 혹시나 100만분의 1의 확률로 연애 같은 게 하고 싶은 사람을 발견했을 때 말을 건다는 평범한 수단 대신 우회적으로 선물을 보내며 재랄을 떠는 쪽을 선호한다 치자. 이곳은 강 위에 떠 있는 배였다. 도대체 이 선물은 어떻게 전달되고 있는 걸까? 이 선물 인간의 정체를 본 사람은 아무도 없었다.

이럴 줄 알았으면 플레상스 경이라는 인간이 어떻게 생겼는지도 물어두는 건데…….

그날 저녁, 새로운 공물을 싣기 위해 아나베르크라는 항구에 정박했을 때 지안니가 오랜만에 밖에 나가서 저녁을 먹자고 제안했다. 선장과 화해도 할 겸 막시민은 선장을 초대했다. 선장도 의자 때문에 아무리 심사가 뒤틀렸다 한들 상대가 귀족인데 감정이 안 좋은 채로 헤어지긴 싫었기 때문에 못 이기는 척하며 초대에 응했다. 그렇게 셋과 입담 좋은 이등항해사까지, 네 사람은 강이 꽤 넓어지는 지점에 위치한 부두를 떠나 항구 중심가로 들어갔다.

슬슬 항해를 지겨워하던 지안니가 이등항해사에게 물었다.

"여기까지 왔으면 켈티카까지 얼마나 남은 건가?"

"아, 금방이지요. 앞으로 이레쯤 있으면 질베르 만이 보일 겁니다. 이 강이 커서 느려 보여도 만만찮은 속도거든요. 블루엣 강에는 뭐 당할 수가 없긴 한데, 블루엣한테는 '전격의 나흘'이라는 훈장도 있다 보니까, 뭐. 핫하하."

'전격의 나흘'이란 예전에 켈티카에 세워져서 십 년이나 유지되었던 공화파 정부를 현재의 국왕인 체첼 1세와 폰티나 공작이 나흘 만에 전격전을 펼쳐 공략한 사건을 가리켰다. 그때 켈티카를 가로지르는 블루엣 강의 빠른 유속이 큰 역할을 했다고 알려졌다. 막시민은 무표정하게 듣고 있다가 불쑥 말했다.

"훈장은 무슨. 강이 사람 잡아먹은 얘기 가지고."

"그, 그거야 뭐……."

'전격의 나흘'로 공화파 세력이 무너진 후로 켈티카가 한

달은 피바다였다는 이야기는 널리 퍼져 있었지만 그 덕택에 다시 왕정이 수복되었기에 그 사건을 비판적으로 말하는 사람은 흔치 않았다. 특히나 귀족일 때는. 그 뒤로 이등항해사는 막시민의 눈치를 슬슬 봤지만 그 이상의 일은 일어나지 않았다.

일행은 큰길 뒤편으로 접어들어 선장이 전부터 봐두었다는 제법 근사해 보이는 식당으로 들어갔다. 입구 위쪽에 화덕 모양을 단순화한 문양 아래 "아나베르크의 영광"이라고 적힌 동그란 간판이 붙어 있었다.

"모시게 되어 영광입니다! 안쪽에 좋은 자리를 마련해두었으니 어서 드시지요."

귀족 가문의 하인처럼 구두 뒤축에 펠트까지 붙인 급사의 안내로 식당 안쪽에 따로 마련된 방으로 들어갔다. 잠시 후 메뉴판을 받아보니 정찬 코스의 내용은 상세히 적혀 있었는데 놀랍게도 가격이 없었다. 막시민은 메뉴판을 한 줄 한 줄 꼼꼼히 살펴보고, 뒷면도 보고, 마지막으로 덮개를 분리해서 뒤집어보고 싶은 마음을 꾹 참으며 생각했다. 이런 식당이 있다는 이야기를 어디서 들어보기만 했는데, 진짜로 오게 될 줄이야.

심지어 이번에는 막시민이 돈을 내기로 한 자리다. 막시민은 가격이 궁금…… 아니, 궁금하지도 않았다. 틀림없이 평범한 상식을 가진 인간을 기절시키기에 충분한 가격이겠지만 막시민은 플레상스 경이라는 한심한 작자의 성품과 주머니 속에 두둑하게 든 남의 돈을 떠올리며 눈을 가늘게 뜨고 버티었다. 플레상스 경은 그리 큰 부자는 아닌데 취향만 까다로워서 씀씀이가 제법 큰 사람이라고 했다. 그나저나 이 사람이 실제 인물이긴 한 건가? 혹시 아니라면 누구 뒷목 잡으라고 이런 설정을 한 거야?

선장은 신이 나서 멋대로 코스마다 제일 비싸 보이는 것들을 골라 주문하고 포도주까지 추가했다. 그러자 눈치를 보던 지안니도 선장을 따라 하고, 이등항해사까지도 슬그머니 평소에는 언감생심 기웃거리지도 않던 요리들을 끼워 넣었다. 주문을 받은 급사도 신이 났다. 이 식당은 아나베르크에서 가장 고급스러운 식당으로 평소에는 손님이 무척이나 없었다. 아나베르크가 아니라 켈티카 같은 곳에나 자리잡았어야 할 메뉴와 가격 때문이었는데 보통 한 달에 두어 번 정도 이렇듯 잘못 걸린 손님이 나타나 평소의 적자를 메워주곤 했다. 당연한 일이지만, 그런 손님은 자주 지나다니는 배의 선장이 데려왔다.

주문을 받은 급사가 물러가자 선장이 우쭐거리며 말했다.

“아나베르크에서 이 가게 말고는 플레상스 경의 품격 높은 취향을 만족시킬 곳이 없을 겁니다.”

그 플레상스 경이라는 인간한테 이런 식으로 살다가는 마흔이 되기 전에 폼 도핀pommes dauphine을 곁들인 송아지 등심 대신 감자 껍질이나 끓여 먹게 된다고 말해주고 싶었지만 그놈이 바로 자신이었다. 막시민은 눈썹을 올린 채 눈을 희미하게 뜨는 것으로 자아를 이탈시킨 다음 고개를 끄덕거렸다.

거창하게 시킨 결과 음식은 대단히 느릿느릿 나왔다. 기다리다 굶어 죽는 것을 간신히 면할 정도의 속도였다. 아스파라거스와 전복으로 만든 가벼운 한입거리가 먼저 나온 뒤, 빨갛게 익혀 껍질을 벗긴 가재에 로즈마리 가루를 뿌린 요리, 그리고 뭔가를 잔뜩 채운 퍼프 페이스트리가 나왔다. 페이스트리는 고기와 버섯, 각종 채소를 익혀 얹은 일종의 파이에 가까웠는데, 한두 입에 끝장날 요리지만 무척 손이 많이 갔을 느낌이었다. 그런 느낌에 그치면 될걸, 모처럼 비싼 식당에 와서 잘난 체해보고 싶었던 선장이 막시민 쪽을 바라보며 급사에게 말을 걸었다.

"이분은 켈티카에서 세련된 모임을 많이 경험해보신 신사라네. 아나베르크의 자부심을 담아 손님께 음식 설명을 좀 드리면 어떤가?"

"오, 그러시군요. 저희 식당에 그런 분을 모시게 되어 무한한 영광입니다. 이 퍼프 페이스트리로 말씀드리자면 아나베르크 최고의 요리사인 저희 주방장이 큰 자부심을 품고 있는 요리로 열 겹이 넘는 섬세한 페이스트리를 먼저 구워낸 뒤 뒤뜰에서 정성스럽게 키운 신선한 당근과 양파, 정향과 셀러리와 부케가르니와 후추를 넣어 부드럽게 삶은 닭고기에다가 이틀 전에 채취한 신선한 버섯에 레몬즙을 넣어 익히고 거기에 특제 베샤멜소스를 섞어서……."

급사가 설명을 마치는 것보다 막시민이 그걸 먹어버리는 쪽이 더 빨랐고, 그런 뒤로도 설명이 계속되는 바람에 네 사람은 어색한 표정으로 눈을 깜빡거리고 있었다. 급사가 조금도 굴하지 않고 끝까지 말한 뒤 정중히 절을 하고 나가자 막시민은 플레상스 경을 반의 반쪽 정도 함유시킨 막시민 리프크네로 돌아가 다시는 이런 것을 묻지 마라, 라는 눈빛을 보냈다. 이번에는 선장도 확실히 동의했다.

"그게, 아…… 참 훌륭한 요리였지요. 역시 그러는 게 좋겠죠. 그럼요."

이어서 샐러드도 나오고 수프도 나오고 빵도 나오고 철갑상어 필레도 나오고 오리고기도 나오고…… 그런 끝에 아티초크를 곁들인 쇠고기 등심구이와 소뼈를 이용한 그라탱을 다 먹었을 즈음에는 꽤 잘 먹는 편인 막시민도 더 먹기 힘들 정도로 배가 불렀다. 그런 채로 이게 대체 얼마짜리일까 가늠해보기 시작했다. 그 고민은 뒤이어 디저트로 나온 분홍색 프랄린을 얹은, 놀랍도록 달콤한 머랭을 먹는 동안에도 계속되었다.

막시민에게는 부자 친구가 한둘 있었으므로 그동안 마음만 먹었다면 이런 식당에 와볼 기회가 충분히 있었지만 지금껏 한 번도 그러지 않았다. 저녁 식사를 세 시간이나 걸려 느릿느릿 먹는 과정을 상상하는 것만으로도 진절머리가 났기 때문이다. 그렇다 보니 막시민의 상상력은 그가 가본 가장 비싼 식당에서 받아본 계산서에 세 배쯤 곱해보는 정도가 한계였다.

그 결과, 마침내 급사가 반짝이는 은제 접시에 얹어 가져다준 계산서를 본 막시민은 말 그대로 눈이 튀어나올 뻔했다. 4……480엘소? 넷이서 저녁 한끼 먹었는데 이 돈이 말이 되는 거야? 귀족들은 이런 거 먹고 살면 수명이 오백 년 정도 돼야 되는 거 아니야? 너희들은 입 열면 보석이 나오고 화장실 가면 황금이 나오냐?

그런 말이 평소와 달리 머릿속으로만 오간 이유는 단 하나, 막시민이 네냐플 교수들이 공들여 마련해준 설정을 최대한 깨뜨리지 않기로 결심했기 때문이다. 하지만 이번 시험은 너무 심했다. 조용한 식당 한구석에서 켈티카 신사 플레상스 경과 시골 거지 막시민 리프크네가 서로 멱살을 잡고 싸우고 있는 동안 다른 사람들도 조용히 눈치를 보았다. 선장은 계산서를 들여다보는 막시민의 표정을 살피며 어색하게 웃었고, 지안니는 말을 걸까 말까 망설이며 딴전을 피웠다.

조금 지나치다 싶을 정도로 시키긴 했다. 하지만 누군지도 모른다는 귀부인이 단순히 선물로 보냈다는 포도주가 자주색 황금이라고 불러야 될 정도로 고급이라는데, 그런 선물을 받는 분이 이 정도 계산서에 설마…… 하고 그들이 좋을 대로 생각하고 있는 이유는 막시민이 마음속에서 극적인 타협을 거쳐 포커페이스를 유지했기 때문이었다. 쉬운 일은 아니었다. 코스 마지막에 나온 코냑을 마시지 않았더라면 그만 막시민 리프크네로 돌아가 주먹으로 선장의 면상을 지금보다 조금 낫게 다듬어주었을지도 모를 일이었다.

무엇보다 돈이 모자랐다. 막시민의 상상력 안에서 이렇게 비싼 저녁 식사 따위는 존재하지 않았으므로 나올 때 적당히 100엘소 금화를 한 개 집어 오는 데 그쳤던 것이다.

이제 와서 돈을 나눠 내자고 하기도 곤란하고, 무엇보다 저들인들 돈이 있을 리 없었다. 지나가는 항구의 식당에다 대고 외상을 하자고 해봤자 이빨이 들어갈 리도 없다. 결국 비싼 소지품을 잡히고 돈을 가져다주겠다고 약속하는 수밖에 없다는 결론이 되는데……. 네냐플 교수님들이 주머닛돈을 갹출해서 마련해주신 플레상스 경의 금회중시계 정도면 어떻게 되려나.

그런 결론은 순식간에 났지만, 무엇보다 이 뻔뻔스러운 작자들에게 한마디해주고 싶은 마음을 누르기가 가장 쉽지 않았다. 동시에 세상에는 어처구니없을 정도로 비싼 것이 많다는 것도 처음으로 실감했다. 공작 가문의 후계자인 조슈아와 몇 년이나 친구로 지내왔으니 막시민이 비싼 것을 못 먹어보거나 비싼 물건들을 구경해보지 못한 것은 아니다. 하지만 전에는 그런 것을 갖고 싶지도 않았고 가지려고 노력할 생각도 없었다. 그저 남의 일이었다. 금화 한줌을 넘어서는 물건의 가격은 들어도 그저 숫자에 불과했다고나 할까.

지금 그런 돈을 제 주머니에서 끄집어내어 건네야 하는 상황이 오고서야 그는 드디어 궁금해졌다. 예전에 조슈아가 태어났다는 공작 가문의 거대한 성에서 손님 노릇을 하며 지낼 때 먹고 입고 사용했던 것들은 모두 얼마였을까? 가만히 있어도 자기 영지에서 보석이 나고 세금이 걷혀 차곡차곡 들어오고, 그 큰 성의 어디를 가더라도 하인이 척척 나타나는 그 가문은 얼마나 상상 초월하게 부유한 것일까?

하지만 막시민이 몰랐던 것도 있었다. 이 식당의 계산서는 켈티카 최고의 식당에 가서 보여주더라도 놀라자빠질 정도였다. 아나베르크 역사상 최고의 바가지였다고나 할까.

막시민이 내려놓은 계산서를 요령 좋게 흘끔거린 지안니가 손을 약간 떨면서 막시민을 쳐다봤지만 막시민은 그즈음 모든 것을 내려놓은 사람처럼 초연한 표정을 하고 있었다. 돈이라……. 그게 가끔은 있는 것도 같고 없는 것도 같고 꼭 필요하기도 하고 안 필요하기도 한 거니까……. 그런데 왜 눈물이 약간 나는 것 같지.

그런데 잠시 기다렸는데도 급사가 돈을 받으러 오지 않았다. 이 식당은 이렇게 고급, 아니 고가, 아니 초고가인 주제에 나가는 길에 계산을 해야 한단 말인가? 하지만 세 시간이나 지겹게 저녁을 먹은 터라 한시라도 더 있기 싫었으므로 막시민은 자리에서 일어나 최근 연습중인 낮게 깔린 목소리로 말했다.

"그만들 갑시다."

"아, 그러실까요? 그러시죠. 네, 네."

막시민이 홀을 가로질러 가며 주머니 속에서 회중시계를 찾아 움켜쥐고는 입속으로 다양한 욕을 퍼붓고 있는 동안 뒤따라오던 세 사람은 자기들끼리 눈짓을 주고받으며 민망한 미소를 머금었다. 조금 미안하긴 해도 뭐 어떻게 되려니 하는 얼굴들이었다.

그리고 실제로 어떻게 되었다.

"즐겁게 식사하셨습니까, 손님? 모시게 되어 영광이었습니다. 언젠가 다시 한번 기회를 주신다면 무한한 기쁨이겠습니다. 아, 계산은 끝났습니다."

주방 입구에 서서 기다리고 있다가 인사하러 다가온 식당 주인의 입에서 나온 말이었다. 막시민은 저도 모르게 큰 소리를 내고 말았다.

"네? 지금 뭐라고 하셨습니까?"

"계산은 평소 신사분을 흠모해오셨다는 어떤 귀부인께서 하고 가셨습니다. 정말로 품격 높고 너그러운 분이셨지요. 아, 모르셨습니까?"

표정을 보니 음식 값 외에 팁까지 두둑하게 받은 모양이었다. 막시민은 순간적으로 넋이 나간 표정이 됐다. 그리고 뒤따라오던 세 사람은 말 그대로 입을 딱 벌리고 있다가 갑자기 자기들의 역할을 깨닫고 경쟁적으로 찬사를 퍼붓기 시작했다.

"와아, 역시 재치와 배려가 넘치는 우아한 분이시네요! 경을 감동시키기 위해 이런 기회를 놓치지 않으신 거겠죠?"

"프, 플레상스 경의 매력이 상상 초월이다 보니 이런 일도 생기는 거겠죠? 정말 대단합니다."

"우와, 오늘 먹은 거 엄청 비싸지 않았나요? 그분, 대단한 부자인가 본데요. 근데 부자들의 마음은 진짜로 모르겠네."

이등항해사의 입에서 엉뚱한 소리가 나오려 하자 선장이 재빨리 팔꿈치로 옆구리를 찔렀다.

식당 주인과 주방장, 그리고 급사들까지 줄줄이 따라 나와 인사를 퍼붓는 가운데 멍해진 막시민과 세 사람은 얼떨결에 거리로 나오게 되었다. 그런데 나오고 보니 거리에 마차 한 대가 서 있는 것이 아닌가? 마차 앞에 앉아 있던 마부가 얼른 뛰어내려 인사를 하더니 말했다.

"플레상스 경이십니까? 경을 부둣가까지 모셔다드리라는 부탁을 받았습니다. 어서 타시지요."

마차는 켈티카에 굴러다니는 싸구려 역마차 따위와는 달리 시골 영주 정도는 타고 다닐 법한 깔끔한 외관이었다. 하긴 이런 작은 도시에 역마차 같은 것이 있을 리도 없었다.

"햐, 제 평생 이런 대접을 받아보기는 처음입니다. 역시 사람은 누구를 사귀고 함께 다니느냐가 중요하군요. 허허허……."

"이거 뭐라 말해야 할지 모르겠습니다. 우연히 탄 배에서 이런 분을 뵙고 알고 지내게 된 것이 얼마나 행운인지……."

"야, 진짜 일처리가 빈틈없다. 플레상스 경, 빨리 그 귀부인과 결혼해버려요."

선장은 다시 한번 이등항해사의 발을 걷어찼지만 막시민은 다른 생각에 잠겨 보지 못했다. 이어 세 사람이 우르르 마차에 올라타고 나서 눈을 반짝이며 내려다봤으므로 막시민도 따라 탈 수밖에 없었다. 마차 안에서 흥분한 그들이 플레상스 경을 마성의 매력을 가진 왕국 최고의 미남자로 치켜세우는 동안 막시민은 계속해서 생각에 잠겨 있었다.

"……."

부두에 도착하고 보니 마차 탑승료도 물론 선불되어 있었다. 내릴 때 팁을 주려 하니 그것조차 이미 받았다며 사양했다. 먼저 내린 막시민이 척척 선실로 들어가고 나자 남은 세 명은 마치 복권 당첨된 사람이 뿌린 금화를 주운 사람들처럼 신이 나서 모험담을 떠들어대기 시작했다. 그런 이야기는 과장되는 것이 숙명인지라 배가 켈티카까지 가는 며칠 동안 플레상스 경에게 선물을 보낸 귀부인이 켈티카 최고의 부자라더라, 원래 첫눈에 반했을 때는 이렇게 선물부터 보내는 거라더라, 그 귀부인을 내가 본 것 같다, 그 부인도 엄청난 미인이다, 어젯밤에 둘이 밀회를 했다더라, 둘의 결혼식에 선장이 초대를 받았다더라 등등의 다양한 소문을 낳았다.

별장의 어둠

오를란느 남부의 알브 산 기슭에 위치한 별장 콩트레포르의 정문은 굳게 닫혀 있었다. 주인이 자리를 비웠다는 의미였다. 산비탈을 올라온 손님은 참나무 문에 난 작은 창이 닫혀 있음을 보고 그대로 발길을 돌렸다.

새벽 2시.

한 사람이 별장을 향해 걸어가고 있었다. 누군가의 집을 방문할 시각이 아니건만 망설임 없이 별장 정문에 이르러 문을 두드리지도, 사람을 부르지도 않고 바로 위를 올려다보았다. 불빛 한 점 없는 별장은 단지 어스름한 그림자였다. 그러나 그자는 원하는 표지를 찾았다. 하인의 실수인 듯, 닫혀 있는 2층 창문 틈새를 비집고 나와 천천히 흔들리고 있는 커튼 한 자락이다.

그자는 고개를 끄덕이며 별장의 뒷편으로 돌아갔다. 간단히 울타리를 넘어가서, 버리려고 내놓은 듯한 낡은 콘솔 테이블과 뜯어낸 목재 더미 밑으로 기어 들어가 지면에 붙다시피 낸 얕은 반창을 찾아내더니 좁은 틈새로 미끄러지듯 들어갔다. 턱, 창이 닫히는 소리에 이어 안쪽에서 걸쇠를 거는 소리가 딸그락 울렸다.

그자가 내려선 복도는 여전히 캄캄했으나 왼쪽으로 몇 걸음 나아가자 희미한 불빛이 새어 나오는 문이 보였다. 문을 두드리자 안에서 가벼운 기침 소리와 함께 대답이 들렸다.

"들어오십시오."

문을 열고 들어가자 창 하나 없이 책장으로만 둘러싸인 좁은 방이 나타났다. 가운데 놓인 작은 테이블에는 모래시계가 엎혀 있었다. 그 너머에 한 사람, 이 집의 주인이 앉아 있었다. 들어온 자가 고개를 짧게 숙여 보인 뒤 말했다.

"갑작스럽게 기별드려서 죄송합니다, 위원님."

"아니요, 괜찮습니다. 그대가 그래야 한다고 생각했다면 정말로 중요한 일일 테니까요. 앉으십시오. 날이 밝기까지 시간이 많지 않으니."

주인은 쉰 살쯤 되어 보이는 남자로 귀족다운 억양에 온화한 인상이었으나 옷차림은 그렇지 않았다. 주인이 아니라 빈

집에 침입한 떠돌이가 아닌가 싶을 정도로 농꾼들의 셔츠에 막일꾼이나 입는 색을 알기 힘든 통바지, 두건 달린 로브 아래로 맨발에 나막신을 신고 있었다. 게다가 조금 전까지 급히 걷고 있었던 것처럼 이마에는 엷게 땀이 서려 있었다. 다른 사람도 아닌 자신의 별장에, 새벽 2시에 몰래 들어와야만 하는 이유가 있었던 것처럼. 대체 왜란 말인가?

지상의 응접실이 아닌 이런 곳에서 이런 시각에 손님을 만나고 있는 것도 이상하기는 마찬가지였다. 그가 오를란느에서 몇 손가락 안에 꼽히는 대귀족인 로사 알브의 대영주, 지스카르 드 나탕송 백작이라는 점을 생각하면 더더욱 그랬다. 그러나 그는 동시에 이웃 나라 아노마라드에서는 연루됐다는 의혹만으로도 즉시 체포되는 공화파 비밀 조직 '민중의 벗'의 핵심 간부이기도 했다.

손님 또한 손님이라기에는 기묘한 방식으로 들어온 참이었다. 사냥꾼들이 입는 가죽 겉옷 안쪽으로 보이는 검은 옷은 밤에만 걷는 자들의 것이었다. 머리에 쓴 두건을 젖히자 뒤로 묶은 긴 머리가 흘러내리며 마흔 남짓한 여자의 얼굴이 드러났다. 뺨이 홀쭉하고 미간에는 날카로운 세로 주름이 잡혔으나 커다란 눈이 뿜는 안광만은 보통이 아니었다.

여자가 다시 허리를 굽혀 절을 하더니 말했다.

"마스터께서 위원님의 건강과 안위를 기원한다고 전하셨

습니다."

"늘 감사하고 있다고 전해드리십시오. 리자, 그대 또한 평안하기를."

리자라고 불린 여자가 즉각 대꾸했다.

"저 같은 '밤의 인간'이 그런 사치스러운 보물을 탐내어서는 곤란합니다."

지스카르는 굳이 반박하지 않고 눈을 내리깔며 쓴웃음을 지었다. 그는 리자의 '마스터'가 그런 방침을 가진 이유를 이해하기는 했지만 때로 너무 혹독하지는 않은가 생각하곤 했다. 그러나 참견할 권리가 없다는 것도 잘 알고 있었다.

지상의 신분을 갖기는 하되 필요하다면 언제라도 내버린다. 아무런 문제가 없더라도 삼 년 이상은 유지하지 않는다. 가족도, 친구도, 연인도 모두 삼 년짜리 시한부 어음에 불과하다. 그들 중에는 버린 이름이 일곱 개나 되는 자도, 빈 무덤이 세 개나 되는 자도 있다. 부모가 죽어간다는 사실을 알고도 모르는 체한 자도, 자식이 어디서 자라는지 알지만 단 한 번도 찾아가지 않은 자도 있다. 새 신분을 얻는 순간 기존의 모든 것은 버려진다. 오래 살았던 곳일수록 근처조차 얼씬거려서는 안 된다. 오직 밤의 세계만이 진짜 삶이며 그들의 얼굴과 이름은 밤에 녹아 있다. 그래서 그들이 '나이트워커'다.

그들의 조직 '나이트워크'의 마스터는 자신의 방침을 몸으로 실천하고 있는 자로서 그림자 밖으로 모습을 드러낸 일이 없었다. 마스터의 출신이나 이력이 어떠한지, 나이가 몇 살인지, 남자인지 여자인지, 심지어 한 명인지 여러 명인지조차 누구도 알지 못했다. 민중의 벗에서 정보 레벨 최상위에 해당하는 권한을 가진 지스카르조차도.

리자는 알까? 지스카르가 알기로 리자는 마스터의 최측근 심복이었다. 리자가 찾아왔다는 것은 그 일에 마스터의 의지가 섞여 있다는 뜻이었다. 그러나 그게 어느 정도인지 확인할 방법은 없었다.

리자는 맞은편 의자에 앉았다. 이어 빠른 말씨로 말했다.

"먼저 부탁드립니다. 오늘 제가 위원님을 찾아왔다는 것을 민중의 벗에는 알리지 말아주십시오. 관계도 없는 일이고요."

"관계가 없다고요?"

리자가 고개를 끄덕이더니 기묘하게 주지하듯 반복했다.

"관계가 없습니다."

지스카르도 나이트워크가 민중의 벗 산하 조직이되 그것이 전부가 아님을 알고 있었다. 하지만 내부 사정을 일일이 캐낼 자격은 없다고 생각해왔다. 민중의 벗이 켈티카에서 공화 혁명을 일으켰다가 십 년 만에 무너지면서 핵심 인물들이 대부분 죽거나 실종되고 조직이 괴멸될 위기에 처했을 때, 나이트워크는 이미 완성된 조직으로서 민중의 벗에 들어왔다. 그리고 수년 동안 뛰어난 정보력으로 민중의 벗을 떠받쳤다. 그들이 없었더라면 당시 궤멸적 타격을 입었던 민중의 벗이 지금처럼 세력을 회복하는 것은 불가능했을 것이다. 그런 만큼 그들이 조금쯤 상위 조직과 별도로 행동하더라도 문제만 일으키지 않는다면 참견하지 않는 것이 불문율로 여겨져왔다.

그런 사실을 알지만 지스카르는 민중의 벗과 무관한 일로 나이트워커를 호출한 적이 없었다. 조직의 간부들 중에는 '나쁜 일에 쓰이는 것도 아닌데 어떠냐'며 개인적 용무로 나이트워커의 도움을 받는 경우도 있다고 들었지만 지스카르는 그러지 않았다. 나이트워커들이 개인적인 삶을 내버렸기 때문에 나이트워크의 마법 같은 그물망이 유지된다는 것을 그는 잘 알고 있었다. 그런 엄청난 희생으로 유지되는 조직을 개인적인 편의를 위해 사용한다는 것은 지스카르의 성품으로 용납하지 못할 일이었다.

"그렇다면 저를 찾아올 필요는 없었을 텐데. 혹시 개인적으로 제 도움이 필요한 일이 있습니까? 그런 거라면 물론 기꺼이 돕고 싶습니다만."

리자는 고개를 흔들었다.

"그렇지는 않습니다. 오히려 반대입니다."

"반대라."

지스카르의 얼굴에 다소 애매한 미소가 떠올랐다. 그들은 같은 목표를 가진 비밀 조직의 일원이었지만 바깥 세계에서는 하늘과 땅 차이가 나는 신분이었다. 평민이 대영주를 도와줄 일이 있기란 쉽지 않다.

그러나 리자는 나이트워커였다. 지스카르는 곧 고개를 끄덕이며 긍정했다.

"그렇다면 저 개인을 위해 이런 새벽에 찾아와주었다는 말이군요. 고맙고도 미안한 일이 아닙니까. 저라는 사람은 나이만 먹었지 종종 커다란 어린아이 같아서 곤란하지요. 이번에는 너무 큰 실수가 아니라면 좋겠군요."

리자의 딱딱한 얼굴에도 희미한 미소가 번졌다. 그녀도 지스카르의 이런 겸손한 성정을 예로부터 존경해왔다. 그러나 그녀는 비슷한 겸양으로 말을 받는 대신 나이트워커답게 즉각 본론으로 들어갔다.

"아뇨. 위원님의 실수가 아닙니다. 따님과 관련된 문제입니다. 혹시 따님께서 누오보의 작품을 소장하고 계시는지 아십니까?"

예상치 못한 말을 들은 지스카르는 대답을 약간 지체했다.

"누오보? 잠깐만…… 오토마톤 장인이었던 누오보 말입니까?"

"네. 베니토 누오보나 그의 딸 로잘린다 누오보의 작품 말입니다."

지스카르는 잠시 생각하다가 고개를 갸웃거리며 말했다.

"잘 모르겠습니다. 적어도 제가 그런 물건을 물려준 것 같지는 않군요. 물론 오토마톤을 가문의 보물이라고 보기는 어려우니 제가 기억하지 못할 수도 있겠지요. 필요하다면 딸아이에게 직접 물어볼 수는 있겠습니다. 그나저나 오토마톤이 왜 문제가 되는 것입니까?"

"혹시 기억이 나지 않으신다면 이 정도 크기의……."

리자가 오른손 손바닥을 펴더니 왼손 엄지와 검지를 벌려 손바닥 안에 쏙 들어가는 크기를 잡아 보였다.

"오토마톤 권총을 보신 적은 없으십니까?"

지스카르는 잠시 미간을 찡그리고 있더니 문득 눈썹을 펴며 중얼거렸다.

"아, 그건가? 장난감처럼 작지만 보석이 박히고 손잡이는 길로쉐 에나멜로 마무리된……."

동시에 리자의 눈에서 긴장이 파랗게 되살아났다. 그녀가 다급하게 물었다.

"네. 보셨습니까? 지금도 따님께서 갖고 계신가요?"

"그럴 겁니다. 물어본 적은 없지만, 선물한 사람을 생각한다면 처분하지는 않았을 것 같은데요."

"베르나르 대공자가 보냈겠지요?"

지스카르가 의아한 표정으로 되물었다.

"그렇습니다만, 어떻게 아셨습니까?"

"그건…… 아니, 그 얘기는 나중에 해드리겠습니다. 지금 제가 드릴 말씀은 하나뿐입니다. 그걸 당장 팔아버리십시오. 제가 이제부터 말씀드릴 경로를 통하면 안전할 것입니다. 절대로 따님이 계속 갖고 계셔서는 안 됩니다."

"무슨 뜻입니까? 그걸 누군가가 노리고 있다는 말씀인가요?"

리자는 천천히 고개를 저었다가 다시 끄덕였다. 지스카르를 보는 눈동자가 미세하게 떨렸다.

"네. 그렇지요. 노리고 있어요. 하지만 그 이야기는 잊어버리십시오. 누가 노리든, 그런 것은 그냥 모르셨던 것입니다. 알려고도 하지 마십시오. 그냥 따님의 손에서 떠나보내시기만 하면 됩니다. 그러면 아무 일도 일어나지 않을 것입니다. 따님도 안전해집니다. 그저 작은 세공품 하나를 처분하시는 것뿐입니다. 아무도 따지러 올 사람은 없습니다. 베르나르 대공자는 이미 죽지 않았습니까?"

그렇게 말하는 리자의 태도에서 '진실은 위험하니 쉬운 길을 택하라'는 뜻이 명백히 전해져 왔다. 사실상 통보, 아니 협박에 가까웠다. 대단히 이례적인 상황이었다. 리자를 오랫동안 알아왔지만, 아니 나이트워커를 수없이 접해보았지만 이런 일은 처음이었다.

시작이 어떠했든 지금의 나이트워크는 민중의 벗에 소속된 조직이었다. 정확히는 정보 분과에 속한 하나의 위원회일 뿐이다. 비록 상상을 초월하는 규모의 위원회인 셈이지만, 어쨌든 그런 점을 생각할 때 민중의 벗의 사상적 스승에 해당하는 지스카르에게 '위험하니 시키는 대로 하라'고 하는 것은 개인적 호의에서 비롯됐다 해도 당혹스러울 정도의 무례이자 월권이 아닐 수 없었다.

무엇보다 지스카르가 그런 말을 들었다고 시키는 대로 따른 뒤 편안히 잊어버릴 사람이 아니었다. 그가 그런 사람이었다면 일생을 종마 교배나 예술가 후원 같은 소일거리로 보내도 될 신분으로 태어나 공화 혁명을 추구하는 위험천만한 조직을 건설하지는 않았을 것이다. 리자도 그 점을 잘 알리라. 그런데도 왜 이러는가?

이윽고 지스카르가 나직이 대답했다.

"왜 이런 말씀을 하는지 이해가 가지 않습니다."

"마스터께서는 위원님의 안위를 걱정하고 계십니다."

리자가 어떤 일이 나이트워크 마스터의 뜻임을 지금처럼 분명히 밝혀 입에 담은 일은 한 번도 없었다. 지스카르는 놀라는 대신 쓴웃음을 지었다.

"걱정해주셔서 고맙지만 저와 같은 사람은 굳이 온실 문을 열고 나가 바깥이 한겨울이었음을 알아내고서 얼어죽는 한심한 부류가 아니겠습니까?"

알아서 병인 걸 알면서도 타고난 세계 밖으로 나간 것을 후회한 적은 없다. 지스카르가 평소처럼 우회적으로 말하긴 했지만 무슨 뜻인지 이해 못 할 리자가 아니었다. 영문을 모르는 채로 그런 요청을 받아들이지는 않을 것임을 분명히 한 것이다. 최후통첩에 가까운 말을 듣고도 리자는 조금 더 버티었다. 간신히 나온 말이 이러했다.

"위원님께서는 저희에게 너무나 중요한 분이십니다."

"마스터께서 저를 요람에 넣어 보호하고자 하시니 앞으로 백 년 정도는 안심해도 될 듯하지만 역시 조금 심심하기는 하겠습니다."

"위원님, 제발……."

마침내 리자의 목소리가 흐트러졌다. 지스카르는 기다리면서 조금 생각했다. 리자의 이러한 예외적인 태도가 마스터의 뜻을 반영한 것이라면, 나이트워크에 대체 무슨 일이 일어난 것인가?

"이해가 가지 않으실 것을 압니다. 엄청나게 무례하다는 것도 압니다. 입을 열기 전부터 알고 있었어요. 하지만 말씀드릴 수가 없습니다. 절대로 못 하겠습니다. 그저 저희의 말씀을 따라주십사 간곡히 당부드립니다. 목숨이 걸린 일입니다. 따님도 그렇지만 무엇보다 위원님께서는…… 그 물건을 제발 건드리지도 마십시오."

지스카르는 조금 의도를 섞어 빙그레 웃었다.

"이런, 아기들한테는 빼앗아서 높은 선반에 올려놓은 장난감이 세상에서 가장 흥미로워 보이는 법인데요."

"위원님께서는 이 세상에 건드려서는 안 될 위험한 물건도 있다는 것을 아실 정도로 현명하시지 않습니까?"

"장난감이 왜 위험한지 정도는 설명해주어도 될 정도로 나이를 먹은 것 같긴 합니다."

"아니요, 아닙니다. 그건 몇 살이든, 얼마나 현명하든, 세상 사람의 대부분은 알 필요가 없는 일입니다. 차라리 저도 몰랐다면…… 얼마나 좋았을까요. 상대가 위원님이 아니었다면 이런 이야기를 하러 찾아오지도 않았을 것입니다. 그저 조용히 죽어가도록 모르는 체했을 것입니다. 저희가 이렇듯 찾아온 것은 위험천만한…… 사실상 목숨을 내놓은 행동입니다. 그만큼 저희에게 소중한 분이십니다."

지스카르는 리자가 하는 말이 진심임을 알았다. 그러나 동시에 자신이 그렇듯 안전한 곳에서 보호를 받아야 하는 존재라고는 생각하지 않았다. 자신은 민중의 벗을 위해 존재하는 한 조각의 부속이다. 위험한 비밀을 남에게 맡겨둔 채 안심하지는 못한다. 그리고 또한 그것은, 지스카르가 민중의 벗의 아버지와 같은 존재로서, 마치 기묘하게 뛰어난 막냇동생과도 같은 나이트워크를 완전히 믿지만은 않기 때문이기도 했다.
지스카르는 몸을 약간 젖혔다가 턱을 당기며 조용히 말했다.
"저는 워낙 정보를 다루는 업무에 소질이 없지만 이대로라면 그 권총이 무엇인지 직접 조사해볼 수밖에 없겠습니다."
"위원님께서 만약 그렇게 하신다면, 저희는 그걸 훔쳐내는 수밖에 없습니다."
둘은 서로의 눈을 보았다. 이제 미소는 사라졌다. 지스카르는 리자가 그 물건을 왜 두려워하는지 끝내 말해줄 생각이 없음을 알았다. 그리고 이 순간 나이트워크가 민중의 벗과 공유하지 않는 비밀이 있음을 분명히 했다는 것을 알았다. 이것은 중대한 분열이다.
오늘날 가까운 사람들 중 누구도 본 일이 없는, 지스카르가 스무 살 무렵에나 보이던 냉정하고 상류계급다운 시선이 리자의 눈을 꿰뚫듯 바라봤다.
"그렇게 한다면 이 문제는 조사 분과의 영역으로 넘어가게 될 것입니다."
"......"
조사 분과로 넘어간다는 말은 이 문제가 민중의 벗의 수뇌부인 '망명의회'에서 다뤄질 것이며, 자칫 조직 차원의 배신 문제가 될 수 있다는 의미였다. 지스카르의 입에서 나온 이상 이것은 농담이 아니었다.

리자는 자리에서 일어났다.

"위원님께서 쉽게 납득하시지는 않을 거라고 마스터께서도 말씀하셨지만, 과연 그렇군요. 물론 적당히 꾸며낸 이유를 드리는 방법도 있었습니다. 하지만 그것이야말로 저희가 위원님을 존경하는 마음을 모욕하는 셈이었기에 그러지 않았습니다. 이제 존경심과 위원님의 목숨을 맞바꾸어야 하는 상황에 처하니 처음의 선택을 조금쯤 후회하게 되는군요. 그럼, 원하시는 대로 진실과 죽음을 한 상자에 넣어서 드리지요."

그렇게 말하는 리자의 눈이 새빨갰다. 입술도 떨렸다. 마주 쥔 양손의 손톱은 손등의 피부를 파고드는 중이었다. 태어난 그대로의 자신과 새롭게 만들어낸 자신을 몇 번이나 반복해서 죽여버리고도 아무렇지도 않은 얼굴로 살아가는 나이트워커가 두려워서, 자신을 억누르지 못해서 떨고 있었다.

"그 권총을 찾는 자가 있습니다. 그자는…… 모든 나이트워커의 악몽이며…… 인간성도, 동정심도, 짐승 수준의 감정도 없는…… 사람이 낳았다는 것을 믿기 힘든 자입니다. 저희는 그자를 어떤 이름으로도 부르지 않으나…… 부득이한 경우 '오래된 자'라고 이르며…… 누구도 그자의 진짜 이름을 모르고…… 지하에서도 '아이언페이스'라는 별명으로만 불립니다."

지스카르는 흡사 검은 구멍에서 끄집어낸 듯한 리자의 목소리를 대리석 같은 무표정으로 듣고 있었다. 이성의 세계에 어둠이 달려와 부딪치는 듯했다. 저것이 리자 한 명의 생각이라면, 누군가는 그럴 수도 있다고 생각했을 것이다. 그러나 모든 나이트워커가, 즉 수많은 사람이 단 한 사람에게 저러한 공포를 품는다는 것은 합리적이지 않았다. 이성적 판단을 중시하는 민중의 벗의 동료들이라면 그저 어리둥절해졌을 것이다. 또는 상대를 진정시키려 들었을 것이다. 고대의 인간들이 무분별하게 날뛰는 자연을 보며 품었을 공포를 반들반들한 그림책에 그려진 삽화를 보며 이해할 수는 없기 때문이다. 필치가 사나울수록 어색하고 우스꽝스러워 보일 뿐이다.

그러나 지스카르는 달랐다. 그는 이론가이기도 했고 예술가이기도 했으며, 무엇보다 오를란느인이었다. 오를란느인은 따뜻한 난롯가에 앉아 안전한 세계를 뒤트는 섬뜩한 민담을 들으며 자라난다. 그런 민담들은 규범적인 결말로 끝나는 법이 없었다. 늘 뜻밖의 파국으로 치달았다. 우연히 요정을 만나 선물을 받지만 이유를 알려 하다가 나무뿌리로 변하고, 세 번 되풀이된 호의는 세 번의 저주로 대가를 치르며, 버려진 아이는 애타게 찾던 가족이 상자 속의 잘린 머리가 된 채로 "도망쳐"라고 말하는 것을 듣지만 이미 늦었음을 알게 된다.

요정들은 광기에 사로잡혀 있고, 마법사들은 사악한 유혹에 빠지며, 말하는 동물들은 인간의 영혼을 빼앗으려 들고,

아름다운 보물은 괴물이 놓은 덫에 불과한, 그 세계는 오를란느 북쪽 바다 너머의 어딘가라고도 했고 수천 년 전의 오를란느라고도 했다. 누군가는 오를란느인의 머릿속이라고도 했다.

그런 오를란느인이었기에 지스카르는 리자가 설명하려 한 공포를 어렴풋이 이해했다. 민담에 나오는 기괴한 그림책을 쥐고 어디까지 넘길까 망설이는 기분이었다. 끝까지 넘기면 그는 그림책 속으로 들어가게 된다.

리자가 한 설명은 사실 별것이 아니었다. 그저 한 명의 사악한 범죄자에 대한 이야기였다. 그런 자는 어디에나, 어느 시대에나 몇 명씩은 있다. 그러나 리자는 그 이상의, 이런 말이 가능하다면 '오를란느적的'이라고 불러야 할 두려움에 사로잡혀 있었다. 대체 그자에게서 무엇을 보았기에?

떨림이 가라앉은 리자가 억지로 숨을 삼키며 말을 이었다.

"그 권총은 그저 우연히 사라져야 합니다. 감추려 해서는 안 됩니다. 자신이 무엇을 찾는지 아는 사람을 살려둘 그자가 아닙니다. 그러니 지금 이 시간부터 위원님도 저와 같은 입장이 되신 겁니다. 제발, 제가 말하는 방법대로 권총을 처분하십시오. 살아날 기회는 그것뿐입니다."

지스카르는 테이블에 놓인 모래시계를 보았다. 모래가 거의 다 떨어진 것을 본 그는 일어나 촛불을 껐다. 훅, 소리와 함께 캄캄해진 방 너머에서 희미한 새벽빛이 감돌았다. 둘 다 자리를 떠야 할 시각이었다.

어둠에 반쯤 잠긴 얼굴로 지스카르가 물었다.

"혹시 그자가 베르나르 대공자를 죽였습니까?"

4 장

REVEAL

광장의 두 사람

며칠 뒤 막시민이 탄 공물선은 강의 끝에 다다랐다. 끝이자 시작인 곳이다.

질베르 만과 켈티카 만을 합쳐 '용의 입'이라고 불렀다. 두 강에서 밀려든 물과 바닷물까지 뒤섞이는 거대한 만으로 미끄러져 들어가는 배 위에서 막시민은 해안선이 나타날 곳을 줄곧 응시하고 있었다. 안개가 짙어 아직은 아무것도 보이지 않았다. 눈에는 보이지 않아도 머릿속에서는 수많은 광경이 흘러갔다.

질베르 만을 빠져나가 켈티카 만으로 들어가는 항해는 쉽지 않았다. 암초가 곳곳에 숨어 있었다. 그러므로 만에 접어들기 직전에 물길 안내인을 태우는 것이 보통이었지만 공물선 선장들 중에는 '용의 입' 항해의 달인들이 많았다. 다른 두 공물선도 앞서거니 뒤서거니 따라왔다. 점차 늘어나던 배가 질베르 만 한가운데로 빠져나왔을 무렵에는 바다에 흩뿌린 색종이 같은 무늬가 되었다. 오전 11시.

겨울치고 묘하게 따뜻한 날이었다. 코트 안쪽에서 땀이 약간 배어날 정도였다. 아침 햇살이 뱃머리마다 부서지는 가운데 크고 작은 배들이 강의 흐름을 벗어나기 위해 힘차게 조타를 틀며 시계 방향으로 회전한다. 곳곳에 조약돌처럼 귀엽지만 피해야만 하는 바위들이 고개를 내밀고 있었다. '암초 공주들'로 불리는 위험천만한 존재들이다.

희뿌연 해무를 덮어쓴 해안은 오간자 베일 속에서 표정이 지워진 얼굴 같았다. 꿈속의 얼굴들이 그렇듯이. 암초 지역을 벗어난 배가 속력을 내자 녹색 곶들이 불쑥불쑥 솟아나고 비탈진 강둑이 커튼처럼 열리며 뻗어갔다. 물거품도 나란한 선을 그어갔다. 이제부터는 쏟아져 나오는 블루엣 강의 물결을 거꾸로 갈라야 했다. 뱃전에 서 있자 용골에서 나오는 희미한 울림이 배 전체로 번져가는 것이 느껴졌다. 드문드문 들려오는 삐그덕, 하는 소리가 배가 최선을 다하는 중이라고 말하는 듯했다.

막시민은 몇 년 전에 배를 타고 켈티카 만으로 들어간 적이 있었다. 그때는 강이 아니라 바다 쪽에서 들어왔었다. 길었던 항해를 막 마치려던 참이었다.

여름이었다. 그날은 '용의 입'이 내뿜는 흰 입김이 없었다. 그래서 친구들과 함께 갑판에 나와 서성거렸던 것 같다. 먼발치에 또렷이 드러난 해안선을 바라보자 안심이 되었다. 이제부터는 일이 잘 풀릴 것만 같았다. 그날은…….

그 배에는 여러 사람이 타고 있었다. 친구들, 든든한 보호자, 그들을 지켜주려 하는 유능한 사람들. 그 속에서 자신은 그들의 일원이었고 중요한 일을 하는 중이라고 생각했다. 실제로도 그랬는지 모른다. 그렇다고 믿으려 했다. 몇 년이 지난 지금 돌이켜보는 입장이 되니 잘 보였다. 믿고 싶었다고. 자신의 가치를.

하지만 켈티카에 다다라 맞았던 새벽은 그렇게 잘 풀리지 않았다.

그날, 처음으로 막시민의 눈앞에 세계가 약간 윤곽을 드러낸 듯했다. 거대한 바위 절벽처럼 솟아올라 눈앞에 버티고 서 있었다. 하지만 자신은 인정하지 않으려 했다. 온몸이 부서지도록 부딪쳐도 뚫을 수 없는 벽, 틈새 없는 바위의 존재를. 그런 건 없다고, 계속해서 부정하며 할 수 있는 일을 향해 덤벼들었다. 세계를 바꿀 수 있다고, 비집고 들어갈 곳을 찾을 수 있다고, 파고들다 보면 틀림없이, 한 점 약한 곳이 있다고.

정작 진짜로 틈새 없는 벽과 마주하게 된 건 그때 중요하게 생각한 모든 일이 끝난 다음이었다. 그제야 알게 됐다. 그때까지 자신이 믿었던 자신의 가치란 자신 속에 들어 있지 않았음을.

"자, 다 왔네요."

생각을 떨치고 보니 어느새 부두 앞이었다. 힘을 내어 물을 가르던 배는 잔물살에 흔들리며 떠 있었다.

잠시 과거로 다녀오기라도 했을까? 생각이 남긴 열기로 뺨이 화끈거려 찬바람이 시원할 지경이었다. 앞을 보니 배다리를 놓기 위해 선원들이 부산하게 움직이는 중이었다. 막시민은 고개를 흔들며 손에 쥐고 있던 모자를 썼다. 지금 자신은 막시민 리프크네가 아니다. 그 녀석은 여기 없다.

막시밀리앵 드 플레상스 경은 돌아서서 의자를 내려줄 선원들에게 은화 한 닢씩을 건넸다. 가방을 대신 들어주겠다는 제안도 사양하지 않고 받아들였다. 지팡이를 쥐고 천천히 배다리를 건너 뭍에 내렸다. 땅은 약간 젖어 있었다. 오전답게 북적이는 부두는 무질서한 듯 보여도 모두 제 갈 길을 알고 있는 사람들로 가득차 있었다. 그들을 보고 있자 이상하게도 길을 잃은 듯했다. 그에게도 갈 곳은 있는데. 직접 정한 것은 아니지만.

"혹시 플레상스 경이십니까?"

조금쯤 예상했을까? 조금 떨어진 곳에 마차 한 대가 서 있었다. 아까부터 막시민을 쳐다보고 있던 마차부가 다가오더니 정중히 절을 했다. 뒤따라오던 지안니가 싱글거리며 떠들었다.

"햐, 이번에도 어김없이. 정말 대단하시네요."

마차부는 플레상스 경을 원하는 주소까지 모셔다드리라는 지시를 받았다고 말했다. 켈티카 어디라도 상관없다는 말을 들으며 막시민은 무표정한 얼굴을 약간 기울였다. 그리고 대꾸했다.

"아니, 고맙지만 사양하겠소. 켈티카는 익숙하니 나 혼자 갈 수 있소."

막시민이 마차를 지나쳐 성큼성큼 걸어가자 놀란 지안니가 얼른 따라붙으며 물었다.

"아니, 여기서 켈티카로 가는 역마차야 많긴 하지만…… 그러면 저 의자는 어쩌시려고요?"

막시민은 지안니가 어느 정도 따라오도록 기다렸다가 몸을 돌리더니 점잖은 미소를 띠며 말했다.

"팔미 씨, 당신에게 부탁이 있습니다. 지금까지 함께 항해하며 우리가 쌓은 돈독한 우정을 생각할 때 기꺼이 도움을 주시리라 믿는데 어떠신지요?"

"아, 저…… 그야 제게 그럴 기회만 주신다면……."

막시민은 지안니에게 의자를 떠맡겼다. 지안니가 켈티카에 있는 동안 머물기로 했다는 친척집은 플레상스 경의 집과 같은 로크리 구에 있었다. 그쪽에서 의자를 잠시 보관해주면 닷새 뒤쯤 찾으러 가기로 했다. 그 정도 거리라면 사람을 사서 옮기기에도 큰 무리가 없을 것이다.

마중나온 사람들과 만난 지안니에게 가볍게 작별을 고하고, 막시민은 네냐플 교수들이 준 여행 가방과 지팡이만 들고 부둣가에 북적대는 사람들 틈을 뚫고 걸어갔다. 동시에 주위를 훑어보며 자신을 주시하는 자가 없는지 찾으려 했다. 그는 이 '귀부인'이 호의를 품고 자신을 도와준다고 생각하지 않았다. 그자가 진짜 귀부인일 거라고도 생각하지 않았다. 처음에는 짓궂은 장난을 치는 귀족일 가능성이 없지는 않다고 생각했다. 그러나 식당에서의 일 이후로 그런 생각을 버렸다. 과도한 친절만큼 공격적인 것도 없다. 의도를 드러내지 않기 때문에 가장 위험한, 어쩌면 음험한 공격이다.

그런 자에게 이제부터 머물 곳을 알려줄 생각은 없었다. 물론 저쪽에서 플레상스 경에 대해 정말로 잘 안다면 주소도 알겠지만, 아무래도 그건 아닐 것 같은 느낌이 들었다.

역마차를 타는 곳에 이르기까지 자신을 노리는 시선은 찾지 못했다. 막시민은 줄지어 선 역마차 중에서 일부러 엉뚱한 노선을 택했다. 켈티카 주변 도시를 한 바퀴 빙 돌아가는 마차였다.

이튿날 정오 무렵, 근처 마을에서 하룻밤을 보낸 막시민은 다시 역마차를 타고 켈티카에서 가장 번화한 중앙 광장 앞에 내렸다. 여기부터 로크리 구까지 가려면 한 시간 가까이 걸어야 했다. 하지만 그날도 날씨가 따뜻해서 그리 어려운 일은 아닐 거라고 생각했다.

역마차가 떠나갔다. 함께 내린 사람들은 순식간에 흩어졌다. 광장 귀퉁이에 길 모르는 시골뜨기처럼 서 있는 사람은 막시민뿐이었다. 그는 서두르는 대신 주위를 휘둘러보며 잠깐 옛일을 떠올렸다. 그리 오래된 옛날도 아니다. 그래서인가 더 생생하게 눈을 스쳤다. 셋이서 허름한 옷을 입고 이 광장을 지나쳐 술집에 갔고, 다시 반대로 통과해 의상실이라는 곳에도 갔었다. 그때는 그 순간을 좋아했다는 걸 잘 몰랐던 것 같다. 다시 되풀이되기 힘든 순간이라는 것도 몰랐던 것 같다.

그러나 곧 생각을 흩어버리고 광장을 가로질렀다. 볕 좋은 겨울 낮이라 그런지 온갖 새들이 광장에 나와 떨어진 음식 부스러기를 찾고 있었다. 말발굽 소리와 개 짖는 소리가 뒤섞이고 흥정과 웃음과 삐걱대는 바퀴 소리 뒤로 아이들 발소리가 감겨들었다. 켈티카 사람들은 수레를 밀고, 나귀를 끌고, 구걸을 하고, 볕을 즐기고, 길쭉한 빵 봉지나 최신 유행의 양산이나 배달중인 우유통을 옆구리에 낀 채로 광장 가운데에서 마주친 친구와 수다를 떠느라 유용하게 광장을 쓰고 있었다. 즉, 만만찮은 인파였다. 조금씩 걸음이 느려진 이유는 아마 그래서였을 것이다. 볕이 좋고, 새파랗게 뻗은 하늘이 여름인 양 착각을 불러일으키고, 이곳에 없는 사람들과 나란히 걷는 기분이 들고, 가판에 쌓인 작고 시큼한 사과에 시선이 가서는 아니었을 것이다.

"야, 막시민!"

광장 한가운데, 수많은 모르는 사람들 틈에서 선명한 뭔가가 튀어나와 막시민 앞에 섰다. 흰 블라우스에 짧은 스웨터를 겹쳐 입은 소녀였다. 그러니까, 틀림없이 소녀였다. 막 불어온 바람에 무릎을 넘는 하늘색 치마와 긴 띠가 휘날리고 손에는 연한 모랫빛 가죽으로 지은 여행 가방이 있었다. 그 뒤로 수많은 사람들의 겨울 외투가 물결처럼 흘러갔다.

직후, 상대의 얼굴을 알아본 막시민의 얼굴에 혼란, 당황, 의혹이 차례로 스쳐갔다.

"너……."

짧은 머리 양쪽에 핀까지 꽂아 올린 이스핀이 싱긋 웃더니 덧붙였다.

"……선배?"

막시민이 할말을 잃을 이유는 한두 가지가 아니었다. 첫째로 이런 데서 마주칠 줄은 상상도 못 했고, 둘째로 남자아이인 줄 알았던 상대가 여자 옷을 입고 있고, 그런데 그게 자연스러울뿐더러 잘 어울리고 뭐랄까, 이 모습 자체가 켈티카에 다다를 때부터 줄곧 머릿속을 맴돌던 시절을 닮아 있었기 때문이다. 언제라고 딱 잘라 말할 순 없지만 잃었다는 것만은 알았던 순간들을.

기억이 마음을 비집고 들어오는 곳에서 그건 그때도 내 몫이 아니었다고, 되찾을 수도 되찾아서도 안 된다고, 그리고 지금은 다른 누군가가 되어야 하니까 더 생각하지 말자고 애쓰고 있는데 갑자기 눈앞에 뛰어들어 빤히 바라보고 있었다. 지나가버린 페이지에 미련이 남아 뒤적이고 있는데 불쑥 내민 손이 책장을 차르륵 넘기더니 새 페이지를 펴 가리키며 "여기를 봐"라고 말하는 것 같았다.

하지만 분명히 말하건대 상대가 이스핀이어서는 아니었다. 그 정도로 잘 아는 상대가 아니었다. 그저 우연히, 언젠가 좋아했던 풍경을 빈 종이에 끄적여본 듯 닮은 것뿐이었다. 그 여름이 꼭 저런 색깔이어서. 다 알지만, 그런 채로도 눈이 떨어지지 않았다. 아주 약간 숨이 막히는 것 같다.

그러나 간신히 호흡을 삼키고 나온 말은 이랬다.

"너 왜 여기 있냐?"

"글쎄. 난 내가 있고 싶은 데 있으면 안 되나?"

갸웃하며 말하더니 곧 고개를 흔들며 웃었다.

"하지만 그래서는 아니고. 나한테 용건 남지 않았어? 우리 만나기로 했던 것 같은데? 재밌는 거 하기로 했잖아?"

그제야 막시민도 떠올렸다. 그날 오후 3시에 만나기로 했던 약속을.

벌써 이십 일쯤 지났지만.

바람을 맞았을 이스핀은 왜인지 몰라도 화난 기색이 아니었다. 그렇더라도 사과를 해야 하는 상황 같은데, 막상 하려니 왜 그렇게 됐다는 설명을 하기가 쉽지 않았다. 네냐플 교수들이 비밀을 지키라고 한 부분이 뒤섞여 있는 까닭이었다. 왜 가타부타 말도 않고 사라져서 이렇게 켈티카에 와 있는가 하는 부분도 마찬가지였다. 너랑 쥬스피앙의 합작으로 네냐플이 문을 닫게 돼서 켈티카로 망명 왔다고?

그래서였을지, 엉뚱한 말이 먼저 튀어나왔다.

"그 옷은 뭐야?"

이스핀이 짤막한 머리 끄트머리를 손끝으로 넘기더니 짓궂게 웃었다.

"아, 여장 좀 해봤어."

말도 안 되는 소리였다. 물론 이스핀도 상대가 믿든 말든 아무 상관이 없다는 말투였다. 막시민은 말을 이으려 했다.

"그게 아니라……."

"너 때문에 입었냐고? 그건 아닌데?"

그러더니 막시민을 죽 훑어보며 감탄하듯 검은 눈썹을 올려 보였다.

"그런데 선배 너도 오늘은 제법 차려입었다? 예뻐졌네?"

마지막으로 헤어졌던 날, 교복 재킷 대신 입었던 허름한 외투는 태워먹고 구겨진 셔츠 자락은 밖으로 빼놓고 접어 신은 모양 그대로 이지러진 구두를 신고 있던 막시민과, 지금 깔끔한 셔츠 안에 청록색 크라바트를 매고 자수 버튼을 단 매끈한 코트를 차려입은 막시민은 같은 사람임을 믿기 힘들 정도였다. 네냐플 친구들이 보았더라면 막시민도 마음만 먹으면 옷을 구기지 않고 입을 수 있다는 사실에 무척 놀랐을 것이다. 막시민도 그즈음 정신을 차리고 코웃음을 치며 대꾸했다.

"선배는 무슨 놈의 선배야. 너랑 나는 처음부터 그런 사이였던 적도 없고 앞으로도 없을 예정이야."

"왜, 학교가 없어질 지경이어서?"

그렇게 말하더니 픽 웃어버리는 것이었다. 막시민은 저도 모르게 이마를 찡그리며 되물었다.

"뭐, 없어져?"

이스핀은 너도 다 알지 않느냐는 것처럼 어깨를 으쓱했다. 웃기는 일이지만 이 년이나 다니면서 한 번도 품은 적 없었던 애교심이 처음으로 솟아오른 막시민은 단호하게 이스핀을 노려봤다.

"네냐플은 대륙 최고의 마법 학교고 위대한 마법사들이 보호하고 있는 곳이야. 없어지는 일 따위는 없단 말이다."

"그런 곳인데 선배랑 내가 문을 닫아버렸네? 어쩌나. 이제부터 대륙 최고의 학교는 오를란느 왕립 마법 학교인 걸로 해야 되나."

막시민은 순간 생각했다. 얘가 어디까지 알고 있는 거야? 대체 어떻게 아는 거지?

"학교 일은 어떻게 알았어? 그러면 너, 네가 무슨 짓을 저질렀는지도 알고 있냐?"

"나? 내가 한 일이라고 해봤자 무책임하기로 이름난 탐정을 혹시나 하고 고용했다가 깔끔하게 바람맞은 것밖에 없는데. 내가 살아오며 그런 경험은 처음이라서 말이야, 완전 신선하더라? 그래서 붙잡아서 어떻게 할까 생각을 해봤는데……."

이스핀은 입꼬리를 끌어올리며 시선을 허공으로 굴렸다. 그러다가 아하, 하며 손가락을 들었다.

"그냥 오늘부터 다시 일하면 되겠네. 미리 휴가 준 걸로 치지, 뭐. 대신 내년에는 휴가 없다?"

"뭐?"

막시민은 생각했다. 휴가는 뭐고…… 그거, 기간제 계약이었던가?

정확히 기억나진 않지만 그럴 리가 없었다. 지금껏 그런 형태로 계약한 적이 한 번도 없었기 때문이다. 네냐플 앞 동네 술집 구석에서 탐정 노릇을 할 때 그가 일하는 기준은 사건 자체였다. 즉, 해결하면 즉시 끝나고 해결 못 하면 조금 길어지긴 하지만 그렇더라도 며칠 이상 걸린 적은 없었다. 그런데 내년이라니 이게 웬 헛소리인가.

"야, 이스핀 샤를. 너 지금 뭔가 착각하는 것 같은데. 물론 다음날 만나기로 해놓고 안 나간 건 내 잘못이고 미안하지만, 내가 약속을 어기게 된 자체가 네가 술집에서 벌인 일하고 관계가 있거든? 그 일 때문만은 아니지만 어쨌든 네 책임도 절반쯤 있단 말이야. 그리고 난 의뢰받은 사건을 해결해줄 뿐이지 기간을 정해놓고 고용되는 일은 없어."

이스핀이 미소를 띤 채 고개를 끄덕거렸다.

"응. 그래서 내가 약속 어긴 건 용서해준다고 했잖아. 하지만 말이야, 잘 생각해봐, 막시민. 그때 난 널 고용한다고만 했지 그게 언제까지라는 얘긴 안 했어. 그리고 아주 큰 돈을 주기로 했고 말이야. 넌 그런 돈을 받고서 3박 4일 일하고 가는 사람 봤니?"

막시민은 '웃기시네'라고 말하듯 한쪽 눈을 찡그렸다.

"그럼 돈을 많이 줬다고 저절로 내년까지 일하라는 뜻이 되냐? 아예 평생 노예로 부리기로 했다고 하지 그러냐?"

이스핀은 그럴 줄 알았다는 것처럼 거침없이 대꾸했다.

"그거 말 되네. 하지만 나도 그 정도로 양심 없지는 않고, 그리고 노예라니까 네 쪽이 억울한 일을 당하는 것처럼 들리지만 속내를 따져보면 내가 너 하나 거둬서 평생 책임지는 얘기라고. 그런 건 됐어. 지금으로도 충분해. 게다가 난 그런 걸 대충 하는 성미도 아니라서. 하여튼 일 년 정도면 대강 계산이 맞지 싶은데."

"기간 따위 미리 말한 적도 없는데 너 혼자 일방적으로 그러자고 하면 그랬던 게 되냐?"

"그러셔? 그럼 네 기준대로 한번 해볼까? 권총은 갖고 왔어?"

"……."

잠깐 말문이 막혔던 막시민은 곧 대꾸했다.

"그래. 당장은 없지만…… 그럼 권총 문제가 해결되면 사건 종결되고 고용도 끝나는 것 맞지?"

막시민이 "당장은 없지만"이라고 말할 때 이스핀이 지은 짓궂은 비웃음이 거슬렸다. 지난번에 막시민이 웃은 것에 대한 보복이 틀림없었다.

"그럴 수도 있긴 한데…… 그 권총 말이야, 당장 없다면 혹시 네냐플에 남겨두고 온 것 아니야?"

그즈음 막시민도 그날 오후 3시에 이스핀을 만나 해주려 했던 말을 대강 기억해냈다. 네냐플 교수가 위험하다고 차폐 상자에 넣어둔 물건을 훔쳐다가 건네줄 순 없고 면담까지는 주선해준다, 였던가? 즉, 전날 했던 고용 계약을 파기하자고 말하려 한 건데, 그 말을 하기까지 날짜가 많이 흘러버렸다는 점이 문제였다. 막시민은 어떻게 말을 돌려볼까 생각했지만 어차피 못 들어줄 의뢰인데 핑계 대고 미루느니 그냥 깔끔하게 설명하고 끝내는 편이 낫다고 판단했다.

“야, 이 말이 좀 그렇게 들릴 거란 건 나도 아는데, 그냥 솔직히 말할게. 나 그 약속 못 지켜. 그 권총, 네냐플 교수 한 분이 조사한다고 가져갔었는데 네 말 듣고서 찾아가보니까 아주 위험한 거라고 마력 차폐 상자에 넣어뒀더라고. 내가 돌려달라고 한다고 돌려줄 분위기가 아니야. 네가 권총의 주인이 맞는다면 교수님과 만나도록 면담까지는 주선할 수 있는데, 그 이상은 내 능력 밖이다.”

이스핀은 놀라는 기색이 아니었다. 어쩌면 예상하고 있었다는 것처럼 빤히 쳐다보며 듣고 있더니 말했다.

“그래? 그럼 이제부터 어떻게 할 거야?”

“어떻게 하다니?”

“기간제 계약도 하기 싫고, 권총도 못 가져오겠고, 그럼 우리가 한 계약은 어쩔 거냐고.”

“어쩌긴, 없었던 일로 해야지.”

"아하, 누구 맘대로? 세상 일이 그렇게 간단하면 참 좋겠죠, 막시민 선배님?"

이스핀이 커다란 눈을 살짝 치뜨며 냉소를 머금었다. 막시민은 괜히 시선을 돌려 옆을 지나가는 수레를 힐끗거렸다. 그런 채로 생각했다. 이제 뻔뻔하게 나가는 수밖에 없겠네.

"안 간단하면 어쩔 건데? 나더러 네냐플 교수하고 싸우기라도 하란 말이야? 그거 생명 수당은 있는 거냐?"

"싫으면 일 년 계약하면 된다니까."

"웃기지 마. 사건 해결이 안 되면 일 년 계약하자고 우리가 계약서라도 썼냐고."

이스핀이 피식 웃으며 주머니를 톡톡 두드렸다.

"계약서는 안 썼지만, 선배님 주머니에 반들반들한 금화 한 개 안 들었어? 세상 사람들은 그런 걸 계약금이라고 부르고, 계약금을 받으면 계약이 성립된 걸로 보거든. 애매할 땐 계약금을 넙죽 받지 말아야지. 네냐플에서는 마법은 가르쳐도 이런 시민의 상식은 안 가르치나? 하지만 여기 지나가시는 세련된 켈티카 시민들 중 아무나 붙잡고 물어봐도 나랑 같은 의견일 것 같은데. 하지만 난 제법 사정을 봐주는 편이니까 그 대신 어떻게 하면 좋겠다는 의견이 있으면 말해봐. 계약서가 없는 건 사실이니까 고려해볼게."

"아니, 계약금을 돌려주고 없었던 일로 하고 싶은데."

이스핀은 침착하게 고개만 갸웃해 보였다.

"글쎄, 정 그러고 싶었다면 통상적 예절을 고려할 때 구두 계약 후 하루이틀 안에는 통보했어야 하지 않을까? 나도 악덕 고용주가 되긴 싫지만 계약금을 받아간 지 이십일 일째인 지금, 날 찾아온 것도 아니고 길 가다가 우연히 마주치고서야 그런 소리를 하는데 아아 그러시군요, 하고 보내주는 사람도 어딘가에는 있을 것 같지만 어쨌든 난 아니네."

막시민은 솔직하게 이스핀의 말이 맞다고 생각했다. 하지만 맞든 말든 일 년이나 고용될 생각은 조금도 없었다. 이거야말로 네냐플에서 해방되자마자 엉뚱한 노예 계약이 시작되는 꼴 아닌가? 아예 쥬스피앙하고 둘이서 멱살 잡고 싸우지 그래. 생각해보니까 본성과 맞지 않는 신사 꼬락서니로 켈티카까지 와 있는 것도 당신들 둘 때문 같은데. 그런데 쥬스피앙은 그렇다 치고 얘는 왜 이렇게까지 집요한데?

막시민에게는 그런 상대를 대하는 자신만의 방식이 있었다.

"그래, 그래, 알았어. 네 권총, 그거만 돌려주면 이 계약인가 뭔가가 끝이 난다 이거지? 그러기로 하자고. 내가 아주 열심히 노력해볼게. 하지만 노력하는 방식이란 사람마다 다른 거잖아? 그리고 일이란 게 노력해도 빨리 해결이 안 될 수도 있지 않겠냐? 그렇더라도 포기만 안 하면 되는 거잖아? 언제까지라는 조건이 없었다는 건 네 주장이었지? 그러니까 한

이십 년만 기다려봐. 십오 년째쯤에는 뭔가 소식이 갈 수도 있으니까 주소라도 남기고 가든가."

"……."

'계약금을 받았다'는 것만으로 뭘 언제까지 한다는 조건도 없이 계약이 성립될 수 있다면, '열심히 하고 있다'는 말만으로 의뢰 조건을 채울 수도 있는 것 아니겠는가? 기한이 없다는 건 3박 4일일 수도 있지만 무제한이라는 해석도 가능한 거니까.

이스핀의 말문이 막힌 사이 막시민은 몸을 돌려 걷기 시작했다. 조금 당황했을까? 곧 이스핀은 놓칠세라 따라가며 막시민을 불렀다.

"어디 가세요, 선배님? 설마 그런 궤변이나 늘어놓고 도망가도 될 걸로 생각하시나요? 제가 한번 마음먹은 건 잘 안 놓치는데?"

실제로 이스핀은 금세 인파를 뚫고 막시민 앞에 나타났다. 막시민은 방향을 조금 틀어 몇 걸음 걷다가 여전히 시선을 정면에 둔 채 말했다.

"왜 따라와? 금화 한 닢 돌려받고 계약 종료하게?"

나란히 걷기 시작한 이스핀이 막시민을 곁눈으로 흘겨보더니 코끝을 찡그렸다.

"옷이 근사해진 걸 보니 그새 부자가 되셨나 봐. 지난번에 그냥 돈을 많이 주면 된다던 사람은 어디로 갔담. 도대체 했던 말 중에 사실이 있긴 한 거야?"

"그래, 없다. 내 입에서 나오는 건 죄다 헛소리라고. 그러니까 이제 그만 계약금 두 배쯤 돌려받고 사라져줘라. 네 권총을 되찾아줄 재주가 없다고 분명히 말했는데 나한테 뭘 원하는 거야? 교수님과의 면담? 그것도 학교가 문을 열어야 말이지."

"뭐 면담도 좋겠지만……."

둘이 이야기를 나누는 사이에 광장을 오가는 사람들은 계속 늘어났다. 정오를 막 넘겼으니 점심을 먹으려 하거나, 먹고 나서 산책을 하거나, 잠시 볕이라도 쬐려는 사람들이 모조리 광장을 통과할 시각이었다. 처음에는 잘못 마주친 원수들처럼 한두 걸음 거리를 두고 이야기하던 둘은 어느새 일행처럼 붙어 걷고 있었다. 등뒤로, 옆으로, 수많은 사람들이 스쳐갔다. 고소한 빵 냄새도 지나갔다. 낯선 향신료 냄새도, 생선 비린내도, 지나치게 뿌린 향수 냄새도.

"그보다 이거 어때? 대신 다른 권총을 찾아주는 거야."

막시민이 어처구니없는 표정으로 이스핀을 흘끗 봤다.

"뭐? 권총이 한 다스쯤 있는데 몽땅 잃어버리기라도 했냐?"

이스핀이 한 손을 펴며 어깨를 으쓱했다.

"몇 갠지는 잘 모르겠지만 하여튼 한 개는 아니거든. 자,

어때? 약속한 권총 대신 다른 권총을 찾아주는 걸로 계약을 대체하잔 말이야. 이만하면 꽤 합리적이지 않아? 이미 했던 계약이 있는데 이 정도로 조건을 변경해줘도 무시하고 가버릴 정도로 양심 없어?"

"……."

막시민이 얼른 대답하지 않자 이스핀은 막시민을 몇 걸음 앞질러 걸어가다가 홱 돌아서서 양손을 쫙 편 채 턱을 갸웃해 보였다. 조건이 마음에 드느냐는 것처럼.

막시민은 어깨만 으쓱했다. 동의도 부인도 아니었다. 하지만 이스핀은 대강 알았다는 것처럼 피식 웃더니 돌아서서 몇 걸음 걷다가 불현듯 종종걸음을 쳐서 새떼를 날려보냈다. 천진난만한 소녀처럼 굴고 있어도 손에 든 외투 안쪽에 검 한 자루를 감춘 게 뻔히 보이니까 경계를 늦춰선 곤란하다. 그나저나 기분이 좋아 보이는데 막시민이 긍정적인 답을 할 거라고 지레짐작하고 있는 건가? 누구 맘대로?

아니…….

어쩌면 이스핀은 막시민과는 상관없이 그냥 즐거운지도 모른다. 왜? 뭔가 일이 잘 풀렸을까? 아니면 광장에 좋은 추억이라도 있어서?

우스운 생각이었다. 이 광장에 추억이 있는 사람은 이스핀이 아니라 막시민이었다. 제 기분을 괜히 남에게 투영하고 있는 것뿐이다. 켈티카 만에 내릴 때부터 오늘까지. 정신 차려서 빨리 이 짓을 그만둬야 한다. 이러다가 뭔가 쓸데없는 사고를 칠 예감이 든다.

어디선가 토마토 홍합 스튜 같은 것을 끓이는 냄새가 흘러왔다. 소시지와 프레첼의 냄새도 뒤섞였다. 누군가가 배를 타려면 서둘러야 한다고 소리쳤다. 저녁에 새로 생긴 식당으로 오라고, 거기 말고 다른 데로 가자고, 이번에 뭘 새로 샀다고, 누구네 아이들은 잘 있느냐고 묻고 대답하고 있었다. 광장에 사람 참 많다. 많아도 아는 사람은 한 명도 없고 빚쟁이 한 명이 반겨줄 뿐이지만.

"여기 진짜 넓긴 넓다. 이런 데를 잘도 텅 비워놨네."

곁으로 돌아온 이스핀의 얼굴이 다소 상기되어 있었다. 막시민은 냉담하게 대꾸했다.

"참수대를 세워야 해서 말이지."

이스핀이 눈을 몇 번 깜빡이더니 주위를 휘둘러봤다. 어느새 그들은 광장을 통과해 가장자리로 나와 있었다.

"진짜야? 여기가 참수대가 있던 데야?"

"난들 직접 봤겠냐. 난 평범한 시골뜨기라고."

이스핀은 사람들 틈으로 발돋움을 해서 광장 안쪽을 바라봤다. 광장 한가운데에 며칠 뒤에 열릴 서커스를 광고하는 작은 천막이 서 있었다. 희미한 피리 소리에 맞춰 알록달록한

깃발들이 흥겹게 펄럭거렸다.

"이렇게 생기가 넘치는 곳인데, 상상이 안 가."

"생기 넘치게 사람도 척척 죽였겠지. 지금 지나가는 저런 사람들이 그런 걸 구경거리라고 모여들고 그랬을 거고."

"공화국 때 얘기지?"

"공화국만 사람 죽이는 줄 아냐. 그전이나 그후나 대대로 죽였어. 넌 여기 처음 와봤냐?"

이스핀은 고개를 끄덕거리며 계속 광장을 기웃거렸다. 이럴 때 보면 평범한 또래 같지만 사실 그럴 리가 없다. 여기서 잘도 마주쳤지 않은가.

11월 말, 막시민은 네냐플에서 갑자기 사라졌다. 네냐플 교수들의 마법까지 동원한, 말 그대로 본격적인 잠적이었다. 그런데 이스핀은, 어떻게인지 모르지만 네냐플이 문 닫게 생겼다는 사실까지 알아낸 뒤 이곳 켈티카까지 쫓아와 막시민 앞에 유유히 나타났다. 이게 가능한 일인가?

막시민은 예전에 전문 암살자에게 쫓겨본 적도 있었다. 그 자가 이스핀처럼 쫓아왔더라면 지금 살아는 있을까 의심스러웠다. 물론 당시 암살자가 막시민 일행을 놓치게 된 데도 마법적인 방법이 동원됐지만 하여튼 확실한 건, 이런 애가 평범한 네냐플 입학 지망생이란 건 말도 안 되는 얘기다. 그렇다면 정체가 뭘까? 그 권총이란 건 또 뭐고?

"알았고, 이제 슬슬 정체를 밝힐 때가 안 됐나?"

이스핀은 바로 대답하지 않고 뒷걸음질로 걸으며 천천히 팔짱을 꼈다. 이어 슬쩍 눈을 치뜨며 빙그레 웃었다.

"만사 귀찮아만 하더니, 이제 뭔가 알고 싶어졌니? 그럼 내가 또 가르쳐줘야지. 차근차근 잘 알려줄게. 하지만 너무 서두르진 말고. 시간 많잖아? 어차피 일 년 동안은 내 건데."

막시민은 순간 귀를 의심했다.

"너 지금 그 말…… 내가 왜…… 아니, 잠깐 일 년 그거! 동의 안 한다고 몇 번이나 말했거든?"

이스핀이 엄지를 세워 자신의 귀를 가리켰다.

"응, 들었어. 상세한 조건은 차츰 조율해보자는 뜻이야. 그나저나 점심 먹을래?"

모서리 식탁

둘은 정말로 점심을 먹으러 가게 됐는데 그건 이스핀이 매우 적절한 때에, 그러니까 토마토 스튜와 소시지와 프레첼 냄새 같은 것이 사방에서 진하게 풍겨 오는 오후 1시 언저리에 빈속으로 역마차를 타고 온 사람에게 그런 제안을 했기 때문이었다. 절대로 계약 조건을 받아들이기로 했기 때문은 아니었다.

그런데 두 사람은 식당을 고르는 기준이 전혀 달랐다. 막시민은 좀 연차가 되어 보이고 규모도 크고 사람들이 많이 드나드는 저렴한 곳을 선호했고, 이스핀은 다소 외지고 작더라도 개성 있는 곳을 좋아했다. 하지만 타협점이 없지는 않았다. 티격태격하며 세 골목쯤 돌았을 때 둘은 큰 건물 두 채 사이에 끼다시피 자리잡아 처마가 'ㄱ' 자 모양을 이루고 있는 아늑한 크레프 가게를 발견했다. 가게는 오래되어 보였지만 꽃이 없는 계절인데도 밖에 놓인 화분들과 벽을 타고 오르는 덩굴장미가 깨끗이 다듬어져 있었다. 처마 위 좁다란 파사드에 '모서리 식탁'이라는 글자가 희미하게 남아 있었다.

"저런 데가 맛있어."

이스핀이 그렇게 말하며 돌아보는데 막시민도 막 똑같은 말을 하려고 입을 여는 참이었다. 둘은 서로를 잠깐 빤히 본 다음 '내가 뭐랬어?'라고 하듯 어깨를 으쓱하고 안으로 들어갔다.

식당은 노부부가 단둘이서 운영하고 있었다. 식사 시간이 조금 지나서인지 손님은 그들뿐이었다. 테이블도 일곱 개뿐이었지만 둘은 선호하는 자리도 달랐다. 식당 전체를 바라보기 좋은 구석진 자리, 해가 살짝 들면서 창밖으로 장미 덩굴이 보이는 자리.

이럭저럭 타협해서 자리를 정한 둘은 메뉴판을 훑어보더니 이번엔 웬일로 똑같은 크레프를 시켰다. 네모지게 접힌 반죽 속에 감자와 치즈, 햄과 크림을 넣은 '오늘의 크레프'였다. 하지만 시킨 이유는 서로 달랐다. 음식이 나오자 막시민은 한입 먹어보며 이스핀을 흘끔 봤다. 이스핀도 마침 한 조각 잘라 입에 넣으며 고개를 끄덕거리더니 물었다.

"잘 시켰네. 혹시 나 따라 한 건가?"

"네가 그랬겠지."

"아닌데?"

"나도 아닌데?"

둘은 곧 각자 오른손을 펴 보이며 자신의 철학을 공개했다.

"오늘의 요리란, 오늘 이 식당에서 가장 잘 팔리는 거니까 빨리 나올 거고, 재료도 신선할 거고."

"처음 온 가게에서는 재주 부릴 여지가 적은 기본적인 요리부터 시켜야 실력을 알 수가 있지."

둘은 고개를 갸웃, 하며 눈썹을 올렸다가, 곧 '그 말도 맞긴 하네' 하는 표정이 되어 남은 크레프를 먹기 시작했다. 막시민은 먹는 동안 이스핀을 슬쩍 건너다보고 상대가 제법 격식 있는 식사 예절을 배웠음을 파악했다. 소공작과 몇 년이나 친구를 하다 보면 그 정도 보는 눈은 생기기 마련이다.

막시민은 순식간에 식사를 끝냈다. 맛있는 것을 잘 먹고 나면 사람은 어쩐지 너그러워지는 법인데, 막시민은 그보다 조금 다른 의미에서 자신으로 돌아왔다. 남의 신분을 빌린 상태로 추억이 남은 장소를 하나하나 지나가는 동안 허공에 붕 뜬 그림자가 된 듯했는데, 다시 네냐플의 술집 구석 탐정으로 돌아온 느낌이었다. 면담 장소만 바뀌었을 뿐.

"자, 그럼 네가 누군지부터 말해봐."

이스핀은 아직 식사중이었지만 여유 있게 대꾸했다.

"선배는 권총 찾을 건지, 일 년 계약 받아들일 건지 정했고?"

"그야 네 대답에 달렸지. 네가 누군지도 모르는데. 범죄에 휘말릴 수도 있는 거 아니야?"

"지난번에 고용하라고 할 땐 그럴 걱정이 없었는데 이젠 달라졌어?"

"네냐플 입학 지망한다는 평범한 애가 갑자기 대륙 반대편까지 쫓아와 눈앞에 척 나타났는데 뭐 그럴 수도 있지, 하고 생각하겠냐? 그걸 생각하면 내가 너랑 점심을 먹고 있다는 게 더 놀랄 일이야."

이스핀이 흥미롭다는 것처럼 고개를 갸웃거렸다.

"그러니까 프시키를 불러내고 검을 목에 들이댈 때는 상대할 만한 인간으로 보였는데, 대륙을 가로질러 쫓아오면 얘기가 달라진다 그 말이네."

"응. 그런 식으로 쫓아오는 인간한테 정신적 외상을 입어서 후유증이 있거든. 근데 잠깐, 넌 그게 프시키라는 걸 알았던 거야?"

이스핀은 뭘 씹느라 고개를 숙인 채 잠시 웃음을 참고 있다가 대꾸했다.

"내가 그게 뭔지도 모르면서 뒷수습할 자신도 없이 불러냈겠어? 그보다는 네냐플 다니면서 프시키가 뭔지 모르는 게 더 놀랄 일 아니야?"

"누가 하필이면 낙제생 고르랬냐. 네냐플로 돌아가서 다시 처음부터 골라보든가."

"아, 네냐플 멀어요. 됐어. 오는데 나도 힘들었어."

이스핀이 막 포크를 내려놓으면서 손을 까딱까딱 저었다. 그러더니 막시민을 물끄러미 보다가 황당한 말을 내뱉었다.

"대충 고쳐서 써야지."

"뭐…… 너 진짜…… 넌 태도가 왜 그 모양이냐?"

이스핀은 냅킨으로 입을 가렸다가, 슬쩍 훑어보다가, 결국 폭소를 터뜨렸다. 커다랗던 눈이 초승달처럼 한껏 가늘어졌다.

"아하하…… 화내는 거야? 에이, 내가 잘 고쳐줄게. 그러지 마. 내가 사람 갱생 좀 잘 시켜."

"웃기지 마. 세상에 날 고쳐보려고 한 인간이 한둘이 아니었지만 아무도 성공 못 했거든?"

이런 걸 자랑이라고 생각한 적은 한 번도 없는데 왜 이런 소리가 나오고 있는지 모를 일이었다. 이스핀은 여전히 코를 살짝 찡그리며 웃고 있었다.

"저런, 왜인지 알 것 같네. 그 사람들은 너를 너무 사랑한 거야. 넝마 같은 코트를 입고 곰팡내 나는 모자를 쓰고 다니는 네 모습이 너무나 좋았나 봐. 하지만 너무 사랑하면 아무것도 안 되는 거야."

그런 생각 또한 한 번도 해본 적이 없었다. 이스핀은 다시 막시민을 위아래로 슥 훑어보며 말을 이었다.

"난 그런 패션에 추억도 감상도 없거든. 그 사람들이 지금의 너를 봤으면 사랑이 식었을지 도로 불탔을지 모르겠다만, 내 취향에는 이 모습이 훨씬 낫네. 특히 크라바트 색깔 잘 골랐어. 머리 색깔을 돋보이게 해주잖아? 안경은 좀 고루한 디자인이지만 기본은 했고. 그리고 생각해보니 그때 내가 벌써 한 건 도와준 거였네."

"네가 뭘?"

"네 넝마 코트랑 작별하게 해줬잖아. 그때 혹시 무슨 예감 안 들었니? 앞으로 그 코트처럼 탈탈 털릴 것 같은……."

막시민은 진짜로 자리를 박차고 일어날 뻔했다. 그때 이스핀이 쥐고 있던 냅킨을 내려놓으면서 말했다.

"그럼 내가 누군지 얘기해볼까. 난 말이야, 중부의 린베르크 출신이야. 어딘지 알아? 어쨌든 아버지는 양봉을 하시는데 난 벌이라면 진짜 질색이라서, 아버지를 후원해주시던 슈니발트 백작을 섬기게 됐어. 지금은 그분의 명으로 권총들을 찾고 있는 거고. 그분이 돕고 싶어 하는 어떤 높은 분이 그걸 필요로 하신다는데, 난 그런 사정까지는 잘 몰라. 다행히도 나한테는 프시키를 다루는 재주가 좀 있어. 그래서 프시키를 발견하기만 한다면 여러 가지를 할 수가 있지. 그때처럼 술집에 가벼운 소란을 일으킬 수도 있고, 뭐 또 많아. 하지만 탐정은 아니란 말이야. 그래서 권총을 찾아냈다는 너한테 관심이 가서 네냐플까지 갔던 거야. 소문만으로는 제법 똑똑할 것 같았거든. 뭐, 지금은 의견이 반반이긴 한데……."

이렇게 연달아 말해버리니 나가려다가도 얼떨결에 다 듣기 마련이고, 그러고 나니 물론 이런저런 질문이 떠올랐다. 이게 다 요령인 줄 빤히 알지만 일단은 물어보기로 했다.

"그 권총들은 본래 누구 건데?"

"문제의 높으신 분. 처음엔 그분이 친구나 친척한테 선물로 보냈던 거래. 그런데 다시 되찾아야 할 이유가 생겼나 봐. 위험한 문제가 있다나? 하여튼 연락을 하니까 선물을 고스란히 갖고 있던 사람들은 쉽사리 돌려주었지만 세월이 흘렀으니 다른 사람한테 줬거나, 팔아버렸거나, 잃어버렸거나, 도둑맞았거나, 그런 경우도 있었지 않겠어? 그래서 그렇게 흩어진 것들을 찾으러 다니고 있는 거지."

"그런 식이면 대체 몇 개나 찾아야 하는데?"

"음…… 다섯 자루만 도와주면 돼."

막시민이 한쪽 눈을 찡그렸다.

"아까는 권총 한 자루만 찾으면 될 것처럼 말하더니 은근슬쩍 네 자루가 불어나네?"

"아, 다섯 자루가 세트거든. 같은 세공사가 만든 거라서.

아참, 이거."

불리하다 싶을 때 화제를 돌리는 데도 능숙했다. 이스핀은 가방에서 손바닥 정도 크기의 상자를 꺼내어 테이블에 놓았다.

"이거 생각나?"

붓꽃 문양이 새겨진 참나무 상자였다. 막시민은 금세 알아보았다. 이스핀이 상자 뚜껑을 열자 황금으로 지은 작은 궁전이 나타났다. 막시민은 놀라지도 않고 그걸 들여다보고 있다가 말했다.

"어째서 네가 갖고 있냐?"

"좋은 값에 샀지."

그건 막시민이 예전에 친구들한테 이끌려 갔던 벨 골짜기라는 곳에서 어느 귀족의 의뢰를 받아 찾아주었던 음악상자였다. 하지만 보기만큼 값비싼 물건은 아니었다. 진짜 황금이 아니라 도금이었으니까. 그렇더라도 50노트짜리 음악상자는 제법 근사한 소리가 나기 때문에 충분히 소장 가치는 있었겠지만 막시민이 되찾았을 무렵에는 망가져서 아무 소리도 나지 않는 상태였다. 그래서 대단한 보수를 받지도 않고 넘겼다. 그런데 이스핀이 연 것을 보니 멀쩡해 보이는데다 금칠도 새로 해서 완전히 새것 같지 않은가?

"야, 그거 고친 거야?"

"그럼. 내가 사람만 갱생시키는 게 아니고…… 후훗, 들어

봐."

이스핀은 음악상자 오른쪽의 버튼을 슬쩍 밀었다. 그러자 맑은 음악이 울리기 시작했다. 50노트짜리답게 하나의 악기라 해도 과언이 아닐 정도로 풍부한 소리였다. 주방 쪽에서 쉬고 있던 할머니가 달려와 탄성을 올렸다.

"아, 정말 아름답네요!"

음악은 몇 분간 작은 식당 안을 울렸다. 할아버지도 앞치마를 두른 채 나와 가까운 테이블에 앉았다. 〈작고 빨간 새〉라는 북부 민요로 추억을 불러일으키는 가락인데다, 은은한 울림에 귀를 기울이고 있자니 어쩐지 아주 길었던 이야기가 막 마무리되는 느낌이 들었다. 하지만 이스핀과는 쌓은 추억은 커녕 죽이니 살리니 한 사연밖에 없는 사이인데 뜬금없이 이런 걸 같이 듣고 있자니 기분이 이상해진 막시민은 코를 긁어대며 기묘한 표정을 지었다.

마지막에 피아니스트처럼 근사하게 건반을 미끄러뜨리며 곡이 끝나자 노부부가 갈채를 보냈다. 할머니가 상기된 얼굴로 물었다.

"정말 멋진 선물이네요. 틀림없이 신사분께서 아름다운 숙녀께 청혼을 하시고자 준비하신 거겠지요?"

엉뚱한 상상력에 당황한 막시민이 '아니, 지금 무슨 헛소리를'이라는 표정으로 돌아보는데 이스핀이 턱을 괴고 할머니를 바라보며 빙그레 웃었다.

"그건 아니에요."

"그럼 역시 그간 품고 계시던 호감을 전하시고자……."

"뭐, 그 비슷할지도 모르겠네요."

이스핀은 갑자기 막시민을 쳐다보며 빙그레 웃더니 말했다.

"선배, 내가 고용해도 될까?"

"……."

말뜻을 완전히 잘못 이해한 노부부는 기대에 차서 막시민의 입을 바라봤다. 그들이 보기에는 틀림없는 프러포즈의 현장이었던 것이다. 그러나 긍정이든 부정이든, 대답은 나오지 않았다. 시간을 끈다는 건 프러포즈가 실패했다는 뜻이고, 어쩐지 미안해하는 기색으로 노부부가 주방으로 사라지고도 한참 뒤, 막시민이 나직이 말했다.

"우리가 고용이든 계약이든 하려면 서로에게 솔직해야지, 숨기는 게 있고 그래서는 곤란하지 않냐?"

이스핀은 김빠졌다는 듯 시큰둥하게 고개를 끄덕거렸다.

"응, 그렇지."

"그런데 아까 네가 한 말. 양봉 어쩌고 하는 얘기 말이야."

"응, 그거 뭐?"

"하나도 안 믿어지거든."

"……."

대체 무슨 근거로 그렇게 생각하는지는 몰랐지만 막시민은 침착하게 이스핀의 대답을 기다리고 있었다. 이쪽도 직감이 발달한 부류인가? 하지만 대책 없이 바로 간파당할 정도로 그렇게 허술한 얘기는 아니라고 생각했는데…….

이스핀은 갑자기 양팔을 펼치며 빠른 말투로 말했다.

"그래, 잘 알아봤네. 다 헛소리였어. 사실 난 마법 왕국의 공주인데 못된 마법사에게 나의 소중한 마법 권총들을 다 도둑맞았어. 그래서 잠들었다가 천 년 만에 깨어나보니 왕국도 없어졌고 이런 꼴로 혼자 남의 나라를 떠돌게 된 거야. 그걸 되찾아야만 공주로 되돌아갈 수가 있어. 그러니까 나 좀 도와 달라고."

막시민은 그런 말을 하는 이스핀을 물끄러미 쳐다보고 있다가 팔짱을 끼면서 몸을 의자에 기대더니 말했다.

"역시 왕자는 아니었군."

"야, 넌 지금 그걸……."

"그런데 왕국을 잃었어도 제법 능력이 넘치네. 강 위를 떠가는 배로 선물도 퍼붓고."

"……."

둘의 눈이 마주쳤다. 떠보듯이, 또는 진위를 확인하려는 것처럼. 이스핀은 살짝 딴전을 피웠다가, 어깨를 움츠렸다가, 결국 막시민의 눈을 들여다보며 말했다.

"이제 알았니? 나 노력 많이 했거든?"

막시민의 표정은 복잡했다. 감사 인사를 하기도 그렇고, 화를 내기도 그렇고, 왜 그랬느냐고 따지기도 그렇고, 난감한 순간이 많긴 했지만 결국 받은 입장이니 억울한 일을 당했다고 하기도 어렵다. 막시민은 몇 번인가 말을 하려다가 말기를 반복한 끝에 결국 말했다.

"야, 넌…… 선물에 이름이란 걸 써서 보내거나 직접 얼굴을 보며 건네주면 어떻게 되기라도 하냐?"

"글쎄. 너나 나나 신분을 숨기고 도망치는 입장에서 좋은 생각 같진 않았지."

틀린 말은 아니었으므로 말문이 막힌 막시민은 신경질적으로 관자놀이 언저리를 문질러댔다.

"넌 돈을…… 왜 쓸데없는 데 막 써대는 거야?"

"왜 쓸데가 없는데? 양털 담요가 따뜻하지 않았니? 저녁 식사가 맛이 없었어?"

이스핀이라고 처음부터 이럴 생각은 아니었다. 하지만 첫날 심부름값을 두둑이 주고 고용했던 공물선 사환이 묻지 않은 그쪽 배의 사정까지 전해주는 바람에 너무 웃겨서 계속하게 됐다는 말까지는 하지 않았다. 한 사람의 평판이 시시각각 바뀌어가는 소식도 제법 재미가 있었고.

"덕택에 오해를 너무 많이 받아서 자아를 잃어버릴 지경이거든, 재치와 배려가 넘치는 품격 높으신 귀부인?"

"의자 위에서 떨고 있는 게 불쌍해서 선물 좀 보냈는데 과대 해석이 지나치시네요, 신비로운 매력을 지닌 플레상스 경?"

둘 다 말할 때는 뻔뻔스러운 미소를 지으며 쳐다봐놓고는 곧 소름 끼친다는 것처럼 몸을 약간 젖히며 뒤로 물러앉았다. 이윽고 막시민이 말했다.

"야, 알았는데 어쨌든…… 넌 나한테 그런 공을 들일 가치가 있어 보이냐? 난 마법 왕국의 사정에 개입할 재주 같은 거 없다. 네냐플에 다니긴 하지만 유급 이 년 차에 조만간 퇴학 예정이라고."

"괜찮아. 너한테 마법은 기대 안 해. 평소처럼 추리력을 써."

"권총을 훔쳐간 놈이 마법사라며?"

"아, 그건 뭐, 괜찮아. 걔도 천 년쯤 자고 일어나보니 그냥 평범한 인간이 됐나 보더라."

"그럼 가서 권총 좀 돌려달라고 상식적으로 부탁해보면 안 되냐?"

"그렇게는 안 돼. 지금은 걔가 갖고 있지도 않거든. 다 잃어버렸다나 봐."

"야, 너…… 지금 무대 뒤에서 쪽대본 수정하냐?"

막시민은 비논리적인 이야기를 들어 넘기기 위한 노력의 일환으로 제 머리에 손가락을 쑤셔넣고 문지른 끝에 말했다.

"근데 아무리 수정을 해도 전혀 몰입이 안 되네. 왜인지 아냐? 내가 무대나 대본 같은 거랑은 아주 거리가 먼 인간이긴 한데 옆에서 구경해본 적은 있어서 그런가 어쩐지 이유를 알 것 같네. 실패하는 대본들의 전형적인 특징이 있거든."

이스핀은 왜냐고 묻는 대신 눈썹만 올렸다. 막시민이 말을 맺었다.

"관객을 우습게 봐서야."

"관객이 누군데?"

"나지."

"그 말은, 내가 널 무시해서 말 같지도 않은 얘기를 하고 있다?"

막시민은 고개를 젓고 약한 한숨을 내쉬고는 관자놀이에 손을 괴었다.

"얘기를 꾸며낼 땐 그걸 들을 인간에 대한 아주 약간의 이해와, 그리고 존중하는 마음이란 게 필요한 거야. 사실을 얘기할 때보다 만들어낸 이야기에 더 예의가 필요하다는 건 기묘한 모순처럼 들리겠지만, 어쨌든 거짓말을 절반 넣을 거면 나머지 절반에는 진심을 넣어. 그래서 상대가 속아. 내가 아는 배우…… 흥행사가 그러는데 자기가 관객 머리 위에서 놀고 있다고 생각하는 인간이 쓴 대본은 다 망한다더라고."

이스핀은 냉소적인 표정으로 듣고 있었지만 말을 맺을 즈음에는 생각하는 얼굴에 가까워졌다. 그러더니 입가에 희미한 미소가 걸렸다.

"그 얘기, 그럴싸하게 들리네. 다시 말해 너는 뭘 추론했다기보다 내 말에서 진심을 못 느꼈다는 거네. 그리고 그것만으로도 내 말의 진위를 판단할 수 있다고 생각하네. 좋은 접근이지만 세상 사람들이 너한테는 예의가 있었나 봐. 난 아니었거든. 내 주변엔 정체불명의 덩어리밖에 없었어. 필요가 없어 내버렸거나, 일부러 덫을 쳤거나, 그런 쓰레기. 거기서 멀쩡해 보이는 걸 한 조각 발견해도 바로 입에 넣긴 망설여지지. 주의깊게 파헤쳐서 먹을 만한 걸 추려내어 입에 넣고 씹으면서도 이게 독일까 아닐까 썩은 건 아닐까……."

그렇게 말하는 이스핀은 막시민이 본 이래 가장 가면이 엷어진 얼굴이었다. 어쩌면 막시민이 한 말이 약간은 영향을 주었는지도 모를 일이다. 빈 캔버스 같은 얼굴을 보자 막시민도 매 순간 이스핀의 모습이 그렇게 달랐던 이유를 조금 알 듯했다. 제법 가면을 잘 꿰뚫어 본다고 생각했는데, 가면인 줄도 몰랐다니.

"나라고 체크무늬 보자기에 싼 소풍 바구니만 받아먹고 살아왔겠냐? 그렇더라도 누군가의 진심, 그러니까…… 계속되는 진심이라는 것은 한 번만 경험해도 알 수 있는 것 아니냐?"

이스핀이 고개를 흔들었다.

"난 느껴본 적이 없어서."

"네 옆에는 다 못 믿을 인간만 있었다는 거냐?"

이스핀이 냉담하게 눈썹을 올렸다가 내렸다.

"응. 한 명도 예외 없이."

이 순간 이스핀이 한 말을 샤를로트 공녀를 섬기는 몇몇 사람들이 들었더라면 무척 당황했을 것이다. 그들은 몇 년 동안 공녀를 진심으로 좋아하고 신명을 바쳐 돕고자 했다. 그러나 정작 공녀는 누구도 믿고 있지 않았다. 그렇다면 이 모임에는 무슨 의미가 있는가?

그들이 이런 사실을 안다면 지금과 같은 유대가 지속되기란 쉽지 않을 것이다. 물론 샤를로트도 그런 점을 알기에 누구에게도 표현한 적이 없었다. 그들이 공녀를 좋아하고 공녀의 옆에 있고 공녀를 돕지만, 언젠가는 떠날 것이다. 어떤 문제는 버텨내겠지만 어떤 문제는 관계를 파괴하며, 임계점을 넘으면 뭐든 끝나게 되어 있다. 그때 퇴장하는 그들에게 분노를 품고 싶지 않다. 그러니 영원함을 기대하지 말자. 단지 반짝이는 면을 보여주는 것으로 충분하다.

샤를로트가 그들 앞에서만 보여주는 모습은 생기 있게 반짝이기도 했지만 동시에 가식 없이 담백하기도 해서 표면 아래 텅 빈 부분을 알아차리기는 쉽지 않았다. 친구가 아닌 공녀이자 주군이었으므로 더더욱 그랬다. 다만 한때 샤를로트의 맨얼굴을 본 적이 있는 로랑은 언젠가 "매끄러운 벨벳 장갑을 낀 손을 잡고 있는 느낌"이라고 말한 적이 있었다. 오랫동안 주의깊게 관찰한 사람의 눈에만 발견되는 미묘한 장막이었다.

그때 막시민의 입에서 뜻밖의 말이 튀어나왔다.

"겁이 많으니까 그렇지."

"뭐라고?"

"그게…… 아니다. 인정할 리가 없겠지. 그렇게 살아왔는데. 아아, 됐어. 거기까지. 이젠 안 해."

이스핀은 막시민이 왜 그런 말을 하는지는 몰랐지만 한 가지만은 알아챘기에 바로 코웃음을 치며 말했다.

"너한테 그런 도움 바란 적 없거든? 너야말로 몇 마디 나눈 걸로 남의 속을 다 들여다볼 수 있다고 생각하는 병이나 고치지그래?"

막시민은 조금 움찔하더니 고개를 끄덕였다.

"맞아. 인간 모르는 거야. 나란 놈은 나조차도 모르겠는데."

"하지만 말이야……."

숨을 크게 들이쉰 이스핀이 말을 이었다.

"아까 네가 한 그 말, 조금 설득력 있었어. 내가 쓰레기만 받았다고 나도 그런 것만 건네주라는 법은 없겠지. 내가 먼저 진심을 약간 섞어볼 수도 있는 거잖아. 그런데 그게 뭔지는 네가 택해봐. 네 추리력으로. 나만 위험부담을 질 순 없으니까.”

모호한 말이었지만 막시민은 망설이지 않고 대꾸했다.

“그럼 이렇게 해볼까? 내가 너에 대해 추측한 것을 다섯 가지 말해줄 테니까 이 가운데 셋 이상이 맞으면 나한테 쉽고 간단한 진실을 하나 줘.”

“어떤 진실?”

“본명.”

“…….”

망설이는 기색이 뚜렷했다. 이스핀 샤를이 본명이 아닐 거라고는 생각했지만, 저 정도로 망설일 때는 악명 높은 범죄자이거나 비밀 조직의 일원쯤이 아닌 이상 신분 문제이기 마련이다. 막시민은 그렇게 추측하면서도 그냥 기다렸다. 그리고 별로 겁먹지도 않았다. 아노마라드 2대 공작 가문의 후계자보다 딱히 어마어마한 신분이 나올 거라고는 생각하지 않았던 것이다.

“알았어.”

막시민은 조금 의아한 듯 눈을 치떴다. 거절하려는 모양이라고 생각했기 때문이다. 하지만 곧 아무래도 좋다는 것처럼 크라바트를 약간 당겨 풀면서 말을 이었다.

“좋아. 첫째로 네가 찾는다는 권총들, 그것을 찾는 사람은 너 자신이지 어딘가의 고귀한 분 따위가 아닐 것이다."

둘은 서로의 눈을 봤다. 눈을 마주치자마자 둘 다 의도를 알아차렸다. 상대의 눈에서 감정을 읽으려는 것이다. 누가 더 잘 감췄을까? 이스핀은 입술 끝만 올렸다. 막시민은 '웃기는군' 하는 표정을 지은 다음 말했다.

"둘째로, 오늘 우리는 우연히 마주친 게 아니며, 너는 내가 올 줄 알고 광장에서 기다리고 있었을 것이다."

"그래 보였어?"

이스핀이 재미있다는 듯 고개를 젖히며 웃었다. 이때까지는 둘 다 여유가 있었다. 그러나 세 번째가 나오자 달라졌다.

"셋째로, 네가 권총을 찾는 이유는 네가 가졌다는 능력, 프시키를 불러낸다는 힘과 관계가 있을 것이다."

"……."

"넷째로, 권총을 찾는 사람은 너뿐이 아닐 것이다. 다시 말해 경쟁자가 있을 것이다."

이스핀은 이제 웃지 않았다. 조금 눈을 크게 뜨고 막시민을 뚫어져라 바라보았다. 눈조차 깜빡거리지 않았다.

"다섯째, 시한이 있을 것이다. 권총들을 손에 넣어야만 하는. 예상컨대 일 년?"

말을 마친 막시민은 한 손을 펴 밀어 보였다. 이제 네 차례라는 것처럼.

이스핀은 잠시 시선을 테이블로 떨어뜨렸다. 그러다가 쳐들며 막시민을 쏘아봤다. 자신감 넘치는 눈빛을 정면으로 받은 막시민은 무슨 뜻이냐는 것처럼 눈가를 약간 찌푸렸다. 이스핀이 말을 하는 대신 손가락을 펴 보였다. 엄지부터 하나씩.

둘.

셋.

그다음에는 펼까 말까 하는 것처럼 나머지 손가락을 까딱거리며 막시민을 슬쩍 쳐다봤다. 누구라도 그런 순서로 약지를 펴기는 힘들겠지만, 그래서 그러는 게 아닐 것이 뻔했다. 막시민이 말했다.

"셋까지는 약속한 범위니까 인정하겠지만 그 이상인지 아닌지는 말해주기 싫다?"

이스핀의 입술이 짓궂은 곡선을 그렸다.

"눈치 있어서 편하네. 나머지는 네 상상에 맡길게. 그리고 지금 내가 한 가지 생각을 하고 있는데."

이스핀의 한쪽 눈썹이 살짝 내려왔다. 강한 결심을 할 때의 버릇이었다.

"너 말이야, 무슨 수를 써서든 내가 고용해야겠어."

막시민은 당황했다기보다는 어처구니가 없다는 표정으로 이스핀을 보다가 말했다.

"야, 그런 식으로 나오면 물건 값 비싸지는 거 모르냐?"

"괜찮아. 나 돈 많아. 더 부르고 싶어? 얼마든지 불러."

"……."

잠시 후, 막시민은 미간을 찡그리더니 검지를 세워 테이블을 몇 번 두드렸다.

"네 그런 태도는 네냐플 앞에서 봤을 때랑 똑같은데 말이야, 내가 그때도 해주면 좋았을 것 같은 얘기를 하나 해줄게. 인간은 말이지, 체스말이 아니야. 네가 체스판을 펴놓고 있다가 이 자리에 놓으면 딱 좋을 것 같은 인간을 찾아냈다 해도 네 맘대로 그 칸에 밀어넣을 수는 없단 말이야. 누가 자기를 체스말로 보는 인간의 말에 귀를 기울이고 싶겠냐?"

어쩌면 그건 이스핀이 세상을 바라보는 관점을 그대로 반영한 비유였을 것이다. 이 순간의 막시민이 이스핀을 그리 잘 안다고 할 수는 없었지만 때로는 한 조각의 태도에 그간의 삶이 미니어처처럼 압축되어 들어 있기도 한 것이다. 이어 막시민은 손을 들어 허공을 가리킨 다음 뭔가를 부르듯 손끝을 까딱였다.

"대화를 하고 싶어? 그러면 너도 체스판으로 내려와."

이스핀은 눈동자만 굴려 막시민의 손끝을 바라봤다. 잠시 그러고 있더니 말했다.

"알았어. 고용하겠다는 말은 취소할게. 그리고 사과할게. 다시 처음으로 돌아가서 말하자. 난 네 도움이 필요해. 날 도와줘. 나와 동료가 돼줘."

막시민은 이스핀의 크고 검은 눈을 잠시 바라보고 있었다. 얼마 후 고개가 아주 조금, 까딱였다. 이스핀은 마주 고개를 끄덕여 보였다.

"고마워."

이어 자리에서 벌떡 일어나더니 말했다.

"그리고 네 의견을 적극 받아들여서 돈 얘기는 잊어버리도록 할게. 동료는 그런 거잖아? 점심 정도는 내가 살게. 성사 기념 오찬인 셈 쳐둬."

이스핀은 계산서를 집어 들더니 바로 입구로 나갔다. 막시민은 자기가 한 근사한 말의 결과에 순간 당황하며 생각했다. 이야, 내가 돈 버는 재주도 없는 주제에 날려먹는 재주가 이렇게나 출중했다니. 백지 어음을 끊어주려는 찰나에 뭔 소릴 했단 말인가.

하지만 곧 어깨를 한번 으쓱한 다음 일어나 천천히 뒤따라갔다. 막 계산을 치르고 입구 쪽으로 돌아선 이스핀의 등뒤에서 기울인 고개를 내밀며 말했다.

"그나저나 본명은?"

"샤를로트."

"그게 본명이라고?"

"응, 본명이야. 다들 그렇게 불러."

"아니, 그게 다는 아닐 거 아냐."

문을 열자 환한 빛이 들어왔다. 샤를로트가 빛 속으로 걸어 나가며 말했다.

"그거 말고는 마리라고 부르는 사람도 있었고, 또…… 알루에트라고 부르던 사람도 하나 있긴 했지."

아르크노베르 거리 20번지

켈티카는 대도시 중에서도 유난히 길을 찾기 어려운 도시로 알려져 있었다. 단지 규모가 크기 때문만은 아니었다. 도시 하나가 십수 년 사이에 왕국에서 공화국, 다시 왕국으로 뒤엎어졌다. 그사이 모든 지배자가 거듭해서 주소 체계를 바꾸는 바람에 사람들의 기억과 새로 주어진 주소가 뒤죽박죽되어 헤매기에 딱 좋은 곳이었다.

플레상스 경의 집은 로크리 구, 아르크노베르 거리 20번지라고 했다. 하지만 로크리 구는 신왕국이 만들었고, 아르크노베르 거리는 구왕국 시절부터 내려온 이름이었으므로 두 이름이 얼마나 사이가 좋을는지 가보기 전에는 모를 일이었다.

이스핀과 막시민은 그곳까지 걸어서 가기로 했다. 막시민이 마차를 타는 편이 낫지 않겠느냐고 하자 이스핀이 점심 먹은 것도 소화시킬 겸 걷고 싶다고 했기 때문이다. 막시민은 거기까지 대략 한 시간은 걸릴 거라고 말해주려다가 그만두었다. 첫째로 그도 켈티카 지리를 잘 몰랐고, 둘째로 그 집에 도착하기 전에 상대에 대해 좀더 알 필요가 있다고 생각했기 때문이다.

막시민의 예상은 맞기도 했고 맞지 않기도 했다. 그들이 아르크노베르 거리를 찾는 데는 거의 두 시간이 걸렸다. 왜냐하면 도중에 아르크노아, 아르크모베르, 아르크노이에 거리 따위가 잔뜩 있었던 것이다. 심지어 그중 둘은 로크리 구가 아니었다. 이래서야 이곳 사람들은 옆 거리로 가서 잘못 배달된 물건과 편지 따위를 수거해 돌아오는 것이 일상일 게 뻔했다.

상대에 대해서라면 몇 가지 알게 되긴 했다. 이스핀은 생각할 거리가 있을 때면 목적지를 신경쓰지 않았다. 그리고 사람을 놀리려고 만들어진 것 같은 이 거리 이름들이 이스핀에게는 명백히 구별되어 들리는 모양이었다.

"'아르크'가 같을 뿐이지 노아, 모베르, 노이에는 전혀 다르잖아?"

일생 복잡한 단어를 들으면 '아르크 뭐라는 그거'라고 대충 넘기며 살아온 막시민과 매우 다른 종류의 사람인 것은 확실했다. 하지만 그런 재주가 있어도 생각에 잠기면 같은 거리를 세 번째 돌아도 신경쓰지 않으니 시간 단축에는 별 도움이 되지 않았다. 다행히 둘은 모두 잘 걷는 편이었다.

"어쨌든 네 얘기를 들으니 네냐플이 문을 닫게 된 데 내 책임이 절반쯤은 있다는 건데, 난감한 건 나한테 그 얘기를 이해할 능력이 없다는 거야. 프시키한테서 나온 먼지가 킵더스트와 합쳐지면 문제를 일으킨다든가, 그런 얘기는 전혀 몰랐어. 하지만 몰랐다고 해도 피해를 준 것만은 사실이겠지. 지금은 사과할 상대가 너밖에 없지만……."

막시민이 대충 손을 내저었다.

"나한테라면 됐다. 어차피 퇴학 예정이었는데 조금 당겨진 것뿐이야. 그래봤자 그것도 방학이었고. 나중에 네냐플 가서 정식으로 사과하든가 그런 건 안 말리겠다."

"그 일로 너도 엉뚱한 신분을 갖고 켈티카까지 오게 됐잖아."

"글쎄. 처음엔 좀 짜증이 났는데 지금은 그냥 홀가분하네. 어차피 나한테 어울리지도 않는 자리에 너무 오래 있었지 싶고."

그 순간의 막시민은 제법 솔직한 말투였다. 하지만 이스핀은 모니즈 후작부인에게 들은 얘기를 떠올리며 미심쩍은 눈길을 보냈다.

"내가 어디서 듣기로는…… 수준에 안 맞아서 학교 그만두려고 일부러 낙제만 했다던데 사실이야?"

막시민은 '수준에 안 맞는다'는 말을 반대로 해석하고는 어깨를 으쓱했다.

“비슷한 거지.”

“이런 식으로 그만두게 되면 널 네냐플에 보내줬던 사람한테는 괜찮은 거야? 그 사람이 학비도 내줬다면서?”

“학비가 어마어마하게 비싸긴 했지만 평생토록 갚든가. 뭐, 어쩔 수 없잖아. 이게 내 탓만도 아니고, 내가 보내달라고 한 적도 없고……. 그런데 잠깐만, 넌 입학도 안 한 애가 내 얘기를 왜 이렇게 잘 아는 거야?”

“어, 그게…… 그런 수가 있어. 내가 너 고용하려고 조사 좀 했다니까? 너 유명하더라고. 아참.”

이스핀이 갑자기 좋은 생각이 났다는 것처럼 눈을 반짝였다.

“진짜로 그런 생각이라면 켈티카로 온 김에 여기다가 탐정 사무실을 내면 되겠다. 네냐플 앞 술집 구석보다는 대도시가 그런 장사 하기에 훨씬 좋지 않아?”

“글쎄다. 굶어 죽을 것 같으면 생각해볼게. 나 같은 놈한테 누가 일을 맡길지는 모르겠지만.”

“이미 첫 번째 사건은 수임한 셈 아닐까?”

이스핀이 엄지를 펴서 자신을 가리켜 보이며 싱긋 웃었다. 막시민은 시큰둥하게 대꾸했다.

“야, 공짜라며.”

“신장개업 서비스인 거지! 그리고 원래 첫 번째 사건을 잘 해결하면 그다음부터는 유료로 전환되고 그러는 거잖아. 안 그래?"

"처음엔 백지 어음 끊어줄 것처럼 굴더니 태도 전환 봐라."

"그거 내가 돈 주기 싫어해서 그렇게 된 거 아니다? 너도 알면서 그래."

막시민은 대꾸 없이 몇 걸음 내처 걷다가 이스핀을 돌아봤다.

"사건 얘길 하니까 이거 하나는 분명히 해둬야겠는데. 그 프시키 말이야, 네 눈에는 척 보면 보이는 거냐?"

이스핀이 고개를 흔들었다.

"좀 달라. 그보다는 느껴진다고 해야 할까. 가까이 있으면 공간이 약간 이지러지거나 접히는 느낌이 와. 일단 찾아내기만 하면 사람들 앞에 튀어나오게 할 수도 있어. 없애버릴 수도 있고."

"지금 이 근처에도 있냐?"

막시민의 말에 이스핀은 주위를 휘둘러봤다. 그들은 마차가 다닐 정도로 제법 큰 거리를 걷고 있었다. 잠시 후 이스핀이 고개를 저었다.

"사람이 이렇게 많고 공간이 탁 트인 곳에서는 그 느낌이 또렷하지가 않아. 있더라도 포착하기 어려워. 어쨌든 지금은 못 찾겠어. 프시키가 원래 사람 많은 곳을 좋아하지 않는 것 같기도 해."

막시민도 무심코 주위를 두리번거리더니 말했다.

"없다니 다행스럽군그래. 그런데 그게 마법은 아니라고?"

"난 마법은 몰라. 마법에 가까운 것인지 확인해보려고 마법사들도 만나봤지만 아니더라고. 게다가 이 능력은 내가 노력을 해서 얻은 게 아니야. 태어날 때부터 그랬던 것도 아니고. 열다섯 살 때쯤 프시키에게 휘말려 죽을 뻔한 사건을 겪은 다음에 저절로 이렇게 됐어. 이유는 나도 몰라."

이스핀은 말하다 말고 막시민을 흘끗 보더니 약간 정색을 했다.

"너 지금 내 말이 거짓말인가 재고 있지? 표정 보면 그 정도는 알거든? 약속이란 나한테 명예의 문제야. 내가 모든 걸 말하지는 않을지 몰라도, 말한 건 사실이야."

"네 이름처럼 말이냐?"

이스핀은 끝내 샤를로트라는 이름만 말해주고 성은 밝히지 않았다. 이스핀이 쓴웃음을 지었다.

"응, 샤를로트는 진짜인 것처럼. 아, 저기네. 아르크노베르."

이스핀도 슬슬 가방이 무거워져왔으므로 조금 전부터 거리 이름을 유심히 보고 있었다. 식당에서 나왔을 무렵 막시민이 가방을 들어주겠다고 했지만 이스핀은 이 정도가 힘들면 검은 어찌 쓰겠느냐면서 딱 잘라 사양했다. 막시민도 사양하는 상대의 가방을 빼앗아 들어주는 성격은 아닌지라 더 실랑이는 없었지만 사실 이스핀은 아직 막시민에게 자기 가방을 맡겨도 된다고 생각하지 않았다. 에투알이 혼자서도 하나의 부대라면 보급에 해당하는 가방을 부대 밖에 둘 순 없다.

아르크노베르 거리로 접어든 둘은 곧 어느 집 앞에 멈춰 섰다. '20'이라는 숫자가 울타리 위에 적혀 있었고, 그 울타리는 건물 벽에 비스듬히 기댄 채 서 있었다. 벽이 있는 쪽에서만 그렇고 벽이 없는 쪽은 깔끔하게 쓰러져 있었다. 그러니까 사실상 울타리 역할을 하고 있다고 보기는 어렵고 사유지를 표시하는 역할 정도?

사유지 표시는 사람들에게 그리 존중을 받은 것 같지 않았다. 울타리 안쪽으로 누군가가 버린 쓰레기들이 숱하게 굴러다녔다. 계단에는 흙먼지가, 뒤뜰에는 비가 왔을 때 났을 발자국이 굳어진 채 흩어져 있었다. 문짝에는 낙서가 되어 있었다. '귀신 나오는 집'.

막시민이 중얼거렸다.

"귀신이 많이 나오겠네."

왜냐하면 집이 넓었기 때문이다. 이렇듯 관리하는 사람 없이 방치된 듯한 저택이지만 규모는 제법 컸다. 아르크노베르 거리에서 제일 큰 집이 아닐까 싶을 정도였다.

"귀신만 나오지는 않겠는데."

이스핀이 문짝 밑을 유심히 보며 말하더니 허리를 굽혀 문

틈에 끼인 채로 짓밟힌 편지 몇 통을 끄집어냈다. 그중 하나는 뜯어져 있었으므로 사양치 않고 내용물을 꺼내어 읽었다.

"……그러므로 제레미 드 플레상스는 11월 30일까지 선금 300엘소와 수임했던 업무의 지연 이자 및 취소 위자료를 합친 금액 550엘소를 배상하기 바람. 이 집에 제법 쓸 만한 사기꾼이 살았나 봐. 하지만 지금은 도망쳐버리고 없나 본데?"

그렇게 말하며 막시민을 힐끗 보자 막시민이 가방을 내려놓으며 대꾸했다.

"빌린 이름의 조상이 진 빚 따위 알게 뭐냐. 내 조상도 수습한 적 없는데."

막시민은 가방 옆에 쭈그리고 앉아 안을 뒤지기 시작했다. 잡동사니 속에서 네냐플 교수들이 친절하게 넣어준 집 열쇠를 찾아내기 위해서였다.

"마법사들은 대단하지. 그 잠깐 사이에 신분 급조하면서 열쇠까지 복제해주고."

"그렇네. 딱히 필요하지도 않은데."

막시민이 그러고 있는 사이에 현관으로 이어지는 두 단짜리 계단에 올라선 이스핀이 말하더니 몸을 살짝 젖혔다가, 문손잡이에 달린 네모진 자물통을 정확히 노려 걷어찼다. 막시민이 얼른 몸을 젖히자 떨어진 자물통이 머리 위를 스쳐 정원 어딘가로 날아가 떨어지는 소리가 났다. 치맛자락이 내려앉기를 기다려 고개를 돌린 막시민이 얼굴을 찌푸렸다.

"야, 왜 이런 데서 발길질 연습이야?"

"꼭 떨어질 것처럼 생겼잖아."

막시민은 막 찾아낸 열쇠를 들여다보다가 도로 가방 속에 던져버리며 말했다.

"이 열쇠가 아니었네."

열쇠는 훨씬 커서 아까 그 자물쇠에는 들어가지도 않았을 것 같았다. 즉, 그들에게는 처음부터 열쇠가 없었던 셈이다. 이스핀이 그 점을 알고 자물쇠를 걷어차버린 건 아니겠지만 어쨌든 열렸으니 상관없었다. 막시민이 가방을 닫고 몸을 일으켰을 때 이스핀은 문을 열고 안으로 들어간 뒤였다. 뒤따라 들어가려고 문을 당기는데 안쪽에서 외침이 들려왔다.

"당신은 누구야!"

막시민은 일부러 걸음을 늦췄다. 외침은 이스핀의 것이 아니었고, 저런 대사는 위기에 처한 쪽의 몫이다. 즉, 이스핀은 위협을 당한 쪽이 아니라 하는 중일 것이다. 그야 네냐플로 올라가는 오솔길에서 당했던 일을 생각할 때 당연한 일이고 말고.

현관을 통과해 거실로 들어가자 예상대로 거실 테이블 앞에 기겁해서 주저앉은 남자가 보였다. 이스핀은 한쪽 발로 그 남자의 가슴을 밟고는 뽑아 든 검으로 그자의 턱밑을 겨누고 있었다. 막시민은 익숙하고도 완벽한 구도에 박수를 칠 뻔했지만 가까스로 참아내고는 어슬렁어슬렁 다가가 물었다.

"누구야?"

"난들 알아?"

"모르는데 검을 겨눴냐?"

"주인이 문 앞에서 열쇠를 찾고 있는데 안에서 누군가가 허둥댄다. 정체가 뭘까?"

막시민도 관찰력이 없는 편은 아니었고 특히 지금은 낯선 집에 집주인인 척하며 들어가야 하는 상황이라 제법 경계했다고 생각했는데 안에 사람의 기척이 있는 줄은 깨닫지 못했다. 즉, 이스핀은 검만 잘 쓰는 것이 아니라 시야도 넓고 귀도 무척 밝은 모양이었다. 유능해서 완전 편하네.

막시민은 가방을 내려놓고 거실을 한 바퀴 돌며 다른 방의 문을 열어보았지만 더이상 숨어 있는 인간이 나오지는 않았다. 위층으로 올라가는 계단 앞에 이르자 이스핀을 돌아보며 위쪽을 손가락질했다. 이스핀이 고개를 저었다.

"기다려."

막시민은 시키는 대로 얌전히 가방 옆으로 돌아오더니 그 옆의 의자에 털썩 앉았다. 그리고 말했다.

"자, 누구쇼?"

"너, 넌 누구야?"

"이 집 주인."

"웃기지 마. 이 집 주인은 늙은이거든?"

"그러는 당신은 늙은이 혼자 사는 집에 멋대로 들어와 남의 침대에서 자고, 남의 식료품을 꺼내 먹고, 남의 옷을 주워 입고, 흙 묻은 구둣발로 양탄자를 더럽히고 다니는 것도 모자라 울타리를 훼손하고 문짝에 낙서도 해놓아 남들이 쓰레기를 버리고 가도록 유도한 인간이니까 기물 파손과 약 사흘간의 주거침입 및 불법점거를 계산해 감옥에 반년쯤 처넣기로 하고 보석금 2000엘소, 벌금 800엘소 정도로 판결하면 딱 맞을 것 같은데 어떠신지?"

막시민은 방금 한 바퀴 돌아본 것만으로도 이자가 이 집에 하루이틀 머물지 않았음을 알아차렸다. 이 집의 진짜 주인일 고상하신 '제레미 드 플레상스 경'의 세심한 손길 위에 아무렇게나 겹쳐진 새로운 흔적이 빤히 나뉘어 보였다. 테이블 위에 잼병과 함께 놓인 나이프에는 잼이 딱딱하게 말라붙었고, 차를 마신 컵이 여기저기 세 개나 방치되어 있고, 침대 시트는 대충 구겼다가 도로 펴기를 반복한 흔적이 느껴졌다. 반면 뒤뜰의 상태가 저렇게 되자면 열흘은 걸릴 것이다. 즉, 플레상스 경은 이 집을 적어도 열흘은 비웠다. 그리고 이자는 그 사실을 알고는 일단 집의 외관을 훼손해서 사람들이 접근하지 않도록 해놓고 빈집을 점거해 한가롭게 살아보려 한 게 아닐까 싶었다.

"그, 그런 게 아니고! 나는 이 집에서……."

남자는 눈에 띄게 당황하며 막시민과 이스핀을 번갈아 보았다. 누가 결정권자인지 파악하려는 것 같았다. 하지만 그때 이스핀은 다른 뭔가를 찾는 것처럼 주위를 두리번거리고 있었다. 남자는 결국 막시민을 쳐다보며 말을 맺었다.

"……찾아야 할 게 있었을 뿐이야!"

"요샌 잃어버린 물건이 있으면 남의 집에 멋대로 들어가 뒤져보고 없으면 눌러앉는 풍습이 생겼나? 주인이 없으면 문 밖에 쪽지 정도 남기고 가는 게 시민의 상식 아닐까? 사흘이나 찾아봐도 없는데 나가지도 않고 오늘밤에도 여기서 자려고 마음먹은 작자가 하는 말이 사실일 가능성은 몇 퍼센트나 될까? 그 작자는 사실 주인을 죽여서 뒤뜰에 파묻고 그 위에 쓰레기가 쌓여서 못 찾게 되길 기다리고 있는 건 아닐까?"

막시민이 나오는 대로 줄줄 내뱉는 동안 이스핀은 곡예를 구경하듯 흥미롭게 듣고 있다가 마지막 말에 당황한 상대가 몸을 움찔거리자 발에 힘을 꾹 주며 말했다.

"턱에 예쁜 구멍 하나 내고 싶니? 입속에 뭘 처넣었는지 잊어버렸을 때 편리하긴 해."

막시민이 황당한 표정으로 이스핀을 쳐다봤다.

"넌 그런 말은 어디서 배우냐?"

"좋은 데가 있어. 궁금하면 들어올래?"

"아니, 사양이다."

밟힌 남자는 손가락 두 마디 앞으로 다가온 검을 내려다보며 떨다가 다시 막시민을 쳐다봤다. 말려달라는 것처럼. 막시민이 말했다.

"대꾸는 들어보자고."

이스핀은 검을 한 뼘 거리 정도로 물렸다. 남자가 즉시 소리쳤다.

"아니, 아니야! 프, 프, 플레상스 경은 멋대로 사라졌어! 내, 내 돈도 내놓지 않고! 그리고 사흘이 아니고 이틀째야!"

막시민이 턱을 괴며 말했다.

"어, 그 진술 참고할게. 이틀째 남의 집을 점거중이다. 찾으려 한 것은 돈이다. 주인이 없다는 사실을 들어오기 전부터 알고 있었다."

남자는 도로 말문이 막혔고, 이스핀은 그만 푸흡, 하고 웃음이 터졌다. 그러면서 생각했다. 이거 별것 아닌데 이상할 정도로 재밌네.

막시민이 말을 이었다.

"자, 더 할 얘기 있나? 없다고? 있지만 말하기 귀찮으니까 그만 턱에 적당한 크기의 구멍을 뚫어줬으면 좋겠다고?"

"아, 아니, 그건 아니……."

그때였다. 이스핀의 얼굴에서 웃음기가 싹 지워졌다. 동시에 시선이 계단 위쪽을 봤다. 막시민은 아무 기척도 듣지 못했지만 금방 상황을 깨달았다. 잠시 후, 누군가의 발소리가 천천히 다가오자 이스핀은 막시민을 봤고 둘의 눈이 마주쳤다.

"……."

둘 다 말은 한마디도 하지 않았지만 막시민은 거실 양탄자를 성큼 넘어가 쓰러진 남자를 맡았고, 몸을 일으킨 이스핀은 계단 난간 옆으로 미끄러지듯 움직였다. 계단을 올라가야 할 땐 왼쪽을 선점한다. 이어 검을 뽑았을 때의 대기 자세, 즉 에투알 기본자세 2번을 취한 이스핀이 위를 쏘아봤을 때였다.

"그렇게 긴장할 것 없어요. 빈손이니까."

계단 위에 여자가 서 있었다. 넝마나 다름없어 보이는 망토를 걸치고 색깔을 알아보기 힘든 얼룩진 드레스 차림이었다. 이 집은 아예 노숙자들이 점거한 건가? 여자는 정말로 빈손이었다. 그 사실을 보여주려는 것처럼 두 손을 내밀어 보였다.

"자, 봤죠? 내려가도 될까요?"

"……."

막시민은 여자의 여유 있는 태도가 거슬렸지만 그렇더라도 당장 위험하다고 생각하지는 않았다. 그들은 둘이고 상대는 혼자였으며 보아하니 이스핀은 평범한 사람쯤은 열 명이 차례로 덤벼들어도 한구석에 차곡차곡 쌓아놓고 손을 탁탁 털며 무시무시한 농담이나 한마디 던질 것 같았다.

그러나 이스핀은 그렇게 생각하지 않았다.

후루룩, 기묘한 소리가 나며 초록색 연기 같은 것이 일어나는가 싶더니 갑자기 불꽃으로 변하며 계단 아래로 밀려 내려왔다. 계단쯤은 단번에 태워버릴 규모였다. 막시민은 뒤통수를 한 대 맞은 듯 벌떡 일어났다. 잡고 있던 남자 따위는 잊어버리고 당장 내달아 이스핀의 팔을 낚아채려 했을 때였다.

콰쾅!

계단 아래에서 뭔가가 폭발하는 소리가 울리고, 거대하게 너울거리는 기운이 뻗어나가 계단을 휩쓸었다. 집채만 한 파도가 해변을 덮치는 듯한 모습이었다. 이어 하얀 포말만 남더니 파도가 밀려갈 때처럼 스르르 가라앉으며 지워졌다. 물방울인지 연기인지 모를 기운만이 뿌옇게 남았다. 동시에 녹색 불꽃도 깨끗이 녹아 사라졌다.

희뿌연 기운이 흩어지자 이스핀이 이를 악물며 상대를 쏘아보고 있는 모습이 보였다. 오른손에 쥐었던 검은 아래로 꺾어 잡고 다른 손을 앞으로 쭉 뻗었다. 검은 눈에 격한 분노가 서렸다.

"감히…… 내 목숨을 노려?"

계단을 성큼성큼 올라간 이스핀은 여자의 멱살을 움켜잡았다. 딱 한 순간 망설이더니 검자루로 턱을 강하게 올려쳤다.

"컥!"

여자가 쓰러지자 팔을 당겨 몸을 뒤집고, 두 팔을 등뒤로 꺾고, 무릎으로 목을 눌렀다. 이어 자기 치마에 붙은 띠를 당겨 끊어내더니 여자의 입속에 쑤셔넣었다. 마법사를 제압하려면 주문과 수인을 막는 건 기본이다.

이스핀이 다소의 장난기와 모험심으로 혼자 다니기를 좋아해도 그건 제 실력에 자신감이 있어서이지, 쉽사리 목숨을 위협당할지도 모른다고 생각했다면 그러지 않았을 것이다. 자신은 오를란느의 공녀이고 하나뿐인 후계자였다. 혼자만의 목숨이 아니었다. 오빠처럼 그런 꼴을 당해서는 안 된다. 절대로 안 된다.

조금 전에 상대의 자세를 보고 혹시 마법사일까 의심하지 않았더라면 그토록 대처가 빠르지 못했을 것이다. 더구나 이곳에 프시키가 있는 걸 아까 봐두지 않았더라면. 한순간 손바닥처럼 뒤집혔을지도 모를 전세였다. 이런 곳에서, 누구인지도 모를 상대에게 당해 목숨을 잃었을지도 모른다고 생각하자 분노와 두근거림이 가라앉지 않았다.

"야, 이스핀."

그때 막시민이 그녀를 불렀다. 착 가라앉은 목소리를 듣자 파르르 끓어올랐던 분노에 문득 찬 기운이 불어넣어지는 듯했다.

"왜."

"이거."

막시민이 계단 위로 던져준 것은 청록색 크라바트였다. 그걸 받아들어 여자의 손을 묶고 난 이스핀은 마침내 자리에서 일어나 검을 검집에 꽂았다. 그러고도 흥분이 가시지 않아 한 손으로 격하게 오르내리는 가슴을 잠시 누르고 있었다. 그사이 도망가려던 처음의 남자를 양탄자로 둘둘 만 다음 소파 커버를 벗겨 씌워 생선처럼 포장해놓은 막시민이 계단 위로 올라왔다. 그리고 여자를 내려다보더니 말했다.

"예쁘게 잘 묶었네. 다음에 매듭이나 가르쳐줘라."

"그럴게."

"믿으로?"

"응."

시시한 대화를 몇 마디 나누는 사이에 이스핀은 서서히 자신으로 되돌아왔다. 막시민은 손이 묶인 여자를 간단히 둘러메더니 아래층으로 내려가 포장된 생선 옆에 나란히 놓고는 도로 처음의 의자에 앉아 턱을 괴었다.

"바쁘게 하는 2인조네."

엎어진 채 나란히 놓인 둘은 2인조라는 말에 아니라며 크게 부정하는 눈빛을 했지만 막시민은 개의치 않았다.

"자, 어쩌다 보니 아르크노베르 거리 20번지가 빈집이란 걸 알게 된 2인조는 남의 집에 멋대로 들어가 살아보기로 했어요. 그런데 있는 줄도 몰랐던 주인의 손자가 검을 든 무시무시한 여자와 함께 나타났던 거예요. 이것들을 지하실에 파묻어야 앞으로 행복하게 살 수가 있겠죠? 그래서 밑에서 바람잡는 동안 위에서 큰 거 한 방 날려보려는 계획을 세웠지만 안타깝게도 그들은 약해빠진 2인조여서 실패하고 말았어요. 그래서 이렇게 잡혀서 생선과 생닭처럼 포장되었고 얘기는 끝, 이 났답니다. 자, 다음. 생선과 생닭을 요리하는 이야기."

침대 머리맡의 유모 같은 말투지만 음침할 정도로 낮고 빠르게 읊조리고 있으니 오히려 미친놈이 나타난 것처럼 위협적으로 들렸다. 처음엔 이게 뭔가 하던 이스핀도 끝날 즈음에는 자기 역할을 알아차리고 검을 뽑아 둘 사이에 꽂았다. 막시민이 말했다.

"자, 누구부터?"

둘 다 대답할 수가 없는 상황이었으므로 질문은 무의미했지만 막시민도 그런 줄 알고 하는 말이었다.

"아, 저런. 대답을 안 하네. 내 마음대로 해야 되나?"

"으읍……."

둘 중 어느 쪽인지가 의견을 표시하려 했지만 막시민은 못 들은 체하더니 말했다.

"입이 있는데도 말을 하지 않는 것은 요즘 젊은 도둑들의 크나큰 문제입니다. 다른 말로 예의가 없다고도 하죠. 특히나 집주인이 물어보는데 계속 닥치고 있다니 거슬리는군요. 들리는 말에는 역시 턱에 구멍을 뚫어주면 예의가 생긴다고 하는데……."

그와 동시에 이스핀의 검이 소파 커버를 찢었다. 커버에서 해방된 남자가 헐떡거리며 소리쳤다.

"저, 저는 저 여자와 한패가 아닙니다! 오늘 처음 봤어요!"

"양탄자에 말아뒀더니 예의가 생겼네. 청어를 절여두면 파리가 생기는 원리인가."

말투가 존대로 바뀐 것에 대한 얘기였겠지만 이스핀은 순간 웃을 뻔하다가 간신히 참았다. 남자가 계속 말했다.

"저는, 그러니까 그냥, 아래층에서 잠이나 자려 한 것뿐인데 저 여자가 어젯밤에 갑자기 들어와서 멋대로 2층에 올라갔지만, 내 집도 아니니까 나가라고 할 수도 없고……."

남자는 조금 전에 계단 앞에서 벌어진 일을 보고 눈이 튀어나올 지경이 되어 도망가려다가 붙잡힌 터라 태도가 처음과 사뭇 달랐다. 그는 횡설수설하면서도 자기는 '제레미 드 플레상스 경'에게 선금을 주고 작은 일을 부탁했는데 플레상스 경이 갑자기 잠적했기 때문에 평범하게 돈 될 만한 것을 집어갈 작정으로 들어왔을 뿐임을 열심히 변명했다. 물론 자신의 경솔한 판단과 불법적인 행동과 무모한 도주 시도와 하여튼 모든 것을 진심으로 반성하는 것도 잊지 않았다. 적당히 듣고 있던 막시민은 '선금을 받고 해결해주기로 한'이라는 부분에서 미심쩍은 기분이 들었다. 그러니까 제레미 드 플레상스 경도 탐정 비슷한 일을 했었다는 거야?

그러는 동안 옆의 여자는 아무런 반응도 보이지 않았는데 입이 틀어막힌 부분을 빼고라도 너무 느긋한 것 같아 수상쩍었다.

"……그러니까 살려서 보내주신다면 다시는 얼씬도 하지 않겠습니다."

"잘 들었고, 그쪽 의견은 어때?"

막시민이 크라바트로 묶인 여자에게 시선을 보냈다. 여자는 물론 대꾸하지 못했지만 이제는 자신도 무슨 말을 하고 싶다는 것처럼 입가를 움직였다. 하지만 상대는 마법사였으므로 선불리 입을 열게 해줄 수는 없었다.

막시민이 다시 말했다.

"자, 너는 이 남자와 한패가 아니다. 맞으면 눈을 세 번 깜빡이고, 틀리면 어깨춤을 춘다."

여자는 사나운 눈빛으로 막시민을 올려다봤지만 이윽고 눈을 세 번 감았다가 떴다. 막시민이 말을 이었다.

"좋아, 다음. 너는 플레상스 경의 도움을 받고 싶었다, 아니면 죽여버리고 싶었다. 도움, 오른쪽 어깨춤, 죽여버리기,

왼쪽 어깨춤."

꼼짝없이 어깨춤을 춰야 하는 상황이 되자 여자는 무척 신경질이 나 보였지만 어쨌든 노력을 했다. 양쪽 어깨를 다 움직였던 것이다. 막시민이 의아한 것처럼 눈썹을 올려 보였다.

"아, 그래? 그것참 희한하군. 도움을 받고 싶었지만 거절하면 죽여버릴 생각이었다는 건가? 죽어주는 것으로 네게 도움이 될 예정이었다는 건가? 젠장, 질문이 잘못됐네. 어깨춤만 부르는 질문을 하고 말았네. 이럴 거면 그냥 바이올린이나 켜주는 건데."

그런 소리를 하는 내내 막시민은 조금도 웃지 않았지만 이스핀은 그만 참던 웃음이 터지고 말았다. 소리를 들은 막시민이 흘끔 돌아보더니 말했다.

"이제 웃음이 좀 나냐?"

이스핀은 웃음을 그쳤지만 조금 전의 분노가 어느새 흐려졌음을 깨달았다. 대단히 미묘한 방식의 도움이었다. 그간 이스핀의 성품을 아는 사람들은 그녀가 격렬한 감정에 사로잡혔을 때 주로 피하거나, 드물게 정면 대결을 하려 했다. 이렇게 흘려보내려 했던 사람도, 그리고 그걸 성공했던 사람도 없었다.

"자, 그럼 상황을 분명히 해보자고. 당신은 여기 들어올 때 제레미 드 플레상스 경이 없다는 걸 알고 있었어. 그렇지?"

그렇게 말하며 막시민은 소파 옆 테이블에서 잼과 나이프를 집었다. 여자 앞에 쭈그리고 앉아 병을 열고 나이프를 넣어 잼을 푹 뜨더니 마룻바닥에 단순한 그림을 그렸다. O, 그리고 X.

여자는 턱을 움직여 O를 선택했다.

"그래서 플레상스 경이 돌아오도록 기다릴 작정이었어."

X.

"그럼, 플레상스 경이 남긴 물건이나 서류나, 하여튼 값나가는 것을 훔쳐서 도망칠 생각이었어."

X.

"플레상스 경에게 뭔가 메시지를 남기려는 생각이었어. 경고라든가."

X.

막시민은 약간 짜증이 치밀어 올라 말했다.

"그것도 아니야? 그럼 플레상스 경의 손자인지 뭔지 하는 놈이 오늘 나타날 줄 알고서 그놈한테 할아버지가 실종됐는데 정신 좀 차리라고 마법 한 방 먹여주기 위해 기다렸나?"

O.

"뭐?"

막시민은 당황한 표정을 했다가 곧 고개를 흔들었다.

"뭔 소리야. 내가 오늘 여기 도착할 줄은 나도 몰랐는데 당신이 어떻게 알아?"

옆에서 이스핀이 거들었다.

"오늘인 줄 몰랐더라도 미리 들어와 기다릴 수는 있잖아."

"저쪽의 청어절임은 여자가 어젯밤에 들어왔다고 하던데? 청어가 거짓말을 했나?"

막시민이 남자 쪽을 흘끗 보자 남자가 당황하며 소리쳤다.

"아, 아닙니다! 사실이에요! 진짜에요! 한패도 아닌데 제가 왜 거짓말을 하겠어요!"

이스핀이 천천히 다가가 검을 도로 뽑았다. 그리고 여자를 향해 비스듬히 고개를 들이밀더니 말했다.

"조금 전, 넌 내 목숨을 노렸어. 그러므로 당장 머리를 날려버려야 하지만 누구의 명령인지 알아내어야 해서 살려둔 거야. 너 같은 소모품은 끝도 없이 생겨나니까 한 명쯤 더 있으나 없으나 나한테 크게 달라질 건 없어. 하지만 네가 입을 안 열면, 목 한 번 긋고 끝나는 거야. 그건 명백한 내 권리지."

그야 대공위 후계자를 위협한 자는 즉결 처분이 가능하기 때문이다. 막시민은 그런 사실을 몰랐지만 이스핀이 평범한 가문 출신이 아닐 거라는 추측만은 강해졌다. 저런 말은 지배계급이 아니고는 내뱉지 못한다.

"입 벌려봐."

여자가 망설이다가 입을 조금 열자 이스핀은 검 끝을 입안에 집어넣었다가 허리띠를 감아 끄집어냈다. 위험천만한 행동이었지만 매끄럽게, 입가에 상처 하나 입히지 않고 해냈다. 마침내 입이 자유로워진 여자는 긴장으로 약간 떨면서 이스핀을 올려다봤다. 이스핀은 허리띠를 한쪽으로 밀어놓은 다음 검 끝을 청어절임을 둘둘 만 양탄자에 닦아 그자를 쓸데없이 긴장하게 만들며 말했다.

"이제부터는 말로 대답하는데, 대신 눈은 내 검 끝을 잘 보는 거야. 알겠어? 난 이걸로 네 얼굴에 묘비명도 새겨줄 수 있어."

농담으로 들리지는 않았다. 깨끗이 닦인 검 끝이 여자의 이마 아래, 미간을 가리키고 있었다. 여자는 검 끝을 뚫어져라 보다가 시선을 막시민에게, 다시 이스핀에게 옮기더니 말했다.

"많이 아프네요."

이미 턱 언저리가 상당히 부어오른 상태였다. 이스핀이 태연히 물었다.

"왜 아프기만 한 줄 알아?"

"박살내려다가 참았겠죠. 말을 시켜야 하니까."

여자는 턱을 조금 움직여보더니 말했다.

"턱을 보존하기 위해서라도 쓸모 있게 굴어야 할 것 같네요. 저는 데보라입니다. 가장 중요한 부분을 먼저 말씀드리자면……."

이어 기묘하게 일그러진 미소를 지었다.

"당신들은 곧 다 죽게 될 겁니다. 나를 포함해서."

플레상스 경의 손님들

막시민이 고개를 끄덕끄덕했다.

“그래? 이 집 지붕이 곧 무너질 예정인가 보지? 아니면 위층 침대 머리맡에 램프라도 비스듬히 걸쳐놓고 왔나?”

“그런 것 말고도 방법은 많지요. 그분은 사람을 죽일 때 심혈을 기울이시니 틀림없이 전혀 예상하지 못한 방식으로 죽게 될 거예요. 제레미 드 플레상스 경이 그분이 죽이라고 한 자를 도우려다가 결국 같은 꼴이 된 것처럼.”

막시민은 이스핀을 흘끗 봤다. 이스핀은 검으로 데보라를 겨누느라 뒤를 돌아보지는 않았지만 아직 데보라의 말을 진지하게 받아들이는 것 같지 않았다. 하지만 막시민은 네냐플 교수들이 가방 속에 넣어준 플레상스 경의 설정을 기억했다.

막시밀리앵 드 플레상스에게는 할아버지인 제레미 드 플레상스가 있다. 제레미는 본래 오를란느 귀족이지만 오랫동안 켈티카에서 살아와 아노마라드 작위가 없는데도 '경'으로 불린다. 하인 하나를 두고 혼자 살며 가끔 집을 비울 때는 하인을 고향으로 보낸다. 집 외에 별다른 재산은 없지만 다른 일로 제법 수입이 있는 편이다. 고상하고 깔끔한, 고급스러운 취향의 신사이며 어려움에 처한 사람을 종종 기꺼이 돕곤 한다…….

막시민은 의혹을 겉으로 표현하는 대신 약간의 비웃음을 띠며 대꾸했다.

"난 창의력이 없어서 그런가 세 명을 동시에 죽일 더 좋은 방법이 달리 생각이 안 나네. 아니지, 청어절임도 포함인가. 야, 넌 죽는 거야, 안 죽는 거야? 빨리 노선을 분명히 하라고."

어느새 청어절임이 돼버린 남자는 데보라가 한 말에 흠칫 놀라고 있다가 막시민이 다그치자 더욱 당황했다.

"제, 제가 왜요? 전 안 죽고 싶은데……."

"그래? 그럼 3 대 1이네. 이걸로 죽는 얘기는 기각한다. 죽고 싶으면 데보라 너 혼자 죽든가 하고, 그런데 할아버지가 돌아가셨다는 말은 증명된 사실이야? 네가 봤어?"

데보라는 다소 어처구니없는 표정을 짓고 있다가 대답했다.

"안 봤지만 살아 있을 리 없죠. 만약 살아 있다면 내가 아는 한 가장 뛰어난 도망자라고 할 수 있겠네요."

막시민이 어깨를 으쓱했다.

"그야 우리 할아버지인데 당연하지. 넌 그분의 손자인 나도 죽이지 못했잖아. 그런 실력으로 감히 누굴 죽인다는 거야?"

빌린 이름의 조상 따위 신경 안 쓴다더니 어느새 자연스럽게 '우리 할아버지'가 되었다. 데보라가 쓴웃음을 짓더니 말했다.

"이봐요. 잘못 봤어요. 난 당신들을 죽이러 온 게 아니에요."

"아닌데 처음 보는 사람한테 다짜고짜 마법을 퍼붓나?"

"그건……."

데보라는 이스핀을 향해 시선을 보냈다. 눈에 독특한 빛이 어렸다. 두려움과 감탄, 질투와 기대가 뒤섞인.

"살아남을 만한 자들인지 알고 싶어서."

이스핀은 무표정하게 상대를 내려다보더니 말했다.

"난 그런 시험이 딱 질색이야."

"내가 썼던 건 사람을 죽이는 주문은 아니었어요. 잘됐다면 내가 당신들을 나처럼 묶어놓고 대화하게 됐겠지만 일이 그렇게 풀리진 않았네요. 어차피 이렇게 됐으니 솔직하게 말할게요. 살아남을 만한 힘이 없으면 그냥 내가 죽여버리고 가려 했어요. 그게 더 관대한 처사이기 때문이죠. 나를 제압할 힘은 있다는 걸 알았으니 말을 하고 있지만, 그래봤자 모르고 죽으나 알고 죽으나의 차이밖에 없을지도 모르죠. 하지만 아까는 정말 놀랐어요. 그건 뭐였죠? 마법은 아니던데."

데보라는 다시 감탄 섞인 눈길을 이스핀에게 보냈지만 이스핀은 아무 설명도 해주지 않았다. 이윽고 데보라는 막시민과 이스핀을 번갈아 보며 말했다.

"플레상스 경의 손자분, 그리고 정체 모를 아가씨, 당신들은 위험에 빠졌어요. 이곳에 들어온 순간부터. 그분은 자신의 일을 방해한 플레상스 경을 죽이기로 결정했어요. 그런 이상 아직 죽지 않았더라도 이미 죽은 목숨이라고 보면 되죠. 그렇게 조용히 끝나려던 참인데 당신들이 나타났어요. 당신들이 가만히 있는다 해도 당신들의 존재만으로도 플레상스 경의 실종을 덮기가 어려워진다는 걸 누구나 알겠죠. 그리고 그분은, 방해되는 자들을 벌레처럼 짓밟아요. 나도 같은 꼴이 될 테고."

데보라는 자세가 힘든 듯 몸을 조금 뒤틀더니 이스핀을 올려다보며 억지웃음을 지었다.

"그러니 얼굴에 새기는 묘비명은 매우 좋은 생각이라고 할 수 있겠네요."

이스핀은 여전히 막시민을 돌아보지 않았다. 그러나 막시민은 뒷모습에서 일순 긴장감이 감도는 것을 알아차렸다. 그리고 막시민도 생각했다. 데보라의 말에는 적어도 부분적인 진실이 있다.

이스핀이 입을 열었다.

"그분이란 누구지?"

"이름은 몰라요. 하지만 켈티카의 지하 세계에 속한 자들은 '쇠의 왕'이라고 하면 모두 알죠."

"왕이라고?"

이스핀이 미간을 찡그리며 되묻자 데보라가 고개를 흔들었다.

"물론 진짜로 왕은 아니고, 그분이 오래전에 철강 길드로 성공했다고 알려졌기 때문에 붙은 별명일 거예요. 그분의 본명은 아무도 모르기 때문에 그냥 그렇게 불리죠. 그 외에 한 가지 이름이 더 있는데 그것 역시 본명 같지는 않아요. 아이언페이스라고……."

'아이언페이스'라는 이름이 나오는 것과 함께 이스핀의 눈빛이 달라졌다. 조금 전까지 '말을 해봐라, 들어는 주겠다' 정도의 태도였다면 이 순간부터는 아니었다. 질문하는 어조도 날카롭게 날이 서며 낮아졌다.

"당신은 왜 그자에게 쫓기지?"

"플레상스 경이 도와주려 했다는 의뢰인이 우리 오빠예요. 별로 친하진 않았지만, 하여튼 친남매라고요."

말을 하는 데보라의 얼굴이 나쁜 기억을 떠올린 듯, 메슥거리는 표정이 되었다.

"아주 운이 나빴죠. 난 오빠가 그런 일에 휘말린 줄은 상상도 못 하고 있다가 뒤늦게야 알았는데…… 아니, 정확히는 그분의 '지하실'로 끌려가고서야 알았어요. 오빠가 뭔가 큰일을 저질렀구나. 그래서 아무 상관 없는 나도, 단지 남매라는 이유로 의심을 받고 죽게 생겼구나. 켈티카 뒷거리에서 그 지하실 이야기를 숱하게 들었지만 직접 가본 건 처음이었어요. 그게 어떤 경험인지 당신들은 상상할 수 없겠지만……."

데보라는 잠시 숨을 고르다가 말을 이었다.

"거기서 죽지 않고 풀려났을 때는 그냥 어리둥절했어요. 하지만 집에 사흘쯤 우두커니 앉아 있다가 깨달았죠. 저들은 날 미끼로 풀어놓았구나. 오빠가 날 찾아오는 순간 오빠도 나도 죽겠구나. 그럴 바엔 차라리 내가 직접 오빠를 찾아보자. 함께라면 살 길이 있을지도 모르니까. 그래서 집을 버리고 도망자가 되기로 한 거예요. 추적을 당했을까 궁금하긴 한데…… 아니, 궁금하지 않기도 하네요."

데보라는 오한이 이는 듯 몸을 움츠리고 떨었다. 그녀의 옷이며 얼굴은 집 없이 헤매는 사람의 특징 그대로였다. 더러운 옷, 씻지 못한 흔적, 나쁜 안색.

"그래서 플레상스 경을 먼저 찾아보려 한 건가?"

"플레상스 경이 실종됐다는 건 지하실로 끌려갔을 때 들어서 알고 있었어요. 그래도 관계가 있었다니까 혹시 오빠의 행방을 추측할 만한 것이 남아 있지 않을까 하고 어젯밤에 들어와서 샅샅이 뒤졌는데 지금껏 고작 이거, 종잇조각 하나 찾았네요."

데보라가 자기 옷을 뒤져보라는 듯 묶인 손가락을 움직거렸다. 이스핀이 천천히 일어나더니 검 끝을 내밀어 주머니를 들췄다. 이어 데보라는 몸을 움찔했다. 흡사 찔리는 듯한 느낌이 들었기 때문이다. 하지만 느낌이었을 뿐 상처는 나지 않았고, 이스핀은 마술 같은 손놀림으로 검 끝에 봉투 없는 편지 한 통을 꿰어서 들어올리더니 휙 포물선을 그리며 막시민에게 던졌다. 막시민은 한 손을 뻗어 편지를 받아내고는 말했다.

"너 곡예하냐?"

"곡예라기엔 좀 모자라지."

막시민이 편지를 펼치는 동안 데보라가 말을 이었다.

"그러고 있는데 당신들이 갑자기 나타난 거예요. 당당히 집주인이라고 하는 말을 위층에서 들으며 모험을 걸어보기로 했죠. 이 정도 주문도 못 받아내는 자들이라면 그냥 내가 죽여주는 편이 고통을 덜어주는 방법일 거라고, 하지만 재주가 있다면 한배를 탄 입장이 될 수 있다고 생각했어요."

막시민과 이스핀은 서로의 얼굴을 흘끗 보았다. '저 말 어떻게 생각해?'라고 묻는 것처럼. 거기까지는 좋았지만 막시민은 이어서 청어절임의 얼굴도 들여다봤다. 청어절임이 웅얼거렸다.

"저는 죽고 싶지 않……."

"잘 알았어. 그런데 당신 오빠가 쇠의 왕의 표적이 된 이유는 뭐지?"

"정확히는 모르지만 지하실에 갔을 때 들은 바로는 그분이 중요하게 생각하는 물건을 훔친 것 같았어요. 그게 사실이라면 세상 최고의 멍청이라고 할 만하죠. 그분의 물건을 감히 탐내다니. 하지만 솔직히 잘 믿어지지 않아요. 오빠가 그 정도로 바보는 아니었거든요. 대체 무슨 오해가 생긴 건지, 오빠를 만나기 전에 알아낼 방법은 없겠지만……."

"오빠의 이름은?"

"파울. 파울 로트마이어."

"그럼 넌 데보라 로트마이어고?"

"그렇죠."

"좋아."

막시민이 일어섰다. 쭈그리고 앉아 있느라 뻣뻣해진 다리를 이리저리 펴며 말했다.

"일단 할아버지가 사라진 건 사실인 것 같군. 이 집이 적어도 열흘은 비어 있었던 모양이니까. 그리고 지난달 말까지만 해도 갑자기 여행을 갈 계획은 없었던 모양이니까."

만약 그랬다면 네냐플 교수들이 막시민을 이곳으로 보내지는 않았을 것이다. 막시민은 이제 네냐플 교수들을, 아니 교수들의 능력을 꽤 믿게 되었는데 그들이라면 머나먼 켈티카에서 혼자 사는 노인이 집에 있는지 사흘쯤 뒤에 놀러 나갈 생각인지를 알아보는 것도 어렵지 않을 듯했다.

"그렇더라도 할아버지가 사라진 이유에 대해 네가 한 말을 다 믿으란 법은 없겠지만, 사실이 아닐 경우 네가 얻을 이득이라고 해봤자 여기서 안전하게 나가는 정도뿐이거든. 그런데 그건 정말 죄송합니다, 배가 너무 고파서요, 하고 빌었을 때 얻을 효과랑 아주 미세한 차이밖에 없단 말이야. 다시 말해 빈집털이를 하다가 들켰다고 그렇게 어마어마한 이야기를 꾸며댈 필요는 없다는 거지."

데보라도 슬슬 힘든지 몸을 비틀면서 말했다.

"그렇게 생각해주시니 감사하네요."

"그렇더라도 남의 빈집이나 기어드는 예의가 분실된 인간들이 하는 말은 기본적으로 걸러서 듣는 것이 상식인데, 이 편지를 보니 파울과 할아버지 사이에 무슨 거래가 오가긴 했군. 일단 돈이 오갔고, 돈이 오간 이상 정의롭지 않은 인간에게도 지켜야 할 예의란 게 생기는 거고, 정의롭다면 더 말할 필요도 없겠고. 파울 로트마이어가 여기에 적은 제 주소, 11구 루이제 거리 25번지에 진짜로 살고 있었는지 확인해볼 필요가 있을 것 같기도 하고 없을 것 같기도 하네. 왜냐하면 말이야, 사실 결론은 그런 자잘한 부분에 달린 게 아니야. 할아버지가 정의로운 사람인가? 정의로운 할아버지가 살리려던 인간한테 살려야 할 이유가 있다고 가정한다면 그 사람 때문에 문제에 휘말린 너도 악당이라고 볼 순 없는 거니까. 제기랄, 근데 사실은 그 할아버지가 어떤 인간인지 내가 전혀 몰라!"

막시민의 외침을 이해할 사람은 이스핀뿐이었다. 데보라와 청어절임은 이게 무슨 소린가 하는 눈빛이었다. 하지만 물어볼 기회는 없었다. 창밖에서 여러 명이 말하는 소리가 들렸기 때문이다.

"아까 누가 왔다더라고."

"집주인 늙은이는 아니고?"

"젊은 애들이라던데?"

"손자 손녀인가?"

그러더니 멋대로 문을 여는 소리가 들려왔다. 그야 아까 이스핀이 자물쇠를 걷어차 날려버렸기 때문이다. 막시민과 이스핀은 서로를 봤다. 재빠른 시선이 오갔다. 저것들은 뭐야? 너도 모르지? 대화를 해봐? 일단 제압해?

이어 둘은 벌떡 일어났는데 그만 호흡을 맞춰본 경험이 부족하다 보니 의사소통에 오류가 발생했다. 막시민은 누워 있는 둘을 대충 굴려서 방에 집어넣으려 했는데, 이스핀은 현관으로 여유 있게 걸어가더니 들어오고 있는 세 명의 모자를 검을 딱 두 번 휘둘러 날려버렸다. 그리고 놀라 후다닥 뒤로 물러선 그들에게 말했다.

"남의 집에 들어올 때는 모자를 벗는 게 예의잖아."

세 남자는 물러선 직후, 묶인 채 누워 있는 남녀를 보았다. 범죄 현장을 목격했다고 생각한 그들은 동시에 부르짖었다.

"으헉!"

"저길 봐!"

"죽었나?"

그때 데보라가 대꾸했다.

"아직이고, 너보다 빨리 갈 것 같진 않네."

대화를 제안했던 쪽인 막시민이 끼어들어 소리쳤다.

"무슨 소리야! 가긴 누가 간다는 거야? 이스핀 넌 또 왜 검을 휘두르고……."

이스핀이 한쪽 눈썹을 찡그리며 대꾸했다.

"넌 이 상황에서 우리가 거실에서 캠프파이어라도 하는 중이어서요, 그러면 먹힐 것 같았니?"

"야, 아무리 그래도 그렇지 해보기도 전에 포기하냐? 여러분, 캠프파이어에 잘 오셨습니다……."

그렇게 말하며 별수없이 막시민도 현관 쪽으로 돌아가 세 명을 거실로 밀어넣으려 했다. 물론 그들도 세 명인지라 순순히 밀려가지는 않았다. 하지만 이스핀이 가슴 쪽에 붙은 단추를 한 개씩 날려보내고 나자 곧 거실 가운데에 꿇어앉게 되었다. 그들 중 한 명이 오늘 익숙해진 질문을 외쳤다.

"너희는 누구야!"

"나? 집주인 손자."

그사이 이스핀은 옆방에 걸린 커튼을 뜯어서 돌아오더니 죽죽 찢기 시작했다. 막시민이 말했다.

"야, 그거 할아버지가 소중히 여기시던 건데."

이스핀은 찢어낸 커튼으로 남자들을 척척 묶다 말고 힐끔 보더니 말했다.

"너 역할 이입 되게 잘한다?"

이제부터 어떻게 해야 할지, 머릿속이 복잡해진 막시민은 제일 먼저 네냐플 교수들에 대한 신뢰를 취소했다. 날 이딴 곳으로 입양 보내다니. 빚쟁이들이 역마차처럼 차례로 들이닥치는 곳에서 방학을 보내라고? 젠장, 네냐플 교수 늬들이 뭘 알아!

잠시 후, 거실에는 다섯 명의 포로가 생겼고 막시민과 이스핀은 애써 근엄한 표정을 지으며 그들을 둘러보았다. 용건을 물어보니 이들 셋 역시 플레상스 경에게 뭔가를 맡겨놨다는데 누군가는 사건을, 누군가는 선금을, 누군가는 잔디 긁는

갈퀴와 조리용 소금 10온스라나. 그 말을 액면 그대로 믿기도 어렵고, 믿는다 쳐도 어느 것이든 남의 집에 구둣발로 쳐들어올 사정은 아니라고 생각한 막시민이 말했다.

"무슨 소린지는 알겠지만 믿고 안 믿고는 내 마음이고, 그게 사실이든 아니든 빈집 문 따고 막 쳐들어오시면 안 되죠. 이 모두는 대도시에서 사는 조심성 많은 집주인으로서 침입자의 선의를 믿을 수가 없기 때문에 벌어진 정당방위라는 것을 여러분도 이해하시리라 믿습니다."

"정……당방위라고? 하!"

"무, 문은 열려 있었어!"

"열려 있었던 건 아니고 자물쇠가 망가져서 고치려고 잠시 떼어놨을 뿐입니다. 하지만 자물쇠가 잠겨 있었든 아니든 남의 집에 멋대로 들어왔다는 사실은 마찬가지 아닐까요?"

"그럼 저 사람들은 뭐야?"

"당신들과 같은 행동을 하다가 같은 처분을 받은…… 아, 빈집털이 주제에 반말은 그만 닥치면 안 될까? 내가 인내심이 별로 없어서 그런지 뒤통수 한 대씩 때리고 싶네."

남자들은 제법 나이가 많았으므로 새파랗게 젊은 상대가 그렇게 말하자 얼굴이 붉으락푸르락했지만 그래봤자 묶인 처지였다. 하지만 이스핀과 막시민도 본의 아니게 다섯 명이나 묶어놓고 보니 골치가 아파왔다. 이자들을 어쩐다?

둘은 눈짓으로 궁리를 하다가 아무래도 아까처럼 오해가 발생할 것 같아 계단 위로 올라갔다. 이스핀이 아래층을 힐끔대며 작게 말했다.

"우리가 한 거 이거 범죄지?"

"그렇게 천진난만하게 묻지 좀 말아줄래?"

둘은 눈썹을 동시에 찡그렸다. 이스핀이 다시 말했다.

"저 사람들을 다 어쩐다. 여기서 보니까 거실이 아주 꽉 찼네."

"계속 이러고 있을 순 없잖아. 우리가 간수도 아니고."

"나도 둘까지는 그럴 수도 있다 했는데 다섯 명이 되니까 부담스럽다."

"저대로 놔두고 이따가 잠이라도 자도 되는 건가 모르겠네."

"잠은 나중 일이고 슬슬 배가 고픈데 어쩌지? 우리끼리 먹으러 나갔다 오기도 그렇고, 이 사람들한테 저녁을 해 먹이는 것도 이상하고."

"야, 아무리 그래도 그렇지 사람이 양심 없게……."

배고프다는 말이 뭔가를 건드려서 막시민은 문제를 해결해야겠다는 사명감을 느꼈다. 아래층으로 내려간 그는 깊은 심호흡을 한번 한 다음, 공물선의 귀공자 막시밀리앵 드 플레상스 경으로 돌아가 신뢰감 넘치는 저음과 상류계급다운 발음을 버무려 입을 열었다.

"자, 여러분, 우리 모두가 처한 이 불운한 상황에는 아무래도 약간의 오해가 개재된 것 같습니다. 그러므로 다들 이성을 되찾을 필요가 있겠고, 나 또한 여러분께 몇 가지 점에서 의견을 여쭙고자 합니다. 우선 나는 물론 플레상스 경의 손자가 맞습니다. 하지만 아주 어렸을 때 뵈었을 뿐이라 그분을 잘 안다고 한다면 성실하지 못한 주장이 되겠지요. 또한 제가 이곳에 있는 이유는 여행 도중에 켈티카에 방문하게 되면 할아버지께서 잘 지내고 계신가 살펴보라는 어머니의 충고가 있어서 잠시 들여다보려던 것뿐으로, 그 결과 하필 운명의 장난처럼 여러분과 마주치게 된 것입니다. 그러므로 여러분이 플레상스 경에게 중요한 용건이 있다는 점은 충분히 납득하지만, 그렇다 한들 내게는 그걸 이해할 능력도, 들어줄 재주도 없다는 사실을 이해하시리라 믿습니다. 비록 우리가 첫 만남 당시 의사소통이 원활하지 못해 약간의 충돌이 벌어졌지만 남의 집에 멋대로 들어온 쪽이 더 큰 잘못인가, 들어온 사람을 위협한 쪽이 더 큰 잘못인가 하는 문제는 따지기가 까다롭거니와 더구나 저희 할아버지가 진짜로 실종됐다면, 그 집에 멋대로 침입한 당신들은 집주인의 실종에 책임이 있는 사람들로 보일 가능성을 배제할 수가 없지 않겠습니까? 켈티카 치안대가 그런 판단을 한번 내리고 난 후에는 비록 제 의견이 그와 다르더라도 상황을 바꾸기가 어렵지 않을까요? 여러분과 제가 마음을 터놓고 이야기하더라도 의견 충돌이 생길 가능성이 큰 문제를 켈티카 치안대를 불러 함께 따져보는 것이 과연 좋은 생각일까요? 이 점에 대해 여러분의 의견을 들어보고 싶습니다."

막시민의 짧은 연설은 늘 그렇듯 사실의 교묘한 왜곡을 매끄럽게 막 굴러가는 말재주와 대충 섞은 것이었지만 괜찮은 옷차림과 중저음의 목소리가 상승효과를 이루는 바람에 제법 설득력 있게 들렸다. 비록 친구들이 들었다면 웃음을 참지 못했겠지만 말이다.

또한 막시민이 잘 몰랐던 사실도 도움을 주었다. 켈티카의 치안대는 작은 사건에서 복잡한 잘잘못을 따지는 것을 귀찮아했고, 헷갈린다 싶으면 집주인의 편을 들었으며, 집주인이 귀족일 때는 더더욱 그랬다. 플레상스 경은 귀족인지 아닌지 몰라도 어쨌든 '경'으로 불리니 치안대가 손을 들어주기 좋은 인물일 것이다. 켈티카에 살고 있으니만큼 그런 사실을 잘 아는 사람들이 자기들이 커튼 조각에 묶여 있다는 사실도 깜빡 잊은 채 고개를 끄덕거리고 있는데 그중 체구가 자그마하고 통통한 남자가 말했다.

"당신 말 잘하네. 그렇지만 이 손은 풀어주고 말을 해야 당신 말이 믿어질 것 아니오?"

셋은 곧 풀려났고, 그들은 약간의 토론 끝에 오늘 있었던 일은 플레상스 경의 집 뒷마당에 있다는 감자 움과 대강 맞바꿔서 없었던 것으로 하기로 합의했다. 그중 한 명이 풀려나지 못한 나머지 둘의 거취에 대해서도 의문을 제기했지만 다른 사람도 아닌 데보라가 "우린 그럴 법한 사람"이라고 대꾸해서 더이상의 논란을 막아버렸다.

그렇게 해결되는가 싶었을 때 이름이 베네트라는 통통한 남자가 수상쩍은 미소를 지으며 말했다.

"그런데 말이지, 당신 스스로 아는지 모르겠는데 당신이 말하는 방식이 당신 할아버지하고 아주 많이 비슷하거든요? 난 말이야, 그 사람을 제법 알아요. 우리 아버지가 일을 세 번이나 맡겼으니까. 마음만 먹으면 마법처럼 척척 일을 해결하고 그랬어. 그런 의미에서 혹시 내가 의뢰했던 사건에 대해 한번 들어보시면……."

막시민은 급히 손을 내저었다.

"아, 아니, 아니, 안 됩니다. 그런 거 없습니다. 전 사건을 해결하지 않습니다. 지금 나갈 건지 아닌지나 빨리 말하세요."

"물론 나갈 건데……."

막시민은 친절히 남자를 부축해 일으켜 현관으로 에스코트한 다음 기꺼이 문까지 열어주고 내쫓았다. 그리고 나머지 둘도 주섬주섬 내보낸 다음 문을 닫고는 숨을 크게 들이쉬었다가 이스핀을 봤다.

"우리 아까 자물쇠 주워 왔던가?"

"아니."

막시민은 나가서 자물쇠를, 그러니까 그것의 잔해를 주워서 돌아왔지만 본래도 낡았던 것을 발차기로 분해해버리는 바람에 쉽게 고쳐질 것처럼 보이지 않았다. 막시민은 이런 문제에는 약간의 재주도 없었고, 스스로도 잘 알고 있었으므로 혹시나 하고 이스핀을 불렀다.

"너 이런 거 고칠 줄 알아?"

계단에 한쪽 다리를 걸친 채 서 있던 이스핀은 자물쇠를 건너다보기만 하고는 자신만만한 자세로 제 무릎을 톡톡 쳐 보였다.

"아니, 부술 줄만 아는데."

"둘 다 아주 쓸모가 넘치네."

자물쇠의 잔해를 테이블 구석에 얹어놓고 막시민은 생각에 잠겼다. 이 집에서 오늘 하룻밤이라도 자도 되는 것일까? 잠깐 사이에 빚쟁이인지 뭔지가 다섯 명이나 밀려드는 이런 집에서 자물쇠도 없이 지내야 하다니. 무엇보다 데보라의 말을 믿는다면 빚쟁이보다 더한 자들이 들이닥칠지도 모르고…….

"배고파."

고개를 든 막시민은 어느새 세 번째 계단에 쪼그리고 앉아 턱을 괸 이스핀과 다시 눈이 마주쳤다. 잠시 후, 이스핀이 커다란 눈을 깜빡여 보였다. 마치 주인한테 먹을 것 좀 내놔보라는 고양이처럼.

막시민은 인상을 찡그리며 대꾸하려 했다.

"야, 난들 여기서…… 여기가 내 집도 아니고……."

하지만 조금 전까지 내가 집주인이라고 큰소리를 치고 있었으므로 어딘가 어색한 주장이 되었다. 그때 옆에서 조그맣게 웅얼대는 목소리가 들려왔다. 청어절임이었다.

"저 식재료 어디 있는지 잘 아는데……."

"자랑이다."

막시민이 뇌까리는데 데보라가 자리에서 스르륵 일어나더니 말했다.

"그런 도움이라면 제가 낫지 않을까요? 이미 이렇게 됐는데?"

그러면서 손에 든 크라바트를 손가락에 한 바퀴 휘감아 보였다. 그걸 본 이스핀이 눈을 동그랗게 뜨며 소리쳤다.

"어떻게 풀었지?"

"물론 마법이랍니다. 신사분의 예쁜 크라바트를 찢으면 곤란하잖아요?"

데보라가 막시민에게 한 발짝 다가서서 크라바트를 건넸다. 조금 전까지 세 남자와 실랑이를 벌이는 동안 데보라를 감시하지 못했으니 충분히 일어나고 남을 일이었지만, 그렇다면 데보라는 그 틈을 타 충분히 도망칠 수도 있었을 것이다. 그러지 않고 기다린 것을 보면 역시 도움을 받을 수 있다고 기대한 걸까?

막시민은 그런 생각을 내색하지 않은 채 크라바트를 주머니에 쑤셔박고는 말했다.

"뭘 만들든 너희도 같이 먹어야 된다는 것만 잊지 말고."

"마법사한테는 독약보다 나은 수단이 많답니다."

데보라는 가벼운 손짓만으로 청어절임을 양탄자에서 해방시키더니 부엌 쪽을 가리켰다. 청어절임은 고개를 젓고 바닥에 있는 문짝을 가리켰다. 저거 식료품 창고 맞느냐, 그럼 지하 납골당이겠냐, 그런 얘기를 쑥덕이며 둘이 그 문을 열고 들어가서 뜻밖으로 먹을 만해 보이는 햄 덩어리와 양파 자루, 밀가루, 치즈 따위를 꺼내다 놓고 프라이팬과 접시를 누가 닦을지 실랑이하는 광경을 구경하고 있을 때였다.

똑똑.

아까보다는 점잖은 접근이었지만, 똑같은 용건일 게 틀림없다고 생각한 막시민은 누가 냄새 고약한 요리를 턱밑에 들이민 듯한 표정이 됐다. 이스핀이 계단에서 일어나며 말했다.

"내가 나가서 쫓아버릴까?"

"아니, 넌 절대로 됐어. 그냥 가만히 있어."

막시민은 현관으로 나가서 심호흡을 하며 자신을 절반 정도 공물선의 신사로 되돌리고는 문을 열었다. 그런데 나타난 사람은 얼굴 가득 친절한 미소를 띠고 있는 베네트였다. 저절로 눈썹을 찌푸린 막시민이 물었다.

"왜 또 오신 건데요?"

"그게 말이야, 나한테 좋은 제안이 있거든요. 아, 잠깐, 잠깐만. 일단 들어나 봐요. 잠깐이면 돼! 여기 있으면 앞으로 며칠이고 나 같은 인간들이 몰려와 귀찮게 굴 것 아뇨? 내가 해결할 방법을 갖고 왔거든. 이걸 봐. 일단 이거 받아봐요."

막시민은 베네트 같은 사람을 대충 안다고 생각해왔다. 거래는 붙이고 싸움은 말리랬다는 둥 하며 아무데나 끼어들어 일단 엉덩이를 붙이고 나면 슬슬 딴소리를 하는 부류다. 하지만 베네트가 손에 든 가죽 주머니를 눈앞에다 대고 정신없이 흔들어대는데다 그 안에 돈이라도 든 것처럼 짤랑대는 소리까지 났으므로 그만 본능적으로 건네받고 말았다. 그런 다음 한층 기분이 나빠져서 딱딱하게 물었다.

"이게 뭡니까?"

"열어보라니까?"

베네트가 만면에 커다란 웃음을 띠며 말했다. 처음 봤을 때부터 희극적일 정도로 웃고 있었는데 그보다 더 크게 웃을 수가 있다니…… 하고 생각하며 주머니에 손가락을 넣어 걸리는 것을 끄집어내고 보니 열쇠 한 뭉치가 나왔다. 잠깐 동안 열쇠를 들여다보던 막시민의 눈이 가늘어지며 초점이 열쇠를 떠나 배경, 즉 베네트의 웃고 있는 얼굴에 맞춰졌다.

"그래서, 이건, 뭐냐고요."

"열쇠야! 너 이거 없잖아! 필요하잖아!"

"나한테 없는 건 자물쇠지 열쇠가 아니야! 이제 그만 나가라고!"

막시민이 밀어내려 했지만 베네트는 버티었다. 비록 막시민보다 키는 작았지만 둥그렇고 살집 있는 어깨로 제법 잘 밀어대며 그가 소리쳤다.

"아니, 자물쇠가 없다고 열쇠도 필요 없다니 너 머리 좋은 줄 알았더니 이렇게 말귀를 못 알아들을 수가……."

"뭔 소린지 모르겠지만 알 필요가 없으니까 알고 싶지도 않고……."

"막시민, 잠깐만."

어느새 등뒤로 다가온 이스핀이 손끝을 내밀어 열쇠를 집어 가더니 베네트를 향해 흔들며 물었다.

"그래서 이건 뭘 여는 열쇠인데?"

"물론 자물쇠로 잠긴 곳이지. 다시 말해 문 잠그고 편하게 잘 수 있는 곳 말이야! 너 그거 알아? 지금 플레상스 경의 손자가 집에 돌아왔다는 소문이 시시각각 퍼지고 있어! 좀 있으면 이리로 스무 명쯤 몰려올 게 거의 틀림없거든?"

막시민의 얼굴에 경악이 번져갔다. 뭐, 스무 명?

"그게 무슨 소리야? 플레상스 경 본인도 아니고 손자 놈이 돌아왔다고 해서 저녁이나 해 먹을 시간에 남의 집에 몰려오는 작자들은 대체 뭐하자는 얼간이들인데?"

"그야 물론 온갖 용건이 있겠지만…… 무엇보다 손자라는 사람이 할아버지 못지않은 뛰어난 탐정이라고 소문이 나서가 아닐까?"

베네트가 눈썹을 올렸다 내렸다 하며 뻔뻔스러운 미소를 지었지만 사태를 완화시키기에는 역부족이었다. 막시민은 베네트의 멱살을 잡았다. 베네트는 버티기에 들어갔다. 이스핀은 둘이서 방해 없는 육박전을 벌일 수 있도록 두 사람 사이로 손을 뻗어 열려 있는 현관문을 닫아주었다. 그런데 화가 난 막시민의 얼굴을 보니 어쩐지 웃음을 참기가 힘들었다. 오늘은 왜 이렇게 웃기는 일이 많지?

"이 미친…… 그 소문 네가 퍼뜨렸지!"

베네트는 멱살을 잡힌 채로도 넉살좋은 웃음을 띠며 말했다.

"진정해. 난 그냥 당신을 도와주려고 그런 거야. 그러니까 같이 안전한 새집으로 가자고. 아참, 좋은 데서 저녁도 드시고 말이야. 어이, 거기 나머지 분들도 같이 가도 될 거야. 자리가 넉넉할걸? 물론 나도 안에 들어가본 적은 없지만……."

첫 번째 침입

네냐플 학생들이 모두 떠나가자 근교의 숲과 평원, 헤이마치 마을은 조용해졌다. 방학 때마다 반복되는 일이긴 했지만 이번 방학은 좀 달랐다. 반쯤 죽어가는 표정으로 간식이나 잡화를 사러 오는 연구생이나 조교조차 한 명도 없었다.

물론 교수들은 학교에 남아 있었다. 하지만 마을 사람들이 교수들과 마주칠 일은 학기 중에도 좀처럼 없었다. 교수들이라고 마을에 볼일이 전혀 없지는 않았지만 가벼운 심부름은 학생들한테 맡겼고, 중요한 일일 때는 마법을 쓰면 되었다. 그게 투명화든, 비행 마법이든, 전이 마법이든 사람들이 알아볼 일이 없다는 점에서는 똑같았다.

그러므로 네냐플 교수가 마법을 모르는 사람들과의 시시한 대화를 즐기거나, 근사한 네냐플의 교정을 빙빙 도는 일에 진절머리가 났거나, 산책을 좋아하는 존재를 곁에 두지 않았다면 밖에서 사람들 눈에 띌 일은 없었다. 물론 대부분의 네냐플 교수는 그중 한 가지에도 해당되지 않았다. 네냐플 교수쯤 되면 마법과 무관한 일상사를 이해하는 능력이 크게 부족해지기 마련이었다. 그리고 그들은 네냐플 교정이 아니라 제 방안을 빙빙 돌면서도 머릿속으로 우주나 다름없는 세계를 그리는 능력을 갖고 있었다.

그리고 개를 키우지도 않았다. 오래 살지 못하기 때문이다.

"자, 가자. 어서. 응?"

반면 그 모두에 해당되는 사람도 있었다. 마을 사람들이 가장 쉽게 볼 수 있는 교수, 에반젤린 오스틀리였다. 그녀는 연구 분야의 특성상 대장장이나 목수와 나눌 이야기가 많았다. 그리고 '스노리'라는 이름의 커다란 늑대개 한 마리를 키웠는데 날마다 그 개를 직접 산책시키고 있었다. 또한 개와 함께 같은 길을 수없이 돌았기 때문에 네냐플 교정에는 아주 넌더리가 나 있었다.

오늘 산책은 오래 걸렸다. 스노리는 평소에도 고분고분한 개가 아니었지만 오늘은 그야말로 별별 곳에서 시간을 지체했다. 얼어붙은 흙탕물을 긁어대고, 죽은 나무에 머리를 들이받고, 반쯤 썩은 뭔가를 물어 왔다. 수풀이나 흙 밑에서 찾아낸 죽은 새와 쥐도 십여 마리나 되었다. 그러다 보니 어느새 해질녘이었다.

"얘가 오늘은 왜 이런담."

오스틀리 교수는 개를 좋아하긴 했지만 개의 마음을 세심하게 읽어내는 주인은 아니었다. 그녀도 역시 네냐플 교수였던 것이다. 개와 함께 걷고 있는 동안에도 머릿속으로는 불완전하지만 거대하고 아름다운 구조물을 그려놓고 구석구석 관찰하며 교묘한 연결점을 찾았다. 그런 가운데 개가 끊임없이 생각의 흐름을 끊어놓았지만 화를 내지는 않았다. 그런 식으로 끊겼다 연결됐다 하는 생각은 그녀의 사고방식 자체이기도 했기 때문이다.

"응? 뭐라고?"

오스틀리 교수는 생각에서 깨어나 스노리를 내려다보았다. 개는 교수의 옷자락을 물며 자꾸 어디론가 끌어가려 했다. 하지만 교수는 더이상 길을 돌아가고 싶은 생각이 없었다.

"안 돼. 돌아가야 해. 이젠 시간이 없어."

스노리를 어르고 달래며 마을을 떠나 숲으로 접어든 교수는 며칠 전에 새로 마련한 연구실에 도착했다. 네냐플에서 조금 떨어진 숲속에 지어진, 이른바 '토끼굴'로 불리는 건물이었다.

마을 사람들이 본다면 토끼굴을 건물이라고 생각하지는 않을 것이다. 그곳은 이끼 낀 연갈색 석벽과 회랑, 아치형 입구들로 이뤄진 제법 널찍한 공간이었지만 어디에도 지붕은 없었다. 즉, 겉으로 보기에는 그저 고풍스럽게 낡은 폐허일 뿐이었다. 지하에 만들어진 공간이 넓어서 '토끼굴'이라는 이름만은 제법 잘 어울렸다. 하지만 토끼굴이 그런 이름이 된 이유는 이 건물이 서 있는 숲의 모양이 네냐플 기숙사에서 내려다볼 때 웅크린 토끼 모양이었기 때문이다. 반면 숲은 별다른 이름 없이 그냥 '숲'으로 불렸다.

오리나무 두 그루 사이를 지나 가장 큰 아치를 통과하면 한가운데에 널찍한 직사각형의 구획이 있었고 그곳을 둘러싸는 형태로 작은 구획들이 여럿 있었다. 가운데 구획은 '예배당'이라는 이름으로 불렸다. 정면의 높다란 벽에는 꽃 모양의 둥근 창이 반쯤 부서진 채 걸렸고, 바닥에는 모자이크를 새겼던 흔적이 남아 있었다. 그리고 세월에 마모되긴 했지만 한때는 의자로 쓰였을 법한 길쭉한 돌들이 둥근 창을 바라보는 방향으로 솟아 있었다. 돌은 옮겨놓은 것이 아니라 바닥의 일부여서, 어쩌면 암반 전체를 깎아 내려가 의자 형태만 남겼는지도 모른다는 의혹을 주었다. 그건 상상만으로도 당혹스러운 작업이었기에 그런 일을 하자면 중대한 이유가 있었어야 할 듯했다. 지금은 아무것도 예배하지 않지만 한때는 그랬을는지도 모른다고 생각되는 이유는 그래서였다.

토끼굴은 언제부터인지 모를 시절부터 그곳에 늘 그 모양으로 있었지만 네냐플에 다니고 있어도 그곳에 가본 학생은 드물었다. 어쩌면 알 필요가 없었기 때문일 것이다. 그러나 이번에 네냐플이 폐쇄되고 나자 교수들도 짐을 보관할 공간이 필요해졌다. 그들의 짐이란 때로 매우 값지기도 하고 희귀하기도 하고 위험하기도 했기에, 평범하게 여관 2층 같은 곳에 보관할 순 없었다.

그래서 교수들은 토끼굴에 지붕을 만들어 씌우고 창고로 삼았다. 밖에서 볼 때는 조금도 변화가 없었으므로 투명한 지붕인가 싶겠지만 그건 보안을 위한 눈속임일 뿐, 안으로 들어가면 평범하게 생긴 천장 아래 온갖 짐을 쓸어 담은 나무상자들이 흩어져 있었다. 마치 급하게 이삿짐을 부려놓고 바쁘다는 이유로 며칠째 치우지 않은 듯한 풍경이었지만, 폐허가 고상한 분위기를 내주는 바람에 교수들도 조교들도 못 본 체 슬쩍 넘어갔다. 마음먹고 내부를 정리하기에는 할 일이 너무 많았다.

오스틀리 교수는 오리나무와 첫 번째 아치를 통과하자마자 한 명뿐인 그녀의 연구 보조 학생을 불렀다.

"로젠크란츠!"

예배당의 둥근 창 아래에 놓인 실험용 테이블 앞에서 란지에가 일어섰다. 네냐플의 연구실에 있을 때와 똑같은 모습이라 마치 배경만 다른 걸로 갈아끼운 그림이 아닌가 착각이 들

정도였다. 란지에는 실험대를 돌아 계단 세 개를 내려와 예배당을 가로질러 입구까지 왔다. 오스틀리 교수는 다소 못마땅한 표정으로 그를 바라보고 있다가 말했다.

"그래서, 저녁은 먹었고?"

"네."

"사람 얼굴을 보면서 먹으면 빵이 목구멍으로 안 넘어가지?"

다소 비꼬는 듯한 말을 들으면서도 란지에는 아무렇지도 않게 희미한 미소를 띠며 대꾸했다.

"그런 것 같네요."

오스틀리 교수는 스노리를 묶은 줄을 다짜고짜 란지에의 손에 건넸다. 그리고 말했다.

"개는 좀 낫겠지."

란지에는 개줄을 받긴 했지만 어쩌라는 건가 하는 것처럼 줄과 교수를 번갈아 보았다. 그러더니 말했다.

"개를 돌보면서 일하긴 어려울 것 같은데요."

"돌보긴. 걔한테 널 돌보라고 한 거야."

"교수님께서 원하신다면 돌아오실 때까지 안에 두겠습니다."

"세 시간 정도만 있으면 돌아올 거야. 그렇지만 역시 같이 가는 편이 낫지 않겠니? 여길 봐라. 이 음산한 데서 정말로 혼자 있고 싶단 말이냐?"

란지에는 예의상 그러는 것처럼 주위를 한번 둘러보더니

말했다.

"괜찮은데요."

오스틀리 교수는 망토를 펄럭이며 도로 입구로 나가면서 일부러 들으라는 듯 중얼거렸다.

"정말이지 두 손 두 발 다 들었다."

오스틀리 교수를 비롯한 네냐플의 교수들은 그날 밤 심볼리온에서 온 마법사들을 만나야 했다. 무척 재미없는 회의가 될 게 뻔하니 연구 보조 학생에 불과한 란지에가 그곳에 가야 할 이유는 없었다. 물론 간다 해도 실제로 회의에 참석하는 것이 아니라 회의실에 딸린 보조실에서 다른 조교들과 저녁이나 먹고 잡담이나 하며 한가롭게 시간을 보내다가 돌아오게 될 것이다. 조교들 역시 그곳에 가야 할 이유는 없었지만 아늑함이라고는 토끼똥만큼도 찾아보기 어려운 토끼굴에서 차가운 샌드위치나 먹으며 여기저기 앉아 있기보다 이왕이면 따뜻한 음식도 먹고 푹신한 소파에서 뒹굴다가 오는 편이 훨씬 좋았으므로 다들 기꺼이 가는 쪽을 선택했다. 어차피 교수와 한방에 있어야 하는 것도 아니니까.

그렇게 해서 모든 교수들과 조교들이 자리를 비우게 된 토끼굴은 유령이라도 나올 법한 폐허로 보였다. 해가 들 때는 고대의 발라드에 곧잘 등장하는 신비로운 장소로 상상해볼 수도 있겠지만 사람 한 명 없고 해마저 저문 겨울밤에 혼자 이곳에서 세 시간을 보내려는 인간의 머릿속은 네냐플 교수도 이해하기 어려웠다.

발소리가 사라지고 나자 란지에는 스노리를 내려다보았다. 스노리도 란지에를 올려다보고 있었다. 란지에는 개의 눈을 잠시 들여다보다가 쓴웃음을 지으며 말했다.

"그래, 넌 좀 괜찮지."

이어 고개를 갸우뚱하게 기울이더니 말했다.

"편하게 있고 싶지?"

그러면서 목줄을 풀어주었다. 오스틀리 교수가 나가며 토끼굴 전체에 걸린 보안 마법을 활성화했을 테니 누군가가 갑자기 안에 들어올 염려는 없었다. 개가 멋대로 튀어나가지도 못할 것이다. 늑대와 셰퍼드 사이에서 태어난 스노리는 겉모습이 늑대에 가까운데다 눈매가 매서워서 먼발치에서 마주쳐도 겁에 질리는 사람들이 많았다. 그래서 오스틀리 교수도 늘 목줄을 매어 산책을 다녔다. 란지에도 처음에는 이 개 곁에 다가가기가 쉽지 않았다. 하지만 익숙해지고 보니 스노리는 마치 생각 많은 사람 같은 개였다. 사람들과 쉽게 친해지지도 않았고, 쉽게 공격적으로 행동하지도 않았다.

스노리는 자유로워지자 멋대로 내부를 돌아다니며 냄새를 맡기 시작했다. 란지에는 실험대 앞으로 돌아갔다. 현재 교수들의 연구는 모두 멈춘 상태여서 다른 조교들은 아무도 실험

같은 것을 진행하지 않았다. 네냐플에서 나온 물건들을 정화하는 일로도 하루하루가 벅찼다.

하지만 란지에는 조교도 아니고 마법도 잘 모르니 네냐플에 가서 할 일이 없었다. 그래서 사실상 토끼굴의 상근 학생이 되어가는 중이었다. 상근이라 해서 크게 할 일이 있지는 않고 밖에 나갔다가 들어온 교수나 조교들이 누가 언제 왔다 갔는지 따위를 물어볼 때 대답해주면 되었다. 오래 머물다 보니 토끼굴에 설치된 이런저런 주문들에 대해서도, 그리고 이곳에 뒤죽박죽으로 놓인 물건들 중 어떤 것이 위험하고 어떤 것이 별것 아닌 잡동사니인지도 잘 알게 되었다.

불평불만이 일상이 되고도 남을 이런 상황에서도 란지에는 잡담을 즐기지 않았다. 어차피 다른 할 일이 없다는 이유로 하던 연구를 계속하는 이유도 틀림없이 대화를 피하기가 편리해서일 것이다. 실험대 위에는 필멸의 땅에서 가져온 1507번 유물이 놓여 있었다. 오스틀리 교수가 관심을 갖는 기계 형태의 유물에 한해 붙이는 번호였다. 1507번의 형태는 서른여덟 개의 조각을 대강 맞춰본 결과 권총을 길게 늘린 것처럼 생겨서 '장총'이라고 부르면 알맞을 듯한 모양이었다. 물론 그런 말은 없지만.

란지에도 오스틀리 교수의 연구실에 있으면서 가나폴리 사람들이 생각보다 많은 기계를 사용했음을 알게 되었다. 그러나 그들의 기계에는 오늘날의 사람들이 정체를 모르는 구성품이 있었던 모양으로, 모든 유물에서 흔적도 없이 사라져버렸다. 그래서 형태가 제법 훌륭하게 남아 있는 경우에도 결국 작동시킬 방법이 없었다. 오스틀리 교수의 가장 큰 연구 목표는 이러한 유물들을 비교 분석해 문제의 구성품이 무엇인지 알아내는 것이었다.

권총은 그나마 드물게 일찌감치 작동 원리가 규명된 경우였고, 그래서 예로부터 세공사들에게 인기를 끌기도 했지만 결국 어떤 것도 제대로 발사시킬 수는 없었다. 고작 향수를 뿌리거나 가벼운 장난감이 튀어나오게 하는 정도가 고작이었다.

란지에는 다시 핀셋을 들고 유물을 한 조각씩 배열하는 일에 몰두했다. 배열이 끝나면 스케치를 하게 될 것이다. 스노리는 여전히 한번 짖지도 않고 토끼굴 곳곳을 탐구하고 있었다. 그렇게 한 시간여가 지났을 무렵, 문득 고개를 들고 보니 아치 형태의 입구 너머로 소리 없이 눈이 내리는 것이 보였다.

실내는 교수들이 걸어놓은 온도 조절 마법 덕택에 춥지는 않았지만 너무 고요한 나머지 저도 모르게 몸이 오싹해졌다. 란지에는 그런 기분을 떨치려 노력하지 않았다. 고요는 그에게 자신이 어디에도 존재하지 않는, 투명한 그림자가 된 것 같은 기분을 가져다주었다. 그건 기묘하게 평화로운 느낌이기도 했다.

잠시 동안 그렇게 손을 내리고 조용하게, 꼼짝도 하지 않고 예배당의 돌의자들을 바라보았다. 문득 손에서 힘이 빠지며 오른손에 쥔 핀셋이 미끄러져 떨어졌다.

툭.

그와 함께 귓가에 낯선 소리가 들렸다. 스윽, 하고 뭔가를 미는 듯한 소리였다. 돌바닥에 배를 쓸며 기어가는 소리 같기도 했다. 단 한 번 나고 다시 나지 않자 란지에는 개를 불렀다.

"스노리?"

대답이 없었다. 란지에는 일어났다. 개가 돌아다니다가 어딘가에 갇혔을지도 모른다는 생각이 들었다. 토끼굴에는 지하가 있었다. 입구는 막아놓았다지만 이름처럼 어딘가에 다른 출입구가 있을지도 모르는 일이었다.

"스노리!"

대답이 없었다. 란지에는 개를 찾아야겠다고 생각하며 예배당으로 내려왔다. 예배당을 한 바퀴 돌았지만 스노리의 모습은 보이지 않았다. 다른 구획들을 둘러봐야 할 듯했다. 개를 찾아낼 책임은 자신에게 있었다. 자신이 목줄을 풀어주었으므로.

"스노리!"

작은 아치들을 통과하고 상자들을 빙빙 돌아가며 동쪽 구획 맨 끄트머리까지 갔지만 개는 여전히 보이지 않았다. 불러도 대답 또한 없었다. 슬슬 걱정이 되었다. 서쪽 구획을 살펴보기 위해 반대쪽으로 돌아 나와 예배당으로 나가려던 참이었다. 어느 상자 더미 뒤에서 마치 유령처럼 스노리가 나타났다.

"아, 있었구나."

반가운 나머지 저절로 안도의 한숨이 나왔다. 그런데 스노리가 다가오더니 란지에의 옷깃을 물고 옆 구획으로 잡아당겼다. 이쪽으로 오라는 것처럼. 란지에는 당황한 채로 몇 걸음 끌려다가다 개를 붙들며 물었다.

"왜 그래?"

그리고 흠칫 놀랐다. 스노리는 떨고 있었다. 뭔가에 놀랐을까? 란지에는 개를 달랠 셈으로 바닥에 앉았다. 그때였다.

스스스스스…….

갑자기 소리가 밀어닥쳤다. 조금 전과는 달랐다. 사방에서, 마치 잔물결이 밀려들듯 소리의 물결이 밀려들어 굉음에 가깝게 커졌다. 란지에는 그 자리에 굳어진 채로 눈을 크게 뜨고 있었다. 본능적인 공포를 떨치고 소음 속에서 맑은 생각을 해내기까지는 잠깐 시간이 걸렸다.

오래 걸리지는 않았다. 판단력을 되찾자마자 그는 빠르게 침착해졌다. 그는 네냐플에 들어오기 전에 하던 일 때문인지 마법의 초현실적인 면모에 잘 경도되지 않았다. 마법은 자연처럼 단지 현상이었다. 이해하지 못하기 때문에 두렵게 보일 뿐이다.

이곳에 걸린 보안 마법은 레오멘티스 교수의 것이다. 전 대륙에서 이걸 깨뜨릴 마법사는 사실상 없다. 즉, 누구도 안으로 들어오지는 못한다. 그렇다면 이 소리는 뭔가가 오작동한 결과일 가능성이 크다.

개가 뭔가를 건드렸을지도 모른다. 이곳은 여러 사람이 공동으로 사용하고 있어서 상황에 따라 주문을 활성화하거나 비활성화할 수 있도록 스위치가 만들어져 있었다. 란지에가 알기로는 입구, 그리고 둥근 창 아래쪽에 있었다. 그 외에 어딘가에 또 만들어두었을까? 그걸 개가 건드리기라도 했을까? 설마 교수들이 그렇게 허술하게 스위치를 내버려뒀을 것 같지는 않지만…….

그때 소음이 썰물처럼 사라지기 시작했다. 란지에는 안도하는 대신 주의깊게 귀를 기울여 소리가 사라져가는 방향을 감지했다. 서쪽 구획 중 하나, 교수들의 상자가 여럿 쌓여 있는 쪽이었다. 란지에는 내려가 상자들을 살폈다. 그리고 그중 한 상자의 표면 전체에 미세한 금이 번져 있는 것을 발견했다. 오스틀리 교수의 상자 중 하나다.

상자를 열어서 확인해봐야겠다는 생각이 들었다. 하지만 그것은 하필 맨 밑의 상자로, 위에 육중한 상자가 두 개나 쌓여 있었다. 물론 무게 때문에 금이 갔을 수도 있겠지만 나무로 된 상자에 이런 형태로 금이 간 건 본 적이 없었다. 마치 도자기 표면의 유약이 터져 생기는 유빙렬에 가까운 실금이었다.

란지에는 둥근 창 아래로 돌아갔다. 창 아래에는 임시로 만든 커다란 서랍장이 있었다. 네냐플에는 본래 훌륭한 가구가 많았지만 어떤 물건이든 정화를 거쳐야 가지고 나올 수 있는 상황에서 서랍장 같은 가구에까지 낭비할 마력은 없었다.

란지에는 상근답게 이 안에 든 것들을 잘 알고 있었다. 먼저 맨 아래 서랍을 열자 온갖 공구가 보였다. 그 속에서 길쭉한 못뽑이를 찾아내어 허리띠에 꽂았다. 이어 맨 위의 뚜껑을 젖히자 안에는 무슨 기준인가 싶을 정도로 가지각색의 물건들이 나란히 줄지어 놓여 있었다. 막대, 짧은 마법 지팡이, 장갑, 안경, 구슬, 펜, 나무 인형, 사슬, 책, 양피지 두루마리. 교수들이 급한 상황에서 사용 가능한 실용적 마법을 압축해놓은 물건들이었다. 물건의 종류는 각 교수의 취향을 반영했다.

란지에는 그중에서 무거운 것을 옮길 때 쓰는 거중擧重 마법을 넣어둔 직각 형태의 쇠자를 집어 들고 상자 앞으로 돌아갔다. 옮기려는 상자에 자를 잠시 접촉시킨 채 기다리자 그 안에 든 마법이 활성화되며 금속 표면에 희미한 빛이 흐르기 시작했다. 비록 자 안에 주문이 압축되어 있다지만 시전자의 집중도 필요했기에 란지에는 한참 동안 상자를 주시하다가 몇 걸음 물러났다. 그리고 손에 쥔 자를 조심스럽게 움직여 상자를 허공에 띄웠다.

상자는 느리게, 예배당 중심부를 가로질러 맞은편 구획으로 갔다. 내려놓을 때 더 고도의 주의가 필요했다. 안에 든 물건들을 파손시키면 곤란하다. 그런 식으로 두 개의 상자를 치우고 나자 이마에 땀이 맺히고 팔과 어깨가 뻐근하게 아팠다. 아마 집중하느라 저도 모르게 팔에 너무 힘을 주었을 것이다. 그럴 필요가 없다는 걸 알지만 아직은 힘을 빼기가 쉽지 않았다.

소매로 땀을 닦아내고, 손목을 몇 번 흔들어 풀면서 문제의 상자로 다가갔다. 못뽑이를 쥐고 뚜껑을 봉한 못을 하나씩 뜯어냈다. 이어 뚜껑을 치우고 안을 들여다본 란지에는 흠칫 놀랐다가 미간을 찡그렸다. 안에 들어 있던 물건들은 주로 개인 사물이었는데 겉 상자와 똑같은 실금이 번져 있었고, 사방 벽으로 일제히 밀려나 있었다. 그런데 한가운데에 작고 납작한 청록색 상자 하나만이 아무런 변화도 없이 조용히 놓여 있었다.

이 상자가 뭐였지?

란지에가 상자를 향해 막 손을 뻗었을 때였다. 갑자기 개 짖는 소리가 울려 퍼졌다.

컹! 컹컹!

예배당의 넓은 천장이 날카롭게 울리도록 짖으며 달려온 스노리가 란지에와 상자 사이로 뛰어들었다. 스노리는 란지에를 상자로부터 떼어놓으려 한 듯했지만, 개의 힘에 밀려 몸이 젖혀지며 란지에는 그만 넘어지고 말았다. 중심을 잡으려고 부지불식간에 왼손을 바닥에 짚는 순간 칼에 찔리기라도 한 듯한 표정이 파르르 번졌다. 저도 모르게 눈을 꽉 감으며 이를 악물었다. 그는 본래 왼손을 사용하지 못했다. 오스틀리 교수가 만들어준 장갑 덕택에 큰 힘을 쓰지 않아도 되는 조작은 가능해졌지만 갑작스러운 충격을 견딜 준비는 되어 있지 않았다.

"흡……."

간신히 눈을 뜨자 상자 너머의 벽에 흐릿한 검은 점이 나타나 있었다. 그건 마치 비현실적으로 벽 위에 떠 있는 그림 같았다. 찡그린 채로 쏘아보는 동안 점은 점점 커지고, 짙어지고, 두께와 질감을 띠었다. 그러더니 거무스레한 연기가 흘러나왔다. 상자를 향해 뻗어왔다.

"멀리 가. 어서."

란지에는 개를 밀어내면서 자신도 느리게 몸을 끌며 일어났다. 아직도 눈을 제대로 뜨기가 힘들었고 왼팔도 덜덜 떨렸다. 망가진 인형처럼 한쪽 팔을 축 늘어뜨린 채로 바르게 섰다. 그리고 생각을 가다듬었다. 오른손은 멀쩡하다. 머릿속도. 그거면 충분해. 눈과 입술에 힘을 주며 그는 애써 또렷한 표정을 만들어냈다.

판단력은 빠르게 돌아왔다. 인정하기에 괴로운 사실이었지만 인간성을 유지하기 힘든 순간에 빠졌던 몇 번의 경험 때문에 그는 어려운 상황일수록, 그리고 신체적 고통이 심할수록 명료하게 핵심을 짚는 능력을 갖게 되었다. 가장 중요한 것 하나를 지키려면 나머지는 망설임 없이 내버려야 한다. 그 생각이 떠오르면 모든 것이 회색 돌덩이처럼 보였다. 자기 자신조차도.

저 검은 점이 무엇이든, 레오멘티스 교수의 강력한 보안 마법을 뚫고 들어오려 하고 있다. 어째서 그럴 수 있는지는 모른다. 알아낼 방법도 없다. 막을 방법도 없다. 그렇다면 자신이 할 수 있는 일은 보안 마법에 강한 충격을 가해 시전자에게 신호를 보내는 것뿐이다. 마법사가 걸어놓은 채 거두지 않은 주문은 마법사의 정신과 약하게든 강하게든 연결되어 있으니까.

란지에는 청록색 상자를 뒷주머니에 넣고 허리띠에 끼워두었던 쇠자를 꺼내 들었다. 천천히 뒷걸음질치면서 쇠자를 이용해 상자를 허공에 띄웠다. 입술을 잠시 깨물었다가 힘주어 벽에 들이받았다.

콰쾅!

이미 금이 가 있었기 때문인지, 아니면 보안 마법이 준 충격 때문인지 상자는 마치 폭발한 것처럼 산산이 부서졌다. 그 안에 들어 있던 물건들도 함께 박살나서 우박처럼 떨어져 굴렀다. 란지에는 상자 안에서 봤던 것들 중 아주 중요한 물건은 없었다고 자의적 판단을 내렸다. 오스틀리 교수가 사랑하는 나사와 너트 컬렉션이 흩어져 있긴 하지만 어쩔 수 없는 일이었으니까 납득해줄 것이다. 안 해주면…… 할 수 없지.

동시에 토끼굴 전체를 그물처럼 뒤덮은 보안 마법 전체에 진동이 번져갔다. 건물 전체가 속이 텅 빈 관처럼 한동안 울렸다. 이 정도면 충분할까? 그건 모를 일이다.

모르니까 한 번 더 하는 게 좋겠지.

가까운 상자를 아무것이나 택했다. 안에 누군가의 소중한 물건이 들어 있든 말든 보안 마법이 침탈당한 이 상황과 비길 것은 아니었다. 상자를 띄워 한 개 더 박살냈을 때, 진동과 함께 소음이 다시 들려오기 시작했다. 처음엔 희미하게 밀려오는 듯하다가 금세 소나기처럼 커지며 귓전을 두드렸다. 하지만 이번에는 당황하지도 않고 란지에는 소음이 검은 점 쪽에서 오고 있는지 귀를 기울였다. 예상이 맞았다.

스며든 검은 연기는 흩어진 잡동사니 위로 낮게 퍼져 있었다. 뭔가를 찾으려는 것처럼. 찾는 것이 있다면 이것일 것이다. 란지에는 손을 뒤쪽으로 가져가 상자를 잡았다. 그리고 문득 기억해냈다. 이 안에 든 것을.

막시민의 권총이다. 그 초코 시럽을 뿌린…… 초코는 아니지만.

그날의 우스꽝스러운 대화가 떠오르자 인간성 일부가 되살아나 집중을 흐트러뜨렸다. 투명한 그림자 같던 자신에게 중력이 돌아오는 느낌이었다. 그사이 팔의 통증도 거의 사라져 있었다. 손을 조금 움직여보았다.

소음은 다시 사라졌다. 대신 여기저기에서 찰칵거리거나 탁탁거리는 소리가 울렸다. 온갖 상자 속에서 나고 있었다. 수많은 물건들이 누군가가 흔들어대는 것처럼 요동쳤다. 이러다가 뭔가가 폭발하는 건 아닐까?

란지에는 예배당 중심 쪽으로 물러나다가 문득 검은 연기를 보았다. 바닥에 깔려 있던 그것이 뭉쳐지며 솟아오르고 있었다. 금세 그의 키보다도 더 커졌다. 하지만 형태나 윤곽은 없는 그저 덩어리였다. 그런데도 단순한 물질이 아니라 의식이 있는 존재라는 느낌이 들었다.

저것이 이 상자 속의 권총을 노리는 것이 맞는다면 이쪽으로 올 것이다. 다시 소음이 솟아오른다. 한층 커진 채로 밀려온다. 사방이 뱀으로 가득찬 것처럼, 마치 뱀 우리에 갇힌 것처럼 소음에 갇혔다. 란지에는 상자를 잡은 채 연기를 쏘아보고 있었다. 인간으로서 당연히 느껴야 할 두려움이 망가진 권총처럼 잘 작동하지 않았다. 그저 무표정하게 생각했다. 저것이 자신을 죽인다면, 그전에 할 수 있는 최선은 뭘까.

보안 마법을 건드려서 교수들에게 신호하는 것보다 더 나은 방법이 떠오른 것은 그때였다.

뒷걸음질로 물러나 원하는 위치로 갔다. 바닥에 푸르스름한 마름모꼴 무늬가 흐릿하게 남은 자리였다. 그 자리에서 둥근 창 쪽을 보며 거리를 가늠해보았다. 창 아래 벽감 속에 수정 유리로 만든 레버 네 개가 잘 보였다. 유리 안에는 수은이 들어 있다. 평소에는 위험해서 손으로 잡아야 하는 물건에는 수은을 쓰지 않지만 지금은 급하니까, 그리고 교수나 조교들은 충분히 조심할 테니까 저런 재료를 썼을 것이다. 본래 수은은 마력을 매우 잘 머금는 물질이었다.

란지에는 레버 네 개의 용도를 정확히 알고 있었다. 첫 번째는 보안, 두 번째는 빛 조절, 세 번째는 온도 조절, 그리고 네 번째는…….

모험을 하기 전에는 시험을 해봐야 했다. 란지에는 허리띠에서 쇠자를 꺼내 레버 쪽을 가리킨 채 신경을 집중했다. 너무 세게 힘을 가하면 레버가 깨지고 수은이 흐르게 된다. 반면 레버 자체는 제법 묵직해서 손가락 한두 개로는 눌리지 않았다. 그러므로 상자를 바닥에 내려놓을 때처럼 가볍게, 그러나 단호한 힘을 실어 눌러야 했다.

"……."

마침내 목표로 했던 세 번째 레버가 툭 하고 내려가는 것이 보였다. 낮은 한숨을 내쉬는데 갑자기 뛰어나온 스노리가 뭔가를 향해 달려들었다.

컹!

란지에가 레버에 집중하는 사이 검은 연기는 어느새 서너 걸음 떨어진 곳까지 다가와 있었다. 이어 갑자기 천장에 닿도록 부풀어올랐다. 개가 연기를 붙들지는 못할 거라 생각했는데, 아니었다. 그건 연기로 가장한 실체였다. 늑대개인 스노리가 달려들어 밀치면 웬만한 사람은 서 있지도 못한다. 그러나 그것은 조금 밀려나기만 하더니 스노리의 목을 휘감았다. 그리고 졸랐다. 허공에 매달린 개가 발버둥치는 것이 보였다.

"……."

란지에의 미간에 힘이 들어갔다. 이 개를 열렬히 사랑한 적은 없었다. 스노리는 물론 좋은 개였지만 어린시절의 괴로운 기억 때문에 개를 사랑하기가 쉽지 않았다. 하지만 짐승을 괴롭히는 행동의 비열함만은 참기가 힘들었다.

그때 그것이 란지에를 향해 몸을 돌렸다. 형태가 없는데도 그렇다는 것이 느껴졌다. 존재하지 않는 얼굴이 란지에를 보았다. 존재하지 않는 눈이 불타고 있었다. 존재하지 않는 손이 목을 조르는 듯했다. 존재하지 않는 목소리가 명령했다.

너는 두려움에 압도되리라고. 고대의 마법은 평범한 인간의 정신을 태워버리리라고.

하지만 그 존재는 상대를 잘못 골랐다. 지금의 란지에는 공포를 사실상 느끼지 못했다. 그리고 그는 평소에도 초자연적인 현상을 바라보는 시선이 해부학자에 가까운 사람이었다. 그에게는 마법보다 인간 세계가 무한히 더 거대한 비밀이었다. 불가해한 존재란 아직 해석이 덜 된 것뿐이다. 계속해서 알아가면 될 일인데, 모른다고 두려워하겠는가?

란지에는 연기를 침착하게 쏘아보며, 왼손에 청록색 상자를 쥐고 내밀었다.

"이걸 갖고 싶나?"

그러더니 상자를 마름모꼴 위로 던졌다. 검은 연기가 스노리를 던지듯 놓아버리고 작은 먹구름처럼 이쪽으로 몰려오는 것을 보았다. 연기가 상자를 뒤덮고 검은 공처럼 변했을 때 란지에는 오른손에 들고 있던 쇠자를 레버를 향해 뻗었다. 서서히…… 누른다.

네 번째 레버가 쑥 내려갔다. 동시에 검은 연기도, 상자도 그 자리에서 사라져버렸다.

란지에는 쇠자를 떨어뜨리고 스노리에게 달려가 무릎을 꿇었다. 개의 얼굴을 들여다보고 목덜미에 손을 넣어 맥박을 확인했다. 살아 있었다. 숨을 가쁘게 쉬고 있었지만 무사했다.

안도의 한숨이 흘러나오면서 그제야 최면 같던 긴장 상태가 깨어졌다. 그는 어색한, 마치 통증을 참는 것 같은 표정으로 미소를 지으며 말했다.

"괜찮아. 이제 끝났어."

그리고 왼손에 낀 장갑의 버클을 풀고 틈새에 끼워놓은 권총을 꺼냈다. 검은 연기가 스노리를 붙들고 있을 때 상자에서 꺼내서 왼손에 낀 장갑 속으로 밀어넣어 감췄던 것이다. 장갑의 성질도 마력 차폐 상자와 똑같다는 것이 권총의 존재를 숨기는 데 도움이 되었다. 그래도 혹시나 싶어 끝까지 속이기 위해 상자도 왼손으로 던졌다. 위험천만한 도박이었지만, 정체불명의 존재가 이것을 노려 보안 마법까지 뚫고 침입했는데 순순히 넘겨주겠는가?

이윽고 침착함을 되찾은 란지에가 권총의 노리쇠에 손가락을 넣고 잡아보더니 중얼거렸다.

"20만 엘소짜리가 맞는 모양인데."

네 번째 레버는 해당 위치에 선 물건이나 사람을 네냐플 안의 정화 체임버로 보내주는 순간 이동 장치였다. 그리고 정화 체임버는 사실상 밀폐된 금고나 다를 바 없었다. 이 시각 모든 사람들은 심볼리온의 회의에 갔으니 누가 그곳에 남아 있다가 사고를 당할 가능성도 없었다.

만일 저 존재가 정화 체임버마저 탈출한다 해도 네냐플 또한 지금은 거대한 감옥이었다. 정화가 끝나기 전에는 무엇도 네냐플에서 나가지 못한다. 그리고 교수들은 네냐플에 뭔가 낯선 힘이 나타났음을 즉시 알아차릴 것이다.

스노리가 조금 기운을 차리고 란지에의 손을 핥았다. 란지에도 개의 목덜미를 쓸어주었다. 흥분이 가시자 이상하게 온몸이 떨리기 시작했다. 온몸이 차가웠다. 뒤늦게 몸이 두려움을 깨닫고 공황이 찾아오기라도 한 것처럼.

하지만 조금 생각해보니 이상할 것이 없었다. 온도 조절 레버를 내려버렸던 것이다.

살롱의 귀부인

켈티카에서 '동안東岸'이란 블루엣 강의 동남쪽을 뜻하는 말이었으나 그보다 자주 쓰이는 다른 의미도 있었다. 구왕국 시절에도 그곳에는 귀족들의 저택이 많았지만 공화국이 무너진 후 돌아온 귀족들은 끔찍한 시절을 이겨낸 자신들을 연민하느라 날마다 모임을 열었고, 공화파를 욕하거나 혼란기에 벌어진 우스꽝스러운 사건이며 몰락 귀족들의 추태를 떠들다 보면 하루해가 모자랐다. 그렇게 할말이 많으니 관계는 자연히 돈독해졌고 어느새 동안은 '켈티카 사교계'와 동의어로 바뀌어갔다.

동안의 사교계에는 뿌리깊은 가문들과 새롭게 부상한 신흥 귀족들이 골고루 섞여 있었다. 전통적인 귀족들의 영향력이 여전히 강했지만, 새 귀족들이 가져오는 유행에도 민감한 곳이었다. 이국적인 문물이나 신기술을 적용한 장난감은 늘 관심을 끌었다. 그렇다 보니 사교계에서 인기를 얻어보려는 마음에서 신기한 것을 수집하다가 지나치게 탐닉하게 되고, 그러다가 뜻밖의 사고를 당하는 자들도 있었다. 이 년 전, '오토마톤'으로 불리는 수공예품을 수집했던 펠그레이브 남작도 그런 경우였다.

오토마톤은 대략 오륙십 년 전에 큰 인기를 끌었던, 태엽을 비롯한 구동계를 이용해 저절로 움직이게 만든 장난감이었다. 춤을 추고 편지를 쓰고 인사를 하는 등 정해진 동작을 되풀이하는 인형들이 가장 많았고 자동 피아노 등의 악기도 만들어졌다고 했다. 처음에는 저절로 움직인다는 것만으로도 큰 흥미를 끌어 가문마다 새 오토마톤을 갖추고 자랑하는 경쟁이 붙었다. 하지만 유행 막바지에는 조금 소름 끼치는 방향으로 발전했다. 죽은 사람이나 동물을 재현하기 시작했던 것이다.

어떤 사람은 죽은 딸 모습의 오토마톤에 딸의 옷을 입히고 죽기 전에 잘랐던 머리카락마저 붙여 방안에 앉아 그림을 그리고 있도록 했다. 어떤 사람은 죽은 개를 닮게 만든 오토마톤을 데리고 정원을 산책했다. 이런 것들은 모델을 닮도록 정교하게 만들어야 했으므로 시간과 노력이 많이 들었거니와 아주 비쌌는데 장인들의 수효는 한정되어 있었으므로 가벼운 여흥으로 만들어지는 오토마톤은 점차 사라졌다. 결정적으로 왕정이 무너졌을 때 이러한 값비싼 취미는 대부분 수요를 잃어버렸다.

왕정복고 이후 부유한 수집가들이 다시 오토마톤을 찾았지만 공화정 시절에 공방들이 문을 닫는 바람에 기술의 명맥이 끊겨서 지금 나오는 것은 예전만 못하다고 했다. 호황기의 사람들은 밝은 분위기를 선호해서 구왕국 막바지에 다투어 사람을 복제했던 섬뜩한 인형들은 기술적으로 뛰어나더라도 인기가 덜했다. 반면 일찍이 만들어진 재치 있고 유머러스한 오토마톤은 천정부지로 값이 치솟았다.

펠그레이브 남작은 오토마톤을 좋아해 백여 개나 모았다. 그러느라 물려받은 가산을 상당히 탕진했을 정도였다. 그의 수집품 중에는 사람들이 그리 좋아하지 않는 음산한 인형들도 제법 있었다. 그의 수집품을 구경할 기회가 있었던 사람들은 주인 앞에서는 감탄했지만, 다른 곳에서는 '인형들이 꼭 귀신 들린 것 같다', '남작도 약간 미친 것 같다'며 수군대곤 했다. 움직이는 인형과 대화를 나눈다는 둥 괴상한 소문도 돌아다녔다.

어느 날, 남작은 오토마톤을 모아둔 전시실에서 시체로 발견되었다. 사인은 불분명했다. 의사는 얼굴 상태를 보건대 호흡곤란으로 죽었을 거라고 했는데 목을 조른 흔적 같은 것은 없었다. 심장마비가 아니냐고도 했지만 죽고 나서 하루가 꼬박 흐른 뒤에 발견된지라 그것도 확실치 않았다.

시체를 발견한 하인의 말에 따르면 남작은 제 전시실에 바른 자세로 누워 있어서 마치 자다가 숨진 것 같았다고 했다. 하지만 침대도 아닌 전시실 복도에 누워서 잤다는 것도 말이 되지 않았다. 전시실은 남작이 평소 관리하던 모습 그대로 바깥쪽에서 잠겨 있었다. 그래서 시체를 발견하는 데도 그렇게 오래 걸렸다.

사람들은 인형이 남작을 죽였을 거라는 소문을 내기 시작했다. 아무런 근거는 없었고 그 이야기가 순전히 흥미로웠기 때문이다. 오토마톤 인형에 혼이 깃들어 남작과 사랑에 빠지는 바람에 영혼을 거둬 갔다든가, 남작이 인형에게 무례한 짓을 하려 하자 인형이 분노해서 살해하고 말았다든가, 남작이 인형과 영원히 함께하기 위해 자신의 영혼도 인형에 이식했다든가 하는 온갖 창의적인 이야기가 탄생했지만 대부분의 사람들이 코웃음을 치며 무시할 만한 괴담일 뿐이었다. 하지만 그럼에도 불구하고 괴담은 쉽사리 사라지지 않았다. 다시 말하지만, 순전히 흥미로웠기 때문이다. 남작이 배우자도 애인도 없이 혼자 살며 오토마톤에만 몰두해온 다소 편벽한 인물이었다는 것도 그런 소문에 땔감을 더해주었다.

남작의 죽음이 기괴한 얘깃거리로 변해가는 동안 살인자를 찾는 문제는 뒷전이 되었고 마침내 켈티카 치안청의 수사도 끝나버리고 말았다. 부모도 예전에 죽은 뒤였고 이렇다 할 유족도 없었으므로 상속인이 된 먼 친척은 그저 남작의 재산을 물려받는 일에만 관심을 쏟았다. 그리고 상속이 마무리되자 남작의 수집품 대부분을 골동품 시장에 팔아넘겼다.

그러므로 남작이 죽은 그날 밤, 남작 혼자만이 열쇠를 잠그고 관리하던 전시실 안의 백여 점의 오토마톤 중 자그마한 것 몇 점이 사라졌음을 알아챈 사람은 아무도 없었다.

"펠그레이브 남작 사건 기억나시죠? 인형하고 사랑에 빠져서 영혼이 인형에 들어갔다고들 그랬잖아요. 사실 그런 이유가 아니고는 인형 앞에 가만히 누운 채로 혼이 빠져나간다는 것은 있을 수가 없는 일이죠."

"저도 그 얘길 듣긴 했는데, 그냥 심장마비였겠죠. 한밤중에 혼자서 오토마톤 인형에 둘러싸여 있다가 인형이 갑자기 덜컥 움직이면 저라도 심장마비 걸릴 것 같은데, 아닌가요?"

"그거야 인형을 무서워하는 사람들 얘기고, 남작은 인형을 좋아했잖아요. 그런데 왜 심장마비에 걸려요?"

"에이, 무슨 소리들을 하십니까? 그런 소문을 믿으세요? 그건 누가 봐도 유산을 노린 범죄예요. 상속을 받았다는 시골 출신 친척이 수사가 끝나자마자 오토마톤을 다 팔아넘겼다잖아요. 틀림없이 증거를 없애려고 그런 겁니다."

최근 동안에서 가장 인기가 높은 살롱 중 하나인 슈니발트 백작의 저택 2층에는 그날도 스물 몇 명의 젊은 귀족들이 모여들었다. 그날 밤의 주제인 '겨울밤의 전설'에 어울리는 이야기를 시인 두 명이 읊었고, 바이올린과 노래도 한 차례씩 돌아갔으므로 최근 유행하는 아니스를 넣은 포도주를 마시며 음산한 전설들을 이야기하다가 좋은 반응을 얻으면 살롱 주인이 준비한 선물을 받는 놀이를 시작하기 좋은 때였다. 그러다가 누군가가 인형이 등장하는 이야기를 하는 바람에 대화가 잠시 펠그레이브 남작 사건 쪽으로 흐른 참이었다.

"펠그레이브 남작의 수집품은 오토마톤이라 이야기에 나온 인형과는 전혀 달라요. 오토마톤 중에는 인형이 아닌 것도 많고요. 가장 이름난 장인인 누오보가 만든 오토마톤은 대부분 음악상자나 향수병 같은 것들이었죠."

"누오보의 오토마톤이라면 저한테도 하나 있습니다. 사실 아버지인 베니토보다는 딸인 로잘린다의 오토마톤이 섬세하기로는 정평이 있죠. 전부터 꼭 하나 갖고 싶었는데 지난번 경매에 오랜만에 '꽃 피는 권총'이 나온 걸 놓쳤지 뭡니까. 어찌나 가격이 팍팍 올라가던지 깜짝 놀랐어요. 예상 가격의 꼭 네 배로 낙찰되더군요. 재작년에 향수병이라도 손에 넣었어야 했는데."

"듣기로는 요새 구왕국 시절 오토마톤의 가격이 심하게 오르는 것 같더군요. 누가 일부러 그러는 게 아닌가 싶기도 하고……."

"가격을 잔뜩 올려서 되팔려는 세력이 있는지도 모르죠. 마니아가 있는 골동품은 그런 장난이 가능하니까요. 팔 년쯤 전에도 누가 채색 필사본으로 그런 시도를 한 적이 있었는데……."

호사가들이 저마다 자기가 아는 특이한 지식이며 숨겨진 뒷이야기를 늘어놓으려 애쓰는 광경을 살롱의 주인인 니콜레트 폰 슈니발트, 즉 콜레트는 미소를 지으며 구경하고 있었다. 그녀의 살롱은 이렇듯 잘난 체를 하고픈 사람들에게 적절한 무대를 제공했기 때문에 빠르게 인기를 얻었다.

누구든 남들 앞에서 자신만의 지식을 뽐내고 싶은 욕망은 있지만 때와 장소를 가리지 않고 그렇게 하다가는 속물 및 별난 사람 취급을 받으며 매장당하고 말 것이다. 특히 상대적으로 덜 보편적인 취미를 가진 사람들은 자기가 좋아하는 것들에 얽힌 이야기를 말하고 싶어 몸이 달아 있지만 기회는 쉽사리 오지 않기 마련이다. 콜레트의 살롱은 흥미로운 주제를 정해 그들이 세련되게 우쭐거릴 맥락을 마련해주고, 화제가 지나치게 한쪽으로 흐르지 않도록 적절히 조절해 듣는 재미까지 만들어냈다. 그 결과 한 번도 사교계의 주류가 되지 못했던 사람들이 인기를 끌고 유행을 만드는 살롱이 만들어졌다. 그러자 특이한 취미를 가진 사람들이 제 발로 찾아왔는데 그 가운데에는 대귀족 출신인데도 처세술이 부족해 사교 파티에서는 재미를 보지 못했던 사람들이 다수 있었다. 그리고 별나고 신기한 이야기가 많이 나온다는 소문이 퍼지자 사교계의 주류 인사들도 슬쩍 들르기 시작했다.

콜레트는 살롱의 주인답게 이미 지난번에 한차례 나온 적이 있는 그들의 이야기에 귀를 기울이면서 어디쯤에서 적당히 끊고 처음의 주제로 돌아갈지 가늠하고 있었다. 그때 귀가 번쩍 뜨이는 이야기가 들려왔다.

"로잘린다 누오보의 오토마톤 중에서 제일 유명한 '숲' 시리즈가 다음달쯤 경매시장에 나올 거라고 들었어요. 로잘린다를 좋아하신다면 그걸 놓치시면 안 되죠. 그거야말로 당대 최고의 걸작 중 하나인데."

"숲 시리즈라면 혹시…… 새소리를 내는 다섯 가지 권총 세트를 말씀하시는 건가요?"

"네. 바로 그거죠. '아침 숲', '카나리아', '여름의 피', '완전한 정오', '밤의 숨'."

자신이 외운 이름을 단숨에 읊는 미라벨 폰 아트발트 백작 영애의 눈이 반짝였다. 그녀는 어려서부터 책에 파묻혀 살아와 춤이나 승마, 재치 있는 대화 같은 것에는 영 소질이 없었으므로 몇 년 전까지만 해도 사교계에서 조금도 인기가 없었다. 하지만 콜레트의 살롱에서 지식을 뽐내게 되면서 최근 마음이 맞는 친구를 여럿 사귀었다. 요즘이야말로 그녀 인생의 전성기라고 할 만했다.

누오보의 오토마톤을 갖고 있다는 로베르탄 소자작이 감탄한 표정으로 말했다.

"와우, 그거 오늘 들은 이야기 중 최고로 흥미로운 소식이로군요. 한데 영애께서도 혹시 관심 있으십니까? 영애와 경쟁이 된다면 제 선에서 슬그머니 양보할 의향도 있습니다만."

"어머, 아니에요. 전 단지 아름다운 물건에 대한 이야기를 좋아할 뿐이에요. 소자작께서 손에 넣으신다면 언제 구경이나 한번 시켜주세요. '아침 숲'에 박힌 에메랄드가 그렇게 아름답다죠?"

"제가 반드시 손에 넣어 영애께 첫 번째로 구경시켜드리겠습니다. 다음달까지만 기다려주시죠."

그렇듯 화기애애한 대화가 오가는 살롱의 분위기는 그날도 매우 좋았다. 이대로 두 시간쯤은 더 계속되다가 밤이 이슥한 12시 정도나 되어야 파할 것이다. 손님들 중 몇 명은 과한 술을 핑계로 슈니발트 저택에 머물 테고 몇 사람에게는 마차를 불러주어야 하리라. 보아하니 세 명 정도는 침실을 준비하는 편이 좋겠고…….

그때였다. 입구 쪽에서 나타난 시종 한 명이 빠른 걸음으로 콜레트에게 다가오더니 귓속말을 속삭였다. 가면처럼 평화롭던 콜레트의 얼굴에 잉크 한 방울이 떨어진 듯한 놀라움이 번졌다. 그녀는 고개를 끄덕이더니 자신도 귓속말로 속삭였다.

"조금만, 금방 가겠다고 전해드려."

시종이 사라지고 나서도 콜레트는 잠시 더 기다리고 있었다. 그러다가 갑자기 눈썹을 찌푸리며 관자놀이를 짚었다. 몇 사람이 금세 알아보고 몸을 기울이며 물었다.

"백작, 괜찮으신가요?"

"어디 편찮으신 것 같은데……."

콜레트는 해쓱한 얼굴이 되어 그들에게 지병인 두통이 도져서 오늘은 일찍 쉬어야겠노라고 양해를 구했다. 오늘 못다 한 주제는 사흘 뒤로 미루자는 제안도 했다. 그녀가 약간 휘청대며 일어나 정중히 사과하자 모든 손님들이 그녀의 건강을 걱정하며 서둘러 돌아갈 준비를 했다. 약을 보내주겠다, 내 주치의를 보낼 테니 진찰을 받아봐라, 내가 효과를 본 좋은 약초가 있다, 온갖 친절한 위로가 쏟아지는 가운데 콜레트는 아픔을 참는 사람 특유의 흐릿한 미소를 지으며 현관까지 나가 그들을 배웅했다.

그들 모두가 떠난 뒤, 저택 문을 닫고 돌아선 콜레트의 표정은 싹 달라졌다. 초췌한 우아함이 아닌, 생기 넘치는 미소로.

그녀는 빠른 걸음으로 2층으로 올라갔다. 조금 전까지 손님들이 머물던 살롱으로 들어가자 하인들이 막 살롱에 남은 술과 음식들을 쟁반에 담아 내가고 있었다. 서두르라는 손짓을 하고, 응접실 옆에 설치된 작은 부속실로 미끄러지듯 들어가 문을 닫았다. 진열장 깊은 곳에서 포도주 한 병을 꺼냈다. 새 냅킨과 반짝이는 새 잔까지 모두 손수 준비해 은쟁반에 담았다.

하인들이 아래층으로 내려가고 나자 콜레트는 살롱의 문을 닫고, 잠갔다. 벽난로에 장작을 더 집어넣었다. 이어 악사들이 머물던 무대 뒤쪽의 두꺼운 커튼을 젖히고 열쇠를 찾아내어 작은 문을 열었다. 그러자 문 안쪽에서 나온 한 사람이 거침없이 살롱을 가로질러 벽난로 옆에 놓인 가장 커다란 안락의자에 앉았다. 콜레트는 얼른 뒤따라가 그 앞에서 무릎을 꿇으며 속삭이듯 우아한 목소리로 말했다.

"머나먼 타국 땅에서 저의 주인이신 샤를로트 공녀 연하를 뵙습니다."

"그대의 평안을 바란다, 슈니발트 백작."

이스핀, 즉 샤를로트가 빙그레 웃었다. 고개를 든 콜레트는 공녀를 구석구석 살폈다. 공녀다운 의상은 아니지만 이곳은 타국이고 상황도 상황이니 어쩔 수 없을 것이다. 하지만 켈티카에서 유행하는 폭 넓은 치마는 허리띠가 끊어졌고, 스웨터와 셔츠에는 그을린 흔적이 남았으며, 구두는 말 그대로 흠집투성이였다. 뭔가를 걷어찬 모양인데 그것도 한두 번 그런 것 같지 않았다. 하지만 다치거나 지쳐 보이지는 않았다. 평범한, 아니 약간 거친 열아홉 살 아가씨 모습을 하고 있어도 여전히 기운찬 콜레트의 공녀님이었다.

이윽고 콜레트는 눈썹을 내리며 안도의 한숨을 내쉬고는 부속실로 들어가 준비한 것들을 가져다가 테이블에 올렸다. 벽난로 불빛이 일렁이는 잔을 샤를로트가 입가로 가져가기를 기다려 말했다.

"건강한 모습으로 다시 뵙게 되어 정말로 다행입니다. 저희가 얼마나 걱정했는지 연하께선 모르시겠지만요."

"저희라고?"

"연하께서 네냐플에서 실종된 후로……."

샤를로트는 의아한 얼굴이 되었다.

"실종이라니? 왜 그렇게 생각했지?"

콜레트도 마찬가지로 놀란 얼굴이 되었다. 물론 콜레트는 샤를로트를 추적하도록 시종들을 보냈다는 사실은 굳이 말해줄 생각이 없었다.

"그야 연하께서 네냐플에서 자취를 감추신 후로 벌써 한

달 가까이 되었으니까…… 혹시 연하께서는 모르셨단 말씀인가요?"

"뭘?"

"지명수배가 되셨잖아요?"

샤를로트가 눈을 조금 크게 떴다.

"네냐플에서 날 찾는다는 건 알고 있었어. 왜인지도 알고. 그런데 지명수배까지 했단 말이야?"

"아닙니다. 수배령을 내린 곳은 심볼리온이라는 곳으로, 전 대륙 마법사들의 회의체입니다. 오를란느 왕립 마법 학교도 거기 속해 있어요. 네냐플도 마찬가지지만 그렇다고 상위 기관은 또 아니라고 하고요. 어쨌든 그곳에서 공녀님과 막시민 리프크네를 지명수배했어요. 그 사실이 오를리에도 알려져서 에투알 세 명과 마리 루이가 이미 아노마라드에 들어와 있어요. 모니즈 후작령 쪽으로 내려갔는데, 연락을 취하면 곧 돌아오겠죠."

샤를로트는 눈을 약간 크게 뜨더니 잠시 후 웃음을 터뜨렸다.

"그랬구나. 다들 바빴네. 미안해, 걱정 끼쳐서. 난 내가 실종됐다는 사실도 몰랐는데 말이야."

"연하께선 웃으시지만 저희한테는 요 며칠이 지옥이었답니다. 에투알 3분견대에서는 연하께서 혼자 아노마라드로 가셔도 된다고 부추긴 저를 교수대로 보내고 싶어 했다는데, 제가 이곳에 있어서 다행히도 화를 면했네요. 하지만 만약 다음 달까지 연하의 흔적을 찾지 못했다면 대공 전하께 보고를 드려야 했을 테고, 바로 전 에투알 소집령이 내려졌을 거예요. 킵에 가 있는 에투알까지 전부 다."

샤를로트는 고개를 끄덕였다. 콜레트가 말하는 상황의 심각성을 충분히 이해했지만 겉으로 내색하는 대신 쓴웃음을 지으며 말했다.

"오랜만에 로랑 얼굴 볼 뻔했네. 아마도 날 보면 한숨을 내쉬면서……."

"연하, 이러시면 곤란합니다, 라고 했겠죠. 카스티유 경이 그럴 때 좀 귀엽잖아요."

긴장이 풀렸는지 그제야 콜레트의 얼굴에도 웃음이 어렸다. 샤를로트가 짓궂게 덧붙였다.

"콜레트, 로랑한테 관심 있는 건 아니지? 고향에 약혼녀가 있다고."

"글쎄요. 있는데 스물여섯 살이 되도록 왜 결혼은 안 하고 있을까요?"

말은 그렇게 해도 둘 다 장난이라는 걸 뻔히 알고 있었다. 콜레트는 샤를로트의 가신들 중 가장 나이가 많았지만 누구보다도 친구 같은 역할을 자처했다. 계파 간에 음험한 암투가 오가는 오를리 궁정에서 어머니 가문의 뒷받침도 없이 버티느라 편하게 얘기 나눌 친구 하나 만들지 못한, 그리고 에투알과 같은 군대의 지지가 주력을 이루는 공녀에게 때로는 친구 역할을 해줄 사람이 필요하다고 생각해왔기 때문이다. 그 역할만은 남자인 로랑이나 마리 루이, 제 속을 잘 터놓지 않는 네이 같은 사람은 해주기 어려운 부분이었다.

"그나저나 그 예쁜 옷은 어디서 사 입으셨나요?"

"장미골에 가봤더니 귀여운 거 많더라. 모자도 하나 사고 싶었는데."

"다음에 저하고 같이 가세요. 제가 좋은 가게 많이 알아요."

"그러고 싶은데 한동안은 다른 게 필요할 것 같아."

샤를로트가 치맛자락을 손끝으로 집어 들어 보이자 콜레트는 바로 알아들었다. 남자 옷이 필요하다는 뜻이었다.

"그렇군요. 바로 준비시킬게요. 한동안 켈티카에서 머무실 건가요?"

"응. 여기서 지내는 걸로 하고 대공 전하께도 핑곗거리 좀 보내줘."

"그 말씀은 실제로 여기서 머물지는 않으실 거란 뜻 같은데요."

"왔다갔다하긴 할 텐데 여기랑 좀 멀어서. 방 하나 따로 마련해서 지낼까 해. 슈트루델 거리 쪽으로."

콜레트가 고개를 끄덕였다.

"네, 깨끗한 곳으로 한 채 빌려놓겠습니다."

"아니, 집 말고 방. 너무 크지 않고 소박한 데로. 뒷골목의 한적한 건물 3층 구석, 이런 데 있잖아."

콜레트는 고개를 갸웃거렸다. 오를란느 대공국의 공녀 연하께서 켈티카 뒷골목의 3층 구석 같은 곳에서 지내시겠다니? 하지만 남부로 갔던 에투알 몇 명이 곧 켈티카로 돌아올 테니 안전에는 문제가 없을지도 모른다. 그리고 한번 크게 놀랐으니만큼 그들은 3분견대의 누군가가 만든 전통인 이른바 '과보호'를 하려 들 게 틀림없다. 공녀님께서는 물론 질색하시겠지만.

거기까지 생각하던 콜레트가 문득 뭔가를 떠올리고는 물었다.

"혹시 같이 지낼 사람이라도 데려오신 건가요?"

"응. 막시민 리프크네."

콜레트가 눈을 크게 떴다.

"공녀님께서 데리고 오셨던 거예요? 어떻게요? 그래서 같이 지명수배가 되셨던 건가요? 대체 네냐플에서 무슨 일이 있었던 거죠?"

샤를로트는 의자에 몸을 깊이 파묻은 채 생각에 잠겨 살롱 한쪽의 테이블에 놓인 촛대를 바라보고 있었다. 이윽고 공녀의 입가에 미소가 떠올랐다. 자신감 넘치는, 콜레트가 가장 좋아하는 미소였다.

"응, 무슨 일이 있긴 했지. 앞으로도 있을 거고. 참, 조사해 보고 싶은 게 있는데, 혹시 아르크노베르 거리에 사는 플레상스 경이라는 사람을 알아? 우리나라 사람이고, 탐정 일로 제법 명성이 있다고 하던데."

콜레트가 조금 놀란 표정을 하더니 곧 빙그레 웃었다.

"알고말고요."

베네트는 예상대로 단순한 의뢰인이 아니었다. 베네트를 따라 거리를 걷다 보니 베네트가 운영한다는 사무실 앞을 지나치게 되었는데 유리문 바깥쪽에는 "베네트의 각종 중개 및 알선–귀찮은 일 해결해드립니다"라는 문패가 걸려 있었다.

"당신 뭐야? 해결사야?"

"그보다는 고상한 직업이지. 직업도 찾아주고, 방도 찾아주고, 일꾼도 찾아주고, 가끔은 결혼 상대도……."

저런 인간이 사무실을 내는 걸 보면 켈티카 사람들은 스스로 할 줄 아는 게 아무것도 없는 모양이라고 시골뜨기 막시민은 생각했다.

그날 밤 막시민 일행이 도착한 곳은 제법 규모가 큰, 그러나 뒷골목에 위치한 허름한 삼 층짜리 건물이었다. 1층에는 예전에 카페가 있었던 흔적이 남아 있었다. 즉, 어디까지나 흔적이었다. 문 닫은 지 몇 년은 된 듯 커다란 정문은 녹색 칠이 다 벗겨진 채로 판자가 못질되어 있었다. 일곱 개나 되는 덧창들도 마찬가지였다. 다시 말해 이 카페는 운영 당시에는 상당히 규모가 있는 곳이었던 듯했다. 분홍색과 녹색으로 꾸민 간판은 풍상을 맞아 거의 지워졌지만 간신히 읽어보니 "플로레종"이라고 적혀 있었다.

"자, 여기로."

베네트는 건물 왼쪽으로 돌아가서 카페 뒷문쯤으로 생각되는 문짝을 가리켰다. 놋쇠로 된 길쭉한 손잡이에 쇠사슬을 두르고 자물쇠를 채워놓은 곳이었다. 막시민이 들고 있던 열쇠 뭉치에서 하나를 뽑아 그걸 열자 그들은 정말로 카페 주방으로 들어가게 되었다. 물론 내부는 근사한 폐허였다. 설거지통과 조리대에는 말라비틀어진 수건과 냅킨, 떼어낸 커튼 따위가 아무렇게나 구겨진 채 쌓여 있었다. 접시며 컵, 프라이팬과 냄비도 바닥 한구석에 산처럼 쌓인 채 먼지를 덮어쓰고 있었다. 한때는 찬란했을 푸른색, 금색의 무늬가 더께 속에서 흐릿하게 비쳐 보였다.

"이쪽으로."

베네트는 일행을 이끌고 카페 쪽으로 나가 홀을 가로질렀다. 벽에 걸린 장미꽃 벽걸이와 요정들을 그린 그림들은 색이 바랬고 한때는 제법 안락했을 벨벳을 씌운 금빛 의자며 유행

지난 타일 테이블, 바퀴 빠진 트롤리 따위가 아무렇게나 방치되어 있었다. 한가운데에는 양탄자를 다 걷어내어 허름한 꼴이 그대로 드러난 계단이 있었다. 그 위의 샹들리에 역시 크리스털이 모두 사라진 앙상한 모양새를 하고 있었다.

2층으로 올라가자 카페의 일부였던 별실들이 나타났다. 커다란 꽃들이 그려진 문 몇 개를 지나쳐 구석 계단을 통해 3층에 다다르자 그제야 이 낡은 건물에 어울리는 좁다란 복도와 양쪽으로 줄지은 작은 문들이 보였다. 그중 제일 구석진 문 앞으로 간 베네트가 다시 막시민이 든 열쇠 뭉치를 가리켰다. 막시민은 약간 짜증스러운 표정으로 열쇠를 찾아내어 문을 열었다. 그즈음 건물 안은 이미 어둑어둑했으므로 베네트는 미리 들고 나온 램프를 켜서 막시민에게 건넸다.

"여기야. 들어가봐."

"이 건물엔 아무도 안 사나?"

"3층 방 중 세 군데는 사무실로 세가 나갔고, 나머지는 비었어. 필요하면 다른 방도 하나쯤은 열어줄 수 있는데 오늘은 열쇠를 안 갖고 와서 말이야."

막시민은 이미 방안으로 들어서고 있었다. 램프를 들고 이리저리 비춰보니 안에는 뭐가 많았다. 긴 의자, 안락의자, 밑 빠진 의자, 테이블, 콘솔, 거울, 스툴, 텅 빈 우산꽂이……. 한 바퀴 돌며 발 디딜 틈이 없는 꼴을 둘러본 막시민이 인상을 찌푸리며 입구 쪽을 돌아봤다. 입구 근처에 엉거주춤 선 데보라와 청어절임을 발견하고는 그들의 어깨 너머를 기웃거렸지만 찾는 사람은 보이지 않았다.

"베네트는?"

"갔는데요."

"……."

해는 졌고, 오던 길도 잘 생각이 안 나고, 돌아간다고 뾰족한 수도 없을 것 같고, 무엇보다 오다가 저녁도 든든히 먹었겠다 슬슬 피곤해서 만사가 귀찮았다. 세 사람은 이 어설픈 방의 이곳저곳을 차지하고 하룻밤을 보내기로 빠른 합의를 이루었다. 본래 머물려던 플레상스 경의 집과 비교할 때 이 집의 장점이라면 문짝에 깨끗한 자물쇠가 달려 있고, 이 큰 건물에 세입자가 세 명밖에 없는데다 폐허를 거쳐서 올라와야만 하니 가벼운 용건으로 발을 들이기에는 많이 부담스러운…… 다시 말해 음산하다는 특징이 있었다. 즉, 쓸데없는 방문자를 막기에 특별히 유리하다고 할 수 있다.

안쪽에 하나 있는 침대는 데보라에게 주고 막시민과 청어절임은 긴 의자와 안락의자를 하나씩 차지하고 램프를 껐다. 막시민은 잠이 들락 말락 한 상태로 어렴풋이 생각했다. 이 건물 전체가 베네트 그놈 것일까, 보기보다 부자네, 그런데 이런 큰 건물을 왜 이 꼴로 비워둔 것일까, 이따위 방의 임대

료가 한 달에 200엘소라니 켈티카 사는 인간들은 틀림없이 제정신이 아닐 거다, 그러니까 방이 안 나가는 거잖아, 그리고 베네트는 여기가 플레상스 경이 해결해준 사건의 보상으로 제공한 사무실이라고 주장했다만 사실상 창고였던 것 아니냐, 내일 플레상스 경의 집으로 돌아가 자물쇠를 고쳐 달까 아니면 여길 청소해서 버티는 편이 나을까, 데보라는 목숨의 위협을 받고 있다니 그렇다 치고 청어절임 저놈은 왜 계속 따라오는 걸까, 그나저나 이스핀한테는 달리 잘 데가 있다니 다행스럽네…….

슈트루델 거리 9번지 305호에서 평화롭고 고요한 밤이 흐르는 동안 그곳에서 다섯 블록 떨어진 아르크노베르 거리를 걷는 다섯 명의 그림자가 있었다. 그들은 20번지 앞에 이르러 "무단출입 시 배상 청구함"이라고 적힌 종이를 유유히 떼어내고 문을 휙 밀쳐 열었다. 얼기설기 걸어놓기만 한 자물쇠가 툭 떨어져 굴렀다.

안으로 들어간 그들은 1층과 2층으로 흩어져 집안을 꼼꼼히 뒤집어엎기 시작했다. 모든 서랍을 빼내 내던지고 찬장과 벽장을 뒤엎어 물건을 쓸어냈다. 침대나 의자, 쿠션 등, 천으로 된 것들은 남김없이 갈기갈기 찢었다. 둔탁한 소음은 새벽 4시경까지 계속되었다.

막시민은 방이 마음에 들었다. 다시 말해, 장점을 빠르게 인정했다. 이튿날 아침이 되기까지 단 한 명도 플레상스 경에게 맡겨놓은 뭔가가 있다며 들이닥치지 않았던 것이다. 그리고 세입자 없는 건물의 장점으로 얼씬거리는 발소리 하나 들리지 않았다. 덕택에 늦잠을 실컷 자도 될 것 같았지만 일이 꼭 그렇게 풀리지는 않았다.

아침 8시경, 막시민은 수상쩍은 소리를 들으며 억지로 단잠에서 끌어내어졌다. 늘 그렇듯 처음에는 눈을 꾹 감고 있었다. 창밖이나 복도 쪽에서 나는 소리려니 했다. 날이 밝았으니 아이들이 나와 뛰어놀 수도 있고, 새로운 세입자가 이사를 하고 있을 수도 있고, 하필이면 오늘 아래층 빈 카페가 마음에 쏙 든 누군가가 일시불로 사버린 뒤 수리하려고 둘러보고 있을 수도 있고, 지붕 밑에 쥐 일가족이 살고 있을 수도 있고…….

그러나 소리가 삐걱, 삐그덕, 바스락, 바삭을 넘어 재재거리고, 꾸륵거리고, 쉭쉭거리고, 심지어 점점 생생해져 그의 발밑에서 나는 것이 거의 확실해지자 아무리 늦잠에 강한 막시민일지라도 눈을 뜨지 않을 수 없었다. 그의 발밑에 놓인 것은 단 하나, 그의 가방밖에 없었다.

네냐플 교수들이 마련해준, 황동색 징이 박힌 튼튼한 여행 가방이다. 안에는 돈과 약간의 여행 물품, 켈티카에 와서 버리기로 한 잡동사니, 974년산 포도주 한 병, 그리고 바이올린뿐이었다. 바이올린으로 말할 것 같으면 한때는 고물인 줄 알았고, 나중에 놀라운 마력을 품은 물건임을 알게 되었고, 그 후 어마어마한 일에 사용했고, 그 결과 힘을 잃어 평범한 고물로 되돌아간 물건이었다. 이름은 카프리치오.

힘을 잃어버린 마력의 현을 제거한 결과 이제 보물이라고 하기도 뭐하고 사실상 바이올린도 아닌 상태였지만 막시민은 그것을 버리지 않았다. 버릴 생각도 없었다. 그에게는 하나뿐인 재산이랄까. 네냐플 교수들도 그 점을 알았으므로 막시민의 얼마 안 되는 물건을 챙기며 이것을 넣어줬을 것이다.

막시민은 가방을 흘끔 내려다봤다. 이대로 소리가 나지 않으면 도로 잠들 만반의 태세를 갖춘 채로. 그러나 기대에 어긋나게도 또다시 소리가 들려왔다. 따닥, 따다닥, 또르륵. 여기까지는 예상 가능한 정도였지만 그다음은 아니었다. 선명하게 이런 소리가 들려왔던 것이다.

'열어.'

막시민은 잠이 확 달아났다. 방금 들은 것이 정말로 사람의 말소리였나? 이 가방 속에 사람이 갇혀 있다고?

그럴 리가 없잖아.

막시민은 가방을 뚫어져라 보며 생각을 거듭했다. 가방이 그리 작지는 않았지만 그래도 사람이 들어갈 크기는 아니었다. 세 살짜리 애라면 모를까. 하지만 그거야말로 지나치게 끔찍한 상상 같았다. 그런 끔찍한 상상에서 벗어나려면 빨리 가방을 열어버리는 것이 제일이지.

막시민은 벌떡 일어나 가방을 노려보다가, 한 발짝 물러났다가, 손을 슬그머니 내밀어 재빨리 걸쇠를 젖히고 발로 차서 열어버리고는 뒤로 물러났다. 그리고 조금 안심했다. 안에서 세 살짜리 애가 기어나오지는 않았기 때문이다. 바이올린 머리가 조금 튀어나와 있을 뿐이었다.

침착하자. 잠결에 들은 환각이었을지도 모르잖아.

하지만 동시에 쥬스피앙에게서 받았던 편지 생각이 났다. 그래서 조금 숨을 고른 뒤 가방 속을 뒤적여 못 보던 물건이 없나 찾아보았다. 그런 것이 나오지 않자 혹시나 싶어 방안도 둘러봤지만 어젯밤에 들어와 잘 살펴볼 겨를도 없이 하룻밤 자버린 터라 무엇이 달라졌는지 알아내기가 쉽지 않았다.

"왜 그래요?"

위험에 처한 사람의 본능으로 푹 잠들지 않은 데보라가 어느새 일어나 막시민을 쳐다보고 있었다. 막시민은 침실 쪽을 돌아보며 이쪽으로 오지 말라고, 기다리라고 손바닥을 펴 보였다. 그리고 다시 귀를 기울였다.

'듣는다.'

'들어라.'

'말한다.'

'말해.'

막시민은 가방 앞으로 다가가 선 채로 굽어봤다. 그리고 용감하게 손을 뻗어 가방 안쪽의 작은 주머니를 비집고 뭔가를 끄집어냈다. 붉은 금빛으로 반짝이는 조그맣고 네모진 물건. 네냐플에서 로렐딘 교수가 건네줬던 "막시밀리앵 드 플레상스"라고 새겨진 동판 명함이다.

엄지와 검지로 그걸 집어 든 채 눈높이까지 올렸다. 안경 속 막시민의 눈이 조금 가늘어지면서 그의 집게손가락이 딱, 소리를 울릴 때처럼 움직였다. 샥, 하는 소리와 쥔 것이 둘로 분리되었다. 명함은 한 장이 아니었다. 둘이었다. 그리고…….

셋.

넷.

놀이 카드라도 쥔 것처럼 네 장으로 변한 명함을 쏘아보는 막시민의 표정은 화가 난 듯도, 당혹스러운 듯도 했다. 그는 기억하고 있었다. 로렐딘 교수가 준 명함은 틀림없이 한 장이었다. 동판 명함처럼 두께가 뚜렷한 물건의 숫자를 착각했을 리도 없다. 명함이 제멋대로 증식하기라도 한단 말인가?

그때 다시 목소리가 들려왔다. 마치 네댓 살 먹은 아이 같은 목소리였다.

'잡다.'

'잡았다.'

'잡혔다.'

이건 뭐…… 동사 활용 연습하냐?

머릿속에 떠오른 생각과 달리 막시민은 명함을 뚫어져라 들여다보았다. 체온 때문인지, 어쩐지 명함이 따뜻해지는 것 같다고 생각했을 때였다. 휙, 바람이 불어오는 느낌과 함께 명함 세 장이 잔상만을 남기고 사라져버렸다. 손에 남은 것은 한 장뿐이었다.

막시민은 눈을 크게 떴다.

"그거, 뭐예요?"

데보라가 물었지만 막시민은 대꾸할 정신이 없었다. 허둥지둥 주변을 둘러보며 어디로 갔는지 찾는데 뜻밖의 것이 눈에 들어왔다. 막시민은 말문이 막힌 채 그것을 굽어봤다. 그가 너무나 오랫동안, 소중하게 보관해온 유일한 물건이었기에 작은 변화라도 즉시 발견할 수밖에 없었지만 이 정도 변화는 장님이라도 알아볼 것이다.

바이올린에 현이 생겨나 있었다.

스프레차투라Sprezzatura

오래전, 타스타니아는 말을 타고 사흘은 돌아다녀야 할 넓은 지역을 가리키는 이름이었다. 그러나 점차 줄어들어 최후로 산비탈에 솟은 단 하나의 성채를 가리키는 이름이 되었다. 그리고 성의 종말과 함께 그 이름은 끝이 났다.

아니, 정확히 말하자면 성이 사라진 것은 아니다. 성은 그 자리에 그대로 있었다. 아무도 살지 않게 되었을 뿐이다. 그러므로 성 근방에 사는 사람들에게 '타스타니아'는 여전히 존재하는 이름이었다. 다만 공포를 자아내는, 입에 담고 싶지 않은 폐허의 이름으로.

반쯤 허물어진 성이 손바닥만 하게 보이는 산 구릉에 나무로 지은 가설무대가 세워져 있었다. 스무 걸음 정도면 가로지를 크기의 반원형 무대였다.

연습용이었으므로 무대 바닥은 거칠었다. 배경 그림을 걸 곳도 없었다. 올라가는 계단 대신 한쪽에 나무상자 몇 개가 쌓여 있었다. 무대 주변은 누르스름한 풀밭에 억새와 말라비틀어진 덤불, 토끼굴 따위가 자연스럽게 흩어진 평범한 산중턱이었다. 이런 곳에 무대가 서 있고 수십 명의 사람들이 무대를 둘러싼 채 뭔가를 기다리고 있다는 점만 제외한다면.

그런 기묘한 풍경에서 끊임없이 소리치고 있는 한 사람이 있었다.

“1조, 2조! 무대 아래에서 대기하세요. 3조와 4조는 시간이 남았으니까 모닥불 피울 자리를 정리합시다!”

사람들이 분주히 줄을 서거나 흩어지자 아마릴리 크라운은 몸을 돌려 천막 쪽을 봤다. 천막에서 머리를 내밀고 내다보는 사내를 발견하자 이마를 찡그리며 한 번 더 소리쳤다.

“에리히! 빨리! 음악은?”

에리히라고 불린 젊은 사내가 천막에서 나와 어슬렁어슬렁 걸어오더니 아마릴리를 보고 놀란 표정을 했다.

“넌 안 춥냐?”

남부 지방이라 해도 한겨울이었다. 더구나 산중턱이라 바람도 많이 불었다. 아마릴리는 발레 의상에 얇은 스타킹, 검정

숄 하나만 걸치고 있었지만 고개를 흔들며 소리를 빽 질렀다.

"야, 넌 추운 게 문제야? 감독님 금방 돌아오실 거거든? 그런데 그 꼴이 뭐야?"

"왜? 오늘은 그냥 오디션이잖아?"

"너희 삼촌이 네 꼴을 봤으면 리라로 뒤통수를 후려쳤다. 빨리 가서 재킷이라도 입고 와."

에리히는 슬슬 옆걸음으로 천막을 향해 돌아가며 중얼댔다.

"감독님은 아마릴리한테 잔소리 듣는 비용도 줘라줘라……."

"웃기고 있네. 꽁무니에 불을 붙여버릴까 보다."

곁에서 오디션 참가자들이 둘의 설전을 흘끔거리고 있었다. 그들을 돌아본 아마릴리는 장난기를 담아 혀를 조금 내밀어 보인 뒤 흘러내린 잔머리를 말끔하게 가다듬고 손가방에서 조그마한 티아라를 꺼내 썼다. 완벽한 공연 당일 의상이었다.

이윽고 돌아온 에리히는 재킷을 걸치고 있었지만, 어떻게 봐도 자기 옷이 아니었다. 너무 커서 밀가루 부대를 개조해 만들기라도 한 듯했다. 아마릴리가 한숨을 쉬며 노려보자 에리히가 변명했다.

"아, 그놈의 옷이 발이 달렸는지, 날개가 돋쳤는지."

그런 다음 잽싸게 악기 담당자들 쪽으로 달아났다. 아마릴리는 미간을 찌푸리며 생각에 잠겼지만 의상 제작은 아직 시작되지도 않은 터라 대안이 없었다. 적당한, 아니 완벽한 담당자도 찾아내지 못했고 말이다. 감독님의 무대에 완벽하지 않은 스태프가 단 한 명이라도 가당키나 하겠어?

어쩔 수 없이 무대 위로 올라가며 아마릴리가 중얼거렸다.

"옛날에 쥬시탕트 양이 만든 의상이 진짜 끝내줬었는데."

물론 아마릴리는 쥬시탕트 양이 지금 어디에서 뭘 하고 있는지 알지 못했다. '감독님'에게 슬쩍 운을 띄워봤는데 반응이 좋지 않았던 것이다.

무대에 올라서자 주위가 한결 잘 보였다. 비스듬히 뻗은 산자락은 너도밤나무숲으로 둘러싸여 있었다. 능선 아래로 그들이 묵고 있는 마을의 조그마한 지붕들이 보였고, 북쪽에는 타스타니아 성의 허물어진 탑이 또렷이 솟아 있었다.

사방이 탁 트인 이 구릉지는 감독님의 지시 사항을 들은 스태프들이 세 차례나 와서 온 산을 이잡듯 훑은 끝에 골라낸 곳이다. 다만 근처에 목장이 하나 있어 가축들이 아무때나 풀을 뜯으러 나오는 것만이 유일한 단점이었다. 그 이야기를 전해들은 감독님은 세 번째 로케이션에 동행하겠다고 했다. 그리고 목장주를 만나 겸손한 태도로 상대의 말을 경청하고 있더니 목장을 통째로 사버렸다. 일은 그렇게 해결되었다.

아마릴리는 신이 나서 그 목장의 급수탑 꼭대기에 멋대로 깃발을 꽂아놓았다. 지난 공연에 썼던 소도구였지만. 숲 너머로 그 깃발이 펄럭이는 것도 보였다. 아마릴리는 싱긋 웃더니 풀밭에 편안히 앉은 1조와 2조를 향해 소리쳤다.

"자, 시작 이십 분 전입니다!"

감독은 아직 돌아오지도 않았건만 아마릴리는 당연한 것처럼 시간을 못박았다. 감독의 주머니에 회중시계가 있던가? 그런 것은 알 바 아니고 어쨌든 감독은 오디션을 망치지 않는다. 기다리는 사람들을 실망시키지 않는다. 한 번도 그런 적이 없다. 그 감독이 어떤 사람인데 실망 같은 걸 시키겠어?

처음 감독과 마주친 날을 떠올릴 때면 곧잘 아마릴리는 폭소가 터졌다. 지금 돌이켜보면 얼마나 웃기는 장면인지 모른다. 그리고 그땐 지금 같은 미래를 상상도 못 했다. 자신의 인생을 어디까지 바꿔놓을 사건인지 예감조차 하지 못하고 있었다.

삼 년 전, 아마릴리는 칼라이소라는 항구의 한물간 극장에 소속된 발레리나였다. 약간은 실력이 있어서 한 무리의 무용수들을 이끄는 처지이긴 했지만 제 직업에 이렇다 할 자부심도, 전문성도 없었다. 심지어 열정조차도. 그저 타고난 재주를 조금 가다듬어 밥벌이가 되니 그걸로 만족했고, 그러다가 곧 은퇴하게 되겠거니 생각하고 있었다. 실은 은퇴라는 말도 사치스럽고 그냥 퇴직이나 해고 정도?

그러던 어느 날, 지금 감독이라고 부르고 있는 사람이 나타났다. 조 히스파니에. 그때는 그게 본명인 줄 알았지만.

사실을 말하자면 조 히스파니에는 아마릴리 앞에만 나타난 것이 아니었다. 칼라이소의 모든 사람들 앞에 나타났다. 유명한 사람, 뛰어난 사람, 멋지고 화려한 사람들 앞에. 그리고 평범하거나 시시하게 살아가던 사람들 앞에도. 그렇듯 갑자기 나타나 단 한 번의 공연으로 모두의 혼을 빼놓았다.

지금도 전설처럼 회자되는 〈일 드 모르비앙의 결혼식〉은 하룻밤 만에 쓴 대본 한 뭉치로 시작되었다. 그런 대본에 온갖 명사들이 휘말려들었다. 처음에는 어처구니없는 공상으로 들렸던 기획이었다. 명성 높고 자부심 강한 사람들이 처음에는 코웃음 치고 비웃던 것을 잊고 그에게 홀렸다. 그렇게 조 히스파니에와 그들은 단 십오 일 만에, 한 편의 완벽한 공연을 만들어냈고, 그 도시의 역사에서 잊히지 않을 순간을 창조했다.

그건 진짜로 십오 일간의 마법이었다. 단 2회의 공연만으로 100만 엘소가 넘는 돈이 칼라이소에 쏟아졌다. 몰려든 관객들은 표를 샀을 뿐 아니라 숙박과 식사 등에도 아낌없이 돈을 썼다. 그리고 후속 공연을 내놓으라고 요구했다. 그런 게 없자 주위의 온갖 극장들로 몰려가 아무것이나 봤다. 그런 다음 잔뜩 화가 난 채로 돌아와 처음 봤던 그런 끝내주는 것을 다시 만들어내라고 두둑한 지갑을 흔들어댔다. 최소 10회짜리 공연의 제작비 전액을 대겠다고 덤벼든 사람이 열네 명이나 되었다. 일시불로 내겠다고 한 사람은 다섯 명.

동시에 그 공연을 만들어냈던 사람들의 인생도 바뀌었다. 그 마법에 직접 참가했던 사람들은 얼마 후 한 사람을 위한 추모 공연을 기획하기 위해 다시 뭉치게 되었는데, 공연을 마치고도 해산하기가 아쉬워 모임을 만들게 되었고 스스로를 '모르비아네즈'라고 불렀다. 모르비앙의 주민들이라는 의미였다.

모르비아네즈에는 화통한 극장주, 천재적인 음악 감독, 왕년의 프리마돈나, 전설적인 안무가, 빼어난 작사가, 재주 넘치는 피아니스트 등이 골고루 있었다. 본래 그들 대부분은 경력의 황혼기에 막 접어들려던 참이었다. 그러나 그 공연의 폭발력으로 그들의 창작력은 기적적으로 회생했다. 그들은 얼마 안 가 새로운 공연을 기획하고, 성공시키고, 몰려든 신인들을 데뷔시키는 시스템을 만들어냈다. 그 결과 칼라이소에는 일시적 호황까지 밀어닥쳤다.

아마릴리는 당시 하필 그 극장에서 일하고 있었다는 이유로 〈일 드 모르비앙의 결혼식〉에서 무용수들을 이끌었다. 즉, 그 사건의 중심에 있긴 했지만 이름난 사람도 뛰어난 사람도 아니었다. 그래서 처음에는 자기가 무슨 일을 해낸 줄도 몰랐다. 그저 마법 같은 한순간에 휘말렸다가 다 끝난 줄로만 알았다.

그러나 모르비아네즈는 그 공연에 발끝이라도 담갔던 사람들을 외면하지 않았다. 얼마 후, 안무가 지오반 한트케가 만나자는 연락을 해 오자 아마릴리는 '새 공연에 발레리나가 한두 명 모자라나?' 하고 생각하며 자리에 나갔다.

"크라운 양, 우리 패거리에서 일 좀 할래요? 무용 감독이 한 명 필요한데."

"네?"

아마릴리는 입에 막 집어넣었던 사탕을 혀에서 뚝 떨어뜨렸다. 지오반이 자기 사탕갑에서 꺼내 건네준, 진짜로 쓰지는 않고 다소 쌉싸래한 사탕이었다.

"와우, 그 사탕 비싼 건데. 하여튼 와서 나 좀 도와줘요. 당신이 무용 감독 하고, 난 안무만 합시다. 어때요? 좋은 분업 아니오?"

아마릴리로서는 믿기 힘든 일이었지만, 지오반에게 아마릴리가 정말로 필요하긴 했다. 그는 자기 재주를 물려줄 제자를 젊어서 괴팍하던 시절에 다 쫓아버리고는 그까짓 재주 따위, 물려줄 놈 없으면 화분 거름으로나 쓰지, 하며 시큰둥한 나날을 보내고 있었다. 그러다가 조 히스파니에 덕택에 옛날의 열정이 되살아나자 갑자기 자기 재주에 대한 애정도 불붙었다. 이렇게 재미난 일을 벌이는 재주를 썩히다니 아까워죽겠네.

누구한테든 물려줘야겠는데?

그런 지오반에게 살아오며 한 번도 더 나아지려 발버둥쳐 본 적 없이 그저 본능대로, 호주머니에서 동전 몇 닢 꺼내 쓰듯 재능을 사용해온 아마릴리가 눈에 들어왔다. 예전의 거만한 지오반 한트케였다면 일별도 안 했을 한심한 부류다. 그러나 조 히스파니에는 그런 아마릴리조차 벽장 깊은 곳의 황금 한 조각을 끄집어내게 만들었다.

지오반은 생각을 바꾸어 자신의 전문 분야인 군무 연출의 관점에서 무용수들을 이끄는 아마릴리를 주의깊게 지켜보았다. 그리고 결론을 내렸다. 이 사람은 더 갈고 닦아볼 만하다.

지오반은 성격대로, 제대로 갈고 닦았다. 아마릴리에게는 무용뿐 아니라 안무와 연출의 재능이 정말로 있었다. 어쩌면 어린시절에 쉽사리 발견된 발레의 재능이 너무 뚜렷해서 본인조차 호주머니보다 더 깊은 곳은 뒤져볼 생각을 안 했을 것이다.

약 이 년 뒤, 아마릴리는 정말로 모르비아네즈의 무용 감독이 되었다. 인생에서 가장 열심히 산 두 해였을 것이다. 지오반은 약속대로 안무만 맡으면서 '무용 감독 아마릴리 크라운' 밑에 자기 이름을 쓰는 데 만족했다. 정확히는 제대로 사람을 골라내어서 키워냈다는 데 만족했던 것이지만.

다른 모르비아네즈도 2세대를 키우려 시도했지만 모두 성공했던 것은 아니었다. 이삼 년으로 성공과 실패를 논하기 어렵다고 관대하게 바라본다 치면 에리히 한트케는 회색 지대에 있었다. 지오반 한트케의 조카인 그를 음악 감독 스트라우즈가 키워보려 나섰지만, 에리히는 재능과 별개로 놀랄 만큼 삐딱했다. 어떤 뛰어난 가르침일지라도 즉각 받아들이는 법이 없었고, 제 식으로 소화하겠다며 버티다가 흐지부지 날리곤 했다.

"에리히! 음악 세팅 끝났어?"

"어이, 어어."

에리히가 하품을 하며 손을 흔들었다. 전날 밤에 잠자리가 불편해서 잠을 설쳤다던가. 아니, 여관이 그만하면 됐지 뭘 더 바라는 거야?

이윽고 에리히가 건들건들 돌아오더니 물었다.

"그래서 감독님은 오셨고?"

"아니, 아직."

"감독님도 안 오셨는데 나만 그렇게 괴롭혔냐? 이래서야 정시에 시작은 글렀지?"

"아니거든? 감독님은 정확히 오실 거거든?"

"어휴, 그래. 감독님은 저 하늘을 가르며 훨훨 날아와서 무대 위에 바로 착지하시겠지. 뭔들 못 하겠어? 아마릴리의 그 감독님이신데."

"응, 그래. 그렇게 오셔서 음악 세팅이 덜 됐으면 네 입도 영영 닥치게 해주실 테니까 딱 십 분만 마저 떠들어라?"

둘은 서로를 잡아먹을 듯 노려보다가, 곧 다른 데로 시선을 돌렸다. 에리히가 보기에 아마릴리는 무분별한 추종자였고, 아마릴리가 보기에 에리히는 닥쳐야 할 때를 모르는 불만덩어리였다.

둘 다 칼라이소에서 지낼 때는 이 정도로 사이가 나쁘지 않았다. 둘 사이에 현명한 모르비아네즈의 원로들이 있기도 했다. 그러나 이번 공연의 연습을 위해 함께 떠나온 뒤로 둘의 관계는 극한 대립으로 치달았다. 둘의 결정적 차이는, 아마릴리는 감독 때문에 인생이 뒤바뀌었지만 에리히는 문제의 '조 히스파니에'와 만난 지 고작 사흘밖에 안 됐다는 점에 있었다. 그리고 아마릴리는 에리히가 감독님을 만나자마자 압도되어 넙죽 승복할 거라고 믿어 의심치 않았는데 '그냥 얼굴 반반한 애송이던데?'라고 반응했던 일을 참을 수가 없었다.

"넌 너희 삼촌이나 스승님이 감독님에 대해 해주셨던 말은 겨드랑이로 들었니?"

"뭐, 그런 식이라면 난 겨드랑이로도 생각할 능력이 있는 모양이라서 말이야."

아마릴리는 지지 않고 1조 열두 명에게 무대 위로 올라가라고 지시했다. 일일이 위치를 잡아주고 나자 시작할 시각이다 되었다. 약간 초조해진 아마릴리는 산등성이 쪽을 세심히 훑어봤다. 타스타니아 성 쪽에서 내려오는 사람은 아무도 없었다.

"슬슬 날아오실 때가 됐는데."

에리히가 손차양을 하고 하늘을 두리번대는 꼴을 보니 다시 화가 치밀었다. 에리히는 갑자기 기운이 나서 악사들 쪽으로 가더니 순식간에 최종 점검을 마치고는 자세를 잡고 섰다. 무대 위의 아마릴리를 향해 썩은 미소를 보내는 것도 잊지 않았다.

일 분 전.

1조는 자리를 잡고 섰지만 누구의 지시를 받아야 할지 몰라 엉거주춤하고 있었다. 아마릴리는 좀더 기다려보고 정 안 되면 자기가 나서서 시간을 끌어야겠다고 생각하며 무대를 정면으로 보는 자리로 가서 섰다. 무대 밑에 있던 2조의 한 명이 물었다.

"감독님 없이 시작하는 건가요?"

"……."

아직 신호도 보내지 않았는데, 에리히와 악사들이 갑자기 서곡을 연주하기 시작했다. 의도는 뻔했다. 아마릴리를 당황시켜 놀리려는 것이다. 1조는 잔뜩 긴장한 채로 사방을 두리번거렸다. 대기중인 다른 조도 마찬가지였다. 준비가 안 된 아마릴리도 순간 머리가 하얘졌다. 이제 아마릴리가 허둥거리다가 음악을 멈추게 하면 오디션은 시작부터 어설픈 꼴을 보이게 될 테고, 아마릴리가 그토록 완벽하게 준비하려 애쓴 것도 허사가 될 것이다.

어린애 같은 복수심을 만족시키고 싶어서 오디션을 써먹어? 열불이 치민 아마릴리가 막 악단 쪽으로 뛰어가려 했을 때였다.

"1번! 엘빈 굿펠로!"

배역이 지명되자 1번 지원자가 재빠르게 뛰어나왔다. 엘빈 굿펠로는 나무의 요정이다. 변덕스럽고 겁이 많다. 비록 의상도 배경도 없지만 그는 즉시 자리를 잡고 한 발로 섰다가 버드나무처럼 상체를 흩뿌렸다. 양발을 교차시키며 뛰어올라 몇 걸음 물러났다가 다시 몸을 앞으로 내밀며 눈을 반짝였다.

"2번! 아멜리아!"

아멜리아는 타스타니아의 전설을 믿지 않는 도시 출신의 사서다. 그녀가 팔짱을 끼며 삐딱한 자세로 서더니 주위의 '얼간이'들을 향해 손가락질을 하며 미간을 찌푸렸다.

"3번! 카이스!"

카이스는 타스타니아 성에 약혼녀가 납치당했다고 믿는 남자다. 그런데 3번 지원자는 여자였다. 그녀는 아주 잠깐 당황하다가 갑자기 다른 지원자들 틈으로 뛰어들었다. 한 명 한 명에게 위협적으로 달려들었다가 물러나기를 반복하며 무대 맞은편까지 달리더니, 바닥에 무릎을 꿇으며 주저앉았다.

"4번! 루드비카 스칸데르!"

4번 지원자는 정말로 당황했다. 저런 인물은 대본에 존재하지 않았다. 굳이 말하자면 주인공의 이름과 비슷하긴 했는데, 아마도 루드비크였던가? 잠깐, 그럼 주인공을 여성으로 바꾼 연기를 하라는 건가?

자기한테 주역이 주어질 거란 상상은 하지도 않고 왔기 때문에 머릿속이 하얘졌다. 거의 일 분가량을 그러고 있다가 불현듯 노래를 불렀다.

내가 나를 유폐한 무덤에서
내 손을 잡아끄는 이 손은
추악한 수의를 별 아래 펼쳐
혼례의 예복으로 바꿀 수 있다 믿는가.

아마릴리는 제자리에서 얼어붙어 있다가 정신을 차렸다. 명령은 줄지어 대기중이던 2조 뒤쪽에서 나오고 있었다. 동그란 모자에 노란 유리를 넣은 둥근 안경을 쓰고 있던, 티아 사람들처럼 술 달린 갈색 판초로 몸을 둘둘 감은 채 웅크리고 있던 사람이다. 하지만 일어선 이상 그런 옷차림으로도 늘씬

한 키와 선이 가늘면서 무용수처럼 균형 있는 몸이 감춰질 리 없었다. 눈이 마주치면 누구나 삼 초 동안 숨을 멈춘다는 화려한 눈매도. 조 히스파니에, 조슈아였다. 아마릴리가 뛰어오자 조슈아는 검지와 중지를 세워 인사를 보내고 다시 무대로 시선을 돌렸다.

"감독님!"

2조의 지원자들은 자기들 뒤에 앉아 있던 말 없는 지원자가 감독임을 알자 화들짝 놀라 몇 걸음씩 물러났다. 조슈아는 무대에 다음 지시를 연달아 내리면서 아마릴리를 돌아봤다.

"준비 잘했는데. 음악도 괜찮고."

아마릴리는 할말이 많았지만 오디션중인지라 겨우 참았다. 그런 식으로 12번까지 지시가 끝나고, 오 분 뒤 음악도 멈췄다. 아마릴리가 벌떡 일어나자, 조슈아가 그쪽을 돌아봤다. 그러더니 미소를 지었다.

"할말이 많아 보이네."

"그럼요. 엄청나게 많고말고요. 이 오디션을 망칠 뻔한 두 사람이 꼭 들어둬야 할 말이죠."

하지만 조슈아의 화사한 미소를 본 시점에서 아마릴리의 기분은 급격히 나아져 곧 분노를 상쇄하기 시작했다. 그래서 두 번째 말은 훨씬 부드럽게 나왔다.

"그나저나 어딜 그리 급하게 다녀오신 거예요?"

"응. 저기."

조슈아는 악사들 쪽을 살펴보면서 등뒤의 허공을 손가락질했다. 아마릴리가 뒤를 돌아보니 허물어진 성 쪽이었다. 아마릴리는 황당한 표정을 했다.

"저기요? 저 귀신 나올 것 같은 데를?"

"응."

"그래서 귀신은 보셨고요?"

"응."

아마릴리는 조슈아가 무성의하게 아무 말이나 내뱉고 있다고 생각했지만 실은 그렇지 않았다. 어쨌든 아마릴리가 진상을 알 수는 없는 노릇이었다. 조슈아는 잠깐 생각에 잠겨 있다가 2조를 향해 신호했다.

"바로 들어갑시다."

그런 식으로 4조까지, 오디션은 순식간에 끝이 났다. 조슈아는 오디션을 길게 끄는 법이 없었다. 오디션을 보는 내내 종이 한 장 들고 있지 않았지만 발표도 즉각 진행됐다.

"1조 1번, 3번, 4번, 10번, 12번. 2조 3번, 9번. 3조 8번, 9번, 11번. 4조 2번, 4번, 7번은 이곳에 남아주십시오. 나머지 분들께서 베풀어주신 관심과 시간에 깊은 감사를 드립니다."

저만치에서 에리히가 자루를 들고 건들건들 다가왔다. 조슈아가 미리 지시해놓은 대로 오디션 참가비가 든 주머니들이 탈락자들에게 분배되었다. 에리히를 발견한 아마릴리는 바로 일러바칠 기세로 손가락질을 하며 입을 열었다.

"감독님, 쟤가 오늘 어땠냐면 말이죠……."

"응. 알아."

아마도 조슈아는 꽤 일찌감치 돌아와서 참가자들 사이에 있었던 모양이니까 에리히가 오디션을 슬쩍 망치려 든 것도 다 보았을 것이다. 그런데 의도적인 실수를 봐주는 법이 없는 조슈아가 의외로 그리 화난 기색이 아니었다. 아마릴리가 다시 캐물었다.

"그런데 그냥 놔두실 거예요?"

"안돼 보여서 오늘 한 번만 봐주려고."

"안돼 보이다뇨?"

조슈아는 초연한 얼굴로 웃더니 말을 이었다.

"존경하는 삼촌이 자기가 아닌 아마릴리를 제자로 삼은 것 때문에 질투가 나서 그러잖아."

에리히는 펄쩍 뛰어오르고 싶은 표정이었다. '그게 아닌데!'라고 소리를 지르면 좋겠지만 상대는 감독이었다. 하지만 조슈아는 그것도 예상했는지 에리히를 향해 진정하라고 손을 펴 흔들었다. 그리고 말했다.

"괜찮아. 그 기분 알아."

조슈아 폰 아르님은 스무 살에 감독을 하고 있을 정도로 무대예술의 천재이고 자기 공연의 자금을 전부 대는 부자다. 그를 싫어하는 에리히도 저렇게 생긴 사람은 본 적이 없다고 생각했을 정도의 미모에, 공작 가문의 후계자이기까지 하다. 한마디로 진흙 바닥 한번 디뎌볼 필요가 없었을 인간이다. 빛의 세계에서만 살아왔을 게 틀림없다. 지금껏 무얼 하든 힘들게 노력하는 기색을 보여준 적이 없다. 그저 태연하게, 그러나 완벽하게 해낸다. 어려운 것이든 쉬운 것이든.

그런 주제에 시시한 감투에 자존심을 걸어야 하는 인간의 기분을 안다고?

"……감독님이 알긴 어떻게 압니까? 저 같은 입장이 돼본 적도 없으면서."

"없지. 하지만 많이 봤으니까."

그야 당신 같은 인간을 보다가 질투심에 미쳐버린 인간이 한둘일 리는 없겠지. 조슈아는 에리히의 눈빛만으로도 하고 싶은 말을 알아채고는 쓴웃음을 지으며 덧붙였다.

"사람에게는 상상력이라는 것도 있고 말이야."

"아하, 감독님한테는 뛰어난 상상력이 있다 보니까 자기편 한 명 없는 곳에서 끝없이 오해를 받아가며 꾸역꾸역 버텨야 하는 인간의 기분도 상상만으로 잘 알고 그러시는군요?"

조슈아는 '재밌네' 하는 표정으로 웃더니 대꾸했다.

"그럼 알지 모르겠어?"

거기서 세 마디만 더 오갔다면 에리히는 모자를 바닥에 내던지든가, 아니면 장갑을 내던지며 상대가 소공작이라는 사실을 잊고 결투라도 신청했을지 모른다. 하지만 다행스럽게도 그들은 방해를 받았다. 오디션 지원자들 몇 명이 자기들끼리 수군대며 조슈아 근처를 서성거리다가 마침내 결심한 듯 다가와 입을 열었다.

"감독님! 죄송합니다만, 혹시 방해가 안 된다면……."

아마릴리가 반색하며 그들에게 가까이 오라고 손짓했다. 에리히가 감독에게 무례를 저지르기 직전이었기 때문이다. 1조 4번이었던 지원자가 쭈뼛거리며 입을 열었다.

"제가 루드비크, 그러니까 루드비카 역을 하게 될 줄은 생각도 못 했기 때문에…… 아까는 즉흥적으로 어떻게든 하고 말았는데 아무래도 또렷한 상이 잡히지가 않고요. 그래도 감독님께서 저를 뽑아주신 걸 보면 약간이라도 가능성이 있는가 싶고…… 뭔가 머릿속의 상이 나올 듯 말 듯해서…… 그래서 혹시 감독님께서 한 번만 시연으로 지도를 해주시면……."

말을 하고 있는 4번 지원자뿐 아니라 나머지들도 기대에 찬 눈빛들이었다. 조슈아는 무표정하게 그들을 둘러보고 있다가 대답했다.

"시연을 보는 게 꼭 좋지만은 않을 텐데."

"하지만……."

"제 일생에 꼭 한 번만 보고 싶거든요. 이번 오디션에 참가한 것도 실은……."

지원자들이 간절한 표정으로 조슈아 앞에서 이런저런 말을 하는 동안 조금 뒤에 선 에리히는 코웃음을 치며 생각했다. 저렇게 좀 빼는 체하다가 결국 못 이기는 체하며 보여줄게 뻔하지. 진짜로 무대에는 오르지도 않으면서. 이런 시연의 기회가 왔을 때, 갑자기 하라고 해서 준비가 안 된 척하면서, 잘생긴 얼굴을 효과적으로 써먹어서 대강 얼버무리면 평판에 금도 안 가고 최고 아니야? 타고난 천재로 보이고 싶어서 안 보이는 데서 죽어라 물장구를 치는 백조 같은 인간들이 무대 예술계에는 정말로 많으니까.

에리히의 예상대로 조슈아의 입에서 대답이 떨어졌다.

"알았어."

시연이 시작되려는 기색을 눈치채자 다른 오디션 합격자들도 우르르 일어났다. 모두에게 놓쳐서는 안 될 순간이었다. 그들의 감독은 쉽게 시범 연기를 보이지 않는다. 하지만 운이 좋아 오늘 같은 순간을 잡는다면 몇 년이 가도 지워지지 않는 영감의 원천을 한순간만으로 선사해준다고 들었다. 오늘 오디션에 합격한 것보다 이 시연을 한 번 볼 기회를 잡은 것이 앞으로 배우 생활을 계속할 거라면 더 큰 행운이라는 소곤거림도 돌았다. 누군가는 비탈 밑까지 내려간 불합격자를 소리쳐 불렀고, 늦을세라 뛰어오고 있는 사람도 있었다.

그사이 조슈아는 모자를 벗어 빈 의자에 걸쳐놓고, 판초를 끄르고, 임시 소품인 검은 코트를 받아들어 입었다. 조슈아가 입을 예정도 아닌데 이상하게도 딱 맞는 사이즈인 이유는 모두의 머릿속에 주연의 형태가 조슈아로 그려지고 있기 때문일 것이다. 마지막으로 둥근 안경을 벗어 주머니에 넣는 참인데 아마릴리가 다가와 커다란 화장품 상자를 내밀었다. 뚜껑이 열린 상자 안에는 화장수와 분은 물론 각종 붓과 먹붓, 다양한 색조의 새도와 입술연지, 볼연지 따위가 가득차 있었다. 조슈아가 고개를 저었다.

"됐어. 시연만 할 건데."

"시연도 완벽하게 하셔야죠."

"너무 완벽한 것도 좋지 않아."

조슈아가 그렇게 말하는 이유를 모르는 아마릴리는 상자를 들고 끈질기게 따라왔다.

"그래도! 이렇게 열심히 준비해 왔는데 조금이라도 성의를 보이시라고요!"

몇 걸음 걷다가 멈춰 선 조슈아가 말없이 새도 상자에 손을 뻗더니 약지와 중지로 몇 가지 색을 찍어갔다. 어두운 분홍, 심홍, 은, 그리고 검정. 무대로 걸어가는 동안 거울도 보지 않고 눈가, 그리고 입가를 슥슥 건드렸다. 남은 것은 머리카락 끝에 비벼 닦았다. 상자 세 개를 밟고 무대에 올라선 그는 돌아섰다.

"……."

몇몇 사람들이 숨을 들이켜고, 몇몇은 호흡을 잠시 멈췄다. 누군가가 속삭였다.

"진짜로 미칠 것 같네……."

잠깐 사이에 조슈아는 완벽히 미친 남작, 루드비크 스칸데르의 얼굴로 변해 있었다. 화장 때문만이 아니라 표정이나 자세는 물론, 손끝의 움직임조차 달라졌다. 마술처럼 분위기를 바꾸고 시선을 장악하는, 악마의 재능으로 불리는 시연의 시작이다.

내가 나를 유폐한 무덤에서
내 손을 잡아끄는 이 손은
추악한 수의를 별 아래 펼쳐
혼례의 예복으로 바꿀 수 있다 믿는가.

시연을 요청한 4번 지원자를 위한 것임을 알리듯 일부러 똑같은 노래를 골랐다. 그러나 예전처럼 드라마틱하게 듣는 사람을 사로잡는 음색이 뻗어나가지는 않았다. 어딘가 거칠었고, 단선율처럼 아름답지만 외롭게 들렸다. 심지어 반주도 없었다. 그러고 있자니 잠시 후, 지원자 중 하나가 악사가 내려놓은 첼로를 잡고 낮은 반주를 깔기 시작했다. 또 다른 지원자가 바이올린을 집어 들어 화음을 불어넣었다. 연주는 조슈아의 노래와 잘 어울려서 미리 준비하기라도 한 듯했지만 물론 그렇지 않았고, 지원자들 스스로도 놀라운 기분에 사로잡혔다. 내게 이런 재능이 있었던가?

조슈아의 얼굴에도 미소가 떠올랐다. 그가 바란 반응이었기 때문이다.

첫 해 여름에 그의 별명이 되어버린 〈임페라토르〉 공연을 올린 후로 지금까지 조슈아는 네냐플의 학생이기도 했지만 동시에 어딘가 비인간적인, 범주 밖의 기묘한 존재처럼 살아왔다. 가까운 친구들 외에는 그의 속내를 몰랐기에 겉보기에 그는 남의 기분, 남의 사정, 남의 계획에는 전혀 관심을 두지 않는 것처럼 보였다.

학생 배우를 모아 하는 여름 공연 주제에, 아무 생각 없이 재미있는 추억이 되려니 하며 공연에 끼어든 아마추어들을 한 명 한 명씩 붙들고 연기 지도를 해준 것이 돌이켜보면 문제의 시작이었다. 그건 마치 지나치게 값진 약재를 모조리 넣어 마침내 독이 되어버린 약과 같았다. 공연 당일이 다가올수록 한 명, 두 명씩 정신이 나가는 것 같더니 마침내 진짜 무대를 겪고 마력에 홀린 몇 명이 학업을 사실상 포기하는 사태가 벌어졌다. 새로운 재능을 찾아준 것이기도 했지만 배우가 된다는 것이 쉽지 않은 일인 만큼 일상과 미래를 동시에 파괴해 버린 셈이기도 했다.

그런 식으로 네냐플에서 공부해 마법사나 학자가 되려던 평범한 진로가 끝장나고 조슈아의 다음 공연만 쳐다보고 있게 된 학생들을 '희생자'라고 불렀다. 두 번의 공연을 거치는 동안 희생자는 다섯 명 발생했다가, 두 명은 간신히 정신을 차려 탈출했다. 즉, 네냐플을 나갔다. 최근작에서는 서로 원수 관계인 배역을 맡았다가 실제로도 아무 이유 없이 서로를 미워하게 되어 지금까지도 관계가 회복되지 못한 두 명이 새로운 희생자 명단에 이름을 올렸다.

이쯤 되자 교수들이 조슈아를 불러 면담을 해야 했다. 피해자의 부모가 누가 이런 짓을 했느냐고 따지고 들다가 상대가 소공작이라는 말에 입을 다물었다는 이야기도 들려왔다. 막시민이 조슈아에게 더이상 신경 안 쓸 테니 마음대로 하라며 화를 냈던 것도 그즈음이었다. 평소와 달리 조슈아도 이번에는 웃으며 들어 넘기지 않았다. 다른 사람들은 몰랐지만 그날의 말다툼은 그들에게 2차전이었다.

어쨌든 그후로 조슈아는 학생 배우들에게 주연을 주지 않게 되었다. 그들 앞에서 시연을 하는 일도 없어졌다. 이번 공연은 모르비아네즈의 사람들을 초청하는 대신 지난번 공연에서 주연급을 맡았던 사람들은 한 명도 데려오지 않았다. 단역을 했던 학생 두 명만 겨우 합류하는 데 그쳤다.

그리고 오늘, 조슈아는 시연의 방향을 약간 바꾸었다. 완벽한 경지를 보여주어서 사람들에게 갈망을 안겨주는 대신 영감을 불러일으켜 뭔가를 하고 싶어지게 만드는 쪽으로.

시연은 짧았다. 고작 삼 분여의 시연이 끝났을 때 사람들의 얼굴은 모두 열정이 전염된 듯 환했다. 다들 조슈아가 보여준 것에 무언가를 보태고 싶어 했다. 근사한 배역을 맡지 못한다면 조연이든, 스태프든, 하다못해 소품을 나르는 역할일지라도. 어찌 보면 조슈아도 자신의 힘을 어떻게 조절하는지 연습하는 중이었다. 평범한 사람들과 섞여 살기 위해서.

조슈아가 막 무대에서 내려왔을 때였다. 소품 천막 쪽에서 누군가가 뛰어왔다. 손에는 편지 한 통이 있었다.

"감독님! 조금 전에 이런 걸…… 글쎄, 족제비 한 마리가 주고 갔는데 말이죠……."

족제비라는 말에 다들 어리둥절한 표정이 됐지만 조슈아는 아니었다. 그의 머릿속에는 바로 떠오른 사람이 있었다. 티치엘이다. 티치엘이 네냐플에서 먹이를 주며 기르는 동물들 중에는 마법사의 마음과 강하게 동화되어 심부름을 해주는 경우도 있었다.

조슈아는 손을 내밀어 편지를 받으며 말했다.

"고마워."

기묘할 정도로 예의가 바른 감독이기도 했다. 어떤 일에도 고맙다는 말을 거르는 법이 없었다. 조슈아는 선 채로 편지를 뜯어 천천히 읽어 내려갔다. 그러더니 다시 처음부터 되풀이해 읽었다. 그로서는 드문 일이었다. 그는 무엇이든 한 번 읽으면 모조리 외우기 때문이다. 그러고도 한참 동안 편지를 들여다보며 생각에 잠겨 있었다.

이윽고 편지를 접은 조슈아의 눈빛은 어딘가 차가웠다. 조금 전까지는 사람들을 배려해서 자신을 우아하게 조절하고자 했다면 지금은 아니었다. 그가 나직이 중얼거렸다.

"켈티카라고?"

그러더니 문득 현실로 돌아온 듯 주위를 둘러보았다. 시연의 감동에서 벗어나지 못한 채 조슈아만 쳐다보고 있는 예비 배우들과, 오늘 완성된 가설무대와, 에리히와 아마릴리를 차례로 보았다. 그러더니 침착하게 말했다.

"여러분, 부득이한 사정이 생겨서 공연 개막을 연기합니다. 내년 여름으로."

"네?"

"뭐라고요?"

모두의 입이 딱 벌어졌지만 누구보다도 넋이 나간 사람은 아마릴리였다. 말 그대로 얼굴이 새파랗게 되어 굳어졌다. 조슈아도 그럴 것을 예상했는지 먼저 아마릴리에게 다가가 귓속말로 무어라 속삭였다.

"……알았지?"

아마릴리는 여전히 입술이 떨렸지만 간신히 고개를 끄덕였다. 조슈아는 아마릴리의 어깨를 한차례 껴안아주고는 괴상한 표정을 짓고 있는 에리히에게도 희미한 미소를 보낸 뒤 말했다.

"공연의 개막은 잠정적으로 8월, 임시 재소집일은 5월 1일입니다. 그때까지 여러분의 일정은 자유입니다만 고용은 지금과 동일한 조건으로 8월까지 유지할 것입니다. 일당 또한 계속 지급됩니다. 혹시 계약 조건 변경 및 파기를 원하시는 분들은 크라운 씨에게 말씀해주십시오. 기타 금전적 손해가 발생하는 부분은 제가 두 배로 보상하겠으며 이동 및 체류도 모두 원하시는 대로 해드리겠습니다. 하지만 여러분의 당혹감과 불쾌감만은 보상될 수 없는 것임을 압니다. 모두 저 한 사람으로 인해 생긴 일입니다. 불편하게 해드려서 죄송합니다."

그러더니 사람들을 향해 정중히 절을 했다. 사람들은 모두 어쩔 줄 몰라 했다. 몇몇은 소공작이 저들을 향해 그런 절을 한다는 것을 받아들이지 못해 허둥지둥 허리를 굽히기도 했다.

조슈아는 돌아서서 손수건을 꺼내 눈가의 화장을 지웠다. 코트를 벗고 한순간 추위에 어깨를 움츠렸다가 판초를 집어

둘렀다. 마지막으로 노란색 안경을 꺼내어 도로 썼다. 간단한 동작들이지만 늘 그렇듯 부드럽고도 강약이 있어서 많은 사람들이 눈을 떼지 못하고 바라봤다.

하지만 조슈아를 이루는 것은 그런 아름다움만이 아니었다. 공연의 대가이자 빼어난 예술가이기도 했지만, 그것이 전부는 아니었다. 보고 듣고 읽는 모든 것을 기억하고, 모든 학문과 예술을 배우자마자 능숙하게 해내며, 그럴 마음만 먹는다면 인간이 세운 계략과 전략쯤은 어린애 마음속처럼 꿰뚫어 보는, '데모닉'이라고 불리는 초월적인 천재.

이 순간 데모닉 조슈아로 돌아간 그가 나직이, 보이지 않는 누군가를 향해 뇌까렸다.

"막시민이 위험하다는데, 내가 당연히 가야지."

(3권에 계속)

룬의 아이들 – 블러디드 2

1판 1쇄 2019년 9월 25일
1판 9쇄 2024년 1월 17일

지은이 전민희

책임편집 임지호 | **편집** 이송 | **일러스트** UK Nakagawa
표지디자인 이혜경디자인 | **본문디자인** 이원경
저작권 박지영 형소진 최은진 서연주 오서영
마케팅 정민호 서지화 한민아 이민경 안남영 왕지경 황승현 김혜원 김하연 김예진
브랜딩 함유지 함근아 고보미 박민재 김희숙 박다솔 조다현 정승민 배진성
제작 강신은 김동욱 이순호 | **제작처** 한영문화사(인쇄) 경일제책(제본)

펴낸곳 (주)문학동네 | **펴낸이** 김소영
출판등록 1993년 10월 22일 제2003-000045호

주소 10881 경기도 파주시 회동길 210
문의 031-955-8892(편집) 031-955-2696(마케팅) 031-955-8855(팩스)
전자우편 elixir@munhak.com | **홈페이지** www.elmys.co.kr
인스타그램 @elixir_mystery | **트위터** @elixir_mystery

ISBN 978-89-546-5755-6 04810
978-89-546-5354-1 (세트)

엘릭시르는 출판그룹 문학동네의 장르문학 브랜드입니다.